時限感染

岩木一麻

宝島社
文庫

宝島社

目次

第一部　マトリョーシカ……7
第二部　虚構と現実……113
第三部　不可能状況……191
第四部　時限感染……227
解説　吉野仁……337

時限感染

第一部　マトリョーシカ

It's very hard to rate the probability of bioterrorism, but the potential damage is very, very huge.

（バイオテロリズムの可能性を見積もるのはたいへん難しいが、潜在的な被害は非常に大きい）

ビル・ゲイツ。二〇一七年一月十九日。世界経済フォーラムでの発言

七月六日（土）　午前八時二十二分　台東区谷中

谷中《やなか》霊園の奥から吹いてくる生ぬるい風に、線香の匂いが混じる。

――死者を弔う匂いだ。

白川《しらかわ》みどりは日暮里《にっぽり》駅で山手線《やまのて》を降り、谷中七丁目の実家へ急いだ。

梅雨の晴れ間。

久々に顔を見せた太陽が、なにかを取り返すかのように強い日差しを放つ。湿度は息苦しさを覚えるほどに高い。気温はすでに三十度近いだろう。

頭が重くなる。不安を振り払うために駆けだしたくなったが、よそゆきのパンプスは走るのに不向きだった。

来年の二〇二〇年東京オリンピックに向けた高揚は、谷中の街にも広がっている。垂れ幕、横断幕、ポスター、駅前に流れるオリンピックソング。みどりはそれらをいつもどこか白々しく感じてきた。こんな日であればなおさらそう思える。

汗をかけば、せっかくの化粧が崩れてしまう。今朝、五反田《ごたんだ》のマンションを出る前に、四月からデパートで化粧品販売員として働き始めた一人娘が、初めてしてくれた化粧だった。

急ぎながらも、できるだけ日陰を選んで歩く。朝からなんども脳裏をよぎってきた疑問がよみがえる。

——姉になにかあったのではないか。

みどりは今日、姉である南真千子《みなみまちこ》と上野《うえの》の美術館へ出掛ける約束をしていた。昨夜遅くに集合場所を確認するメールを送ったが、返事がなかった。今朝になって携帯と家の電話に連絡してみたが、やはり出なかった。

真千子は東都《とうと》大学医学部教授で、五十五歳になった今も独身だった。本人は、そのうち良い人でも見つかればと言い続けているが、その言葉が単なる冗談と化して久しい。

姉は三十代前半でアメリカに留学した。そのままあちらで結婚して帰ってこないのではないかと、家族で言っていたこともあった。

しかし、姉はアメリカで見事な研究成果を上げ、母校である東都大学医学部准教授のポストを射止めた。その後も堅実に実績を積み重ね続け、八年前に教授に就任した。姉が帰国して間もなく父が脳卒中で亡くなった。その後、姉は母と二人で実家暮らしをしていたが、その母も五年前に亡くなり、それからは広い実家に独り暮らしだ。

連絡がつかないのは、昨夜からの半日ばかり。普通なら気にする程のことではないのかもしれない。

だが、姉は常にものごとに対する対応が早く、こんな風に連絡がつかなくなったことはない。大学でトラブルが起きても、いや、そんな時であればこそ、真っ先に連絡を寄越すはずだ。

それに二週間前、最後に夕食を共にした時に口にした言葉も気がかりだった。

――大学を早期退職して、本でも読んでのんびり過ごそうかな。

研究に人生を捧《ささ》げてきた姉が、そんなことを口にするのは意外だった。長い間、研究になにかあったのか、と問いただしたが、結局答えずじまいだった。研究に打ち込んできたが故の疲れなのではないかとその時は考え、今日改めて聞いてみようと思っていた。

もう若くはないとはいえ、姉に持病があるとは聞いていない。健康にも人一倍気を使っているから、急病で倒れるとは考えにくい。

不安を胸に抱いたまま、十分ほど歩いた。朝倉《あさくら》彫塑館を過ぎたところで狭い路地を曲がる。

谷中の街並みを見下ろす高台の端にある実家が、視界に入ってきた。

空が広い。

鮮やかな空の青さと、真っ白な雲の鮮烈なコントラストに、みどりは目を細めた。

没個性的な建売住宅だった実家は、母の死後すぐに、姉が英国風にリフォームしていた。外観も内装もすっかり変わり、今は実家だという感覚に乏しい。

この辺りではかなり広い部類に入る庭に、こんもりと茂った樹々だけが、ここがみどりの生家であることを実感させてくれる。

亡父は植物が好きだった。庭の樹も父が植えたものだ。玄関脇の納戸には父の遺した本格的な剪定鋏《せんていばさみ》や鋸《のこぎり》がしまわれている。姉である真千子の命名権を母に譲り、次女の自分に、迷うことなくみどりと名付けた。

門柱のカメラ付きインターフォンを押す。少し待ってみたが応答がなかった。

英国風の鋳造門扉のレバーに手を掛けて扉を押すと、金属が擦《こす》れる小さくて寂しい音がした。

イギリスから取り寄せたのだという青い煉瓦《れんが》が埋め込まれた短い階段を上ると、立派な玄関の扉が目に入る。この扉もウェールズにあった古い邸宅で使われていたビンテージもので、重い樫《かし》の板でできたものだ。姉曰《いわ》く、家で一番高価な物らしい。

みどりが取手を引くと重い扉がゆっくりと開き、中からひんやりとした空気が漏れてきた。居間のクーラーが入っているのだろう。

玄関に入って扉を閉める。照明は点《つ》いていなかったが、扉の上に大きな明かり取りの窓があるので十分に明るい。

家の中は静寂に包まれていた。姉はテレビをほとんど観ず、音楽を聴くことも少ないので家はいつも静かだ。しかし、この静けさは普段のそれとも異質であるように思えた。静かすぎる。

「真千子ちゃん。いる?」

声をかけてみたが、返事はなかった。胸に重苦しいものが広がっていく。

「真千子ちゃん!」

不安を振り払うように声を張り上げてみたが、返ってきたのは悪意すら感じさせる濃密な沈黙だけだった。

日常が音もなく、ゆっくりと変容していくような感覚にとらわれる。なにかがおかしい。静けさだけではない。なにかが……。

——匂いがする?

みどりは、恐る恐る鼻を利かせてみた。

微《かす》かではあるが、非日常的としか表現しようのない、不吉な匂いが冷気に混ざっている。

——いや。

みどりは思い直した。自分は似たような匂いを嗅いだことがあるような気がする。

少し生臭い。生ごみ?　違う。最近嗅いだものではない。ずっと昔だ。これは……。

気付いた刹那、首筋に薄い刃を当てられたような恐怖に襲われた。

膝から力が抜け、ドアの取手に背中を強《したた》かに打ちつけてしまう。痛みと恐怖で呼吸が荒くなる。

自身の荒々しい呼吸が、恐怖をさらに大きなものにしていく。玄関の壁に吊《つ》るされた大きな姿見に映った自分と目が合う。その顔は恐怖と苦痛に歪《ゆが》んでいた。

なんとか足に力を入れて体勢を立て直し、呼吸を整える。

この匂い。この匂いは……。

子供のころ道路脇で嗅いだことのある、車にはねられて赤黒い内臓を露出させた猫の臭い。

これはあんな臭いだ。腐敗臭ではないが、生きているものは決して放つことのない臭い。

脈拍が速くなる。静寂の中、自分の心臓の音が聞こえそうだった。脈打つ血管でこめかみがうずく。額に手をやると、じっとりと汗をかいていた。

どうしよう。

このまま外に出て、警察に通報したほうが良いのではないか。

でも、なにかの間違いだったら。

あるいはなにか恐ろしいことが起きていて、姉が助けを求めているとしたら。

自分でも思考が混乱を極めていることを意識しながら、みどりは逡巡《しゅんじゅん》した。

しかし、意を決してパンプスを脱ぎ、勇気を振り絞るように、わざと大きな足音を立ててリビングに向かった。

ドアノブに手をかけ、少しだけドアを開ける。

室内から冷気が吹き出してきて、生臭さが一層強くなる。

なにか『動物』が死んでいる。それは間違いない。そして、通常であればこの家に動物は一人しかいない。そう、通常であれば。

しかし、死んでいるのが姉と決まったわけではない。家に入り込んだ別の動物が死んでいるのかもしれない。いずれにしても、もう少し、なにが起きているのかを確認しなければ。

みどりは、もう一度勇気を振り絞った。

ドアノブにかけた手に力を込め、勢いよくドアを開け放つ。

が、反射的に目をつぶってしまう。室内に差す強い光に目が眩《くら》んだのではない。恐怖に負けたのだ。

一瞬なにかが見えたような気がする。生臭さは鼻腔《びこう》に絡みつくまでに濃くなり、目を開いた後に飛び込んでくる光景の凄惨《せいさん》さを物語っている。

口で深呼吸をしたが、落ち着きを取り戻すことはできなかった。

その代わりに、ある種の諦めのようなものが心中に広がっていった。

みどりはゆっくりと瞼《まぶた》を開いた。

飛び込んできた光景に、冷たい水を浴びせられたようにぞっとして立ちすくんだ。叫びそうになったが、いつのまにかカラカラに渇いていた喉からは、ヒューという音が漏れるだけだった。

みどりはよろめきながらリビングを出た。パンプスをつっかけ、寄りかかるように体重をかけて重い木の扉を開き、やっとの思いで外にでた。先程までは不快に感じていた熱気と湿度が、みどりを暖めてくれた。

ソファーにもたれ掛かって死んでいるのが人であることは、一目で理解できた。あれは人だった。そして死んでいた。あの状態で生命を保つことはできない。

——誰なのかは分からない。

一方でみどりは、頭の別の部分で絶望的な結論を導き出していた。

——姉は殺されたのだ。

みどりはスマートフォンをバッグから取り出し、震える指で生まれて初めて入力する三桁の数字をタップした。

同日　午前八時四十六分　台東区北上野

バラバラ殺人。

警察官にとっても日常的とはいえないその単語を、桐生彩乃《きりゅうあやの》は頭の中で繰り返した。しかも、状況が状況だ。しばらくは魔女の大釜をひっくり返したような騒ぎになるに違いない。

現場に向かうワンボックスタイプのパトカーが街に撒《ま》き散らすサイレンのけたたましさはいつもと同じだったが、それとは対照的な自分たちの沈黙が、事件の衝撃を雄弁に物語っていた。刑事を拝命して一年。初めての殺人事件がバラバラ殺人だなんて。

勤務先の下谷《したや》署は現在建て替え中だ。事件が早期解決しなければ、仮庁舎に特別捜査本部が設置されることになる。

あの二階建ての小さな仮庁舎に特捜が設置され、人でごった返すのか。事件に対する怒りと嫌悪感とは別の、負の感情が自然と頭をもたげてくる。

浅草《あさくさ》の第六方面本部通信指令室から変死体発見の報が入ったのが十分前。現場は谷中七丁目にある東都大学教授、南真千子の自宅。

すぐに最寄り交番の警察官が臨場し、少し前に指令室から状況が伝えられた。

無線を聞きつけた本庁の検視官が、検視班を率いてすでに出発している。それだけ疑いの余地のない、殺人事件だということだ。

南教授と連絡がとれないことを不審に思った妹が南教授宅を訪ねたところ、頭部が切断され、臓器が引きずり出された遺体を発見した。

頭部は今のところ発見されていないが、遺体は状況や身体的特徴から南教授本人である可能性が高いとのことだった。

「おっかねえ顔してるな。せっかくの美人が台無しだぜ。緊張してんのか」

隣に座る熊井《くまい》係長が、短く刈り込んだ胡麻塩《ごましお》頭を、節くれだった太い指で掻《か》きながら言った。

刑事よりは機動隊員に相応《ふさわ》しいように思える猪首《いくび》と固太り。その名に違《たが》わず熊のようないかつい体とは対照的に、普段の熊井はその大きな鼻と五十代前半にしては妙につぶらな瞳、いつも笑っているような口元のせいで、コアラのような柔和な印象を見る者に与える。しかし、今の表情は限りなく険しい。

美人か。

少なくとも大学を卒業するまで、美人と言われたことはなかった。警察官になっても、それは変わらなかったが、ここ数年はそう言われることが多くなった。

顔立ちは変わっていない。化粧も前と変わらず最小限にしている。

美人と言われるようになった理由は明確だった。それまでは、別の印象の方が強かったのだ。

凛々《りり》しいね。

強そうだね。

かっこいいね。

そんな風に言われることが多かった。

桐生は幼いころから空手に打ち込み、腕にも気力にも自信があった。

交番勤務時代には、男性警察官でも声をかけるのを躊躇《ちゆうちよ》するような反社会的勢力の構成員や半グレ、外国人犯罪グループの構成員に積極的にアプローチして手錠をかけ続け、功績を上げた。特に未成年や外国人の女性が被害者になる犯罪に対する嗅覚が鋭かった。

美人と言われて嫌な気はしない。しかし、素直に喜ぶこともできなかった。それは、失われた未来の代わりに手に入ったものだからだ。

「どうして持ち去ったんでしょうね」

桐生は質問には答えずに自分の疑問を熊井にぶつけた。緊張してはいるが、素直に答えるのは癪《しやく》だった。

「首のことか」

熊井が野太い声で訊《き》き返してきた。

桐生は頷《うなず》いた。「被害者の身元を隠ぺいするために頭部を持ち去ったとは考えにくいです。遺体が発見されたのは、被害者の自宅なんですから」

桐生は熊井が首、自分が頭部と表現したことを興味深く感じた。

これまで意識したことはなかったが、日本語では首という言葉が、頭部と胸部の接続部分と、頭部そのものの二つの意味を持つのだ。

そのことに言及しようかと思ったが止《や》めた。そんなことはどうでもいいと熊井に一蹴されるに決まっている。確かに現状では間違いなくどうでもいいことだ。

「じゃあ、なんか他の理由があるんだろう」熊井は不満げにため息をついた。「どこかに晒《さら》すとかな。ま、いずれにしても狂ってやがる」

車内の全員が黙って頷く。皆が同じ思いなのだ。

「しかし谷中でこんな事件が起こるなんてな。畜生。首無しは朝倉彫塑館のブロンズ像だけで沢山だ」

朝倉彫塑館にそんな像があっただろうか。少し考えてみたが思い出せなかった。もう何年も足を運んでいない。

このあたりは治安が良く、凶悪事件とは無縁な土地だった。車窓を流れていく風景は平和な住宅街そのものだ。

幹線道路を外れたところでサイレンが消された。朝倉彫塑館の横をすり抜けたワンボックスカーは、警察官に誘導されて現場に到着した。

周辺では、機動捜査隊を中心とした初動捜査が始まっていた。

犯人は被害者宅で時間的な余裕を持って遺体を処理し、現場から立ち去ったと推測された。この辺を逃げ回っているうちに捕まるようなことは、まずありえないだろう。

桐生は殺人事件の捜査は未経験だったが、これは初動捜査でカタがつくような事件ではないと「捜査」の二文字が書かれた腕章を着けながら思った。

現場付近には立ち入り禁止テープによる縄張りがうたれ、緊張した面持ちの二十代前半と思《おぼ》しき男性警官が後ろ手に立っていた。

黄色いテープをくぐり、熊井係長以下三名と共に、被害者宅に向かう。

南教授宅は上品な洋風の屋敷で、下町の景観からは明らかに浮いていた。庭には樹々が茂り、いかにもバラバラ殺人事件が起こりそうな雰囲気の建物ではある。

鑑識が先に入り、作業を始めていた。一通りの保全作業が終了した後で、中に通されることになっている。白い綿手袋、アームカバー、ヘアキャップを身に着けて被害者宅前で待機する。

本庁捜査一課での勤務経験がある熊井が、ヘアキャップを被《かぶ》りながら近づいてきた。

「桐生は特捜に関わるのは初めてだな？　まあ三十じゃあ無理もねえ」

「二十九です。やはり特捜が立ちますか」

「簡単に解決すると思うか？」近くに停《と》まっているパトカーを見る熊井の目が、険しさを増す。

車両の後部座席に、遠目にも取り乱しているのが分かる中年女性が見えた。

「いいえ」桐生は首を振った。

「あれは第一発見者。被害者の妹だ」

「お気の毒ですね」

熊井は皮肉っぽい表情を浮かべて、ちらりとこちらを見た。

「犯人かもしれないぜ？」

「どちらにしてもお気の毒です」

「どういうことだ？」

「姉を殺されても、殺してしまっても」

熊井は鼻を鳴らした。

「まあ、俺だって妹が犯人だとは考えちゃいねえよ」

玄関の仰々しい扉が開き、顔を覗《のぞ》かせた下谷署の鑑識がこちらに手を挙げた。

「ついてこい」

桐生の肩を叩《たた》いた熊井の広い背中に続き、ビニールの靴カバーをつけて玄関から屋内に入ると、すぐに異臭に気付いた。その臭いに、以前検分に立ち会ったことのある地下鉄の人身事故現場を思い出す。あの時はもっと血なまぐさかった。

ああそうだ、と鑑識が思い出したように言う。

「ご遺体はそこのリビングの中だ。意外というかなんというか、吐いた奴《やつ》は今んとこいない。でも注意しろよ。かなりお気の毒な状態だから」

頷きながら唾を飲み込み、覚悟を決めてリビングに入った。

目に入ってきた遺体の印象は、驚くほど静かなものだった。なるほど、覚悟していたような凄惨さはほとんどない。

いや、だからこそ惨《むご》いのかもしれない、と桐生は思い直した。

頭部は切断され、頸部《けいぶ》の半ば乾いた断面が露《あら》わになっている。筋肉に加え、赤黒く変色した血がこびりついた白い頸椎《けいつい》、上気道、食道、血管といった様々な管や筋が見える。

桐生は手を合わせ、瞑目《めいもく》して犠牲者の冥福を祈った。なんとしても犯人を検挙して罪を償わせますから、とつけ加えてから目を開けた。

首なし遺体には表情が存在しない。自殺現場や事故現場にはなんども立ち会ったことがあるが、死者になっても人には表情を介した主張というものがある。この遺体にはそれがない。

引き出された腸は整然と並べられているように見えた。発見が遅れて腐敗が進行したら、受ける印象はまったく別のものになっただろうが……。

次第に事件の残虐性に対する怒りが湧いてくる。被害者は命だけでなく、無言の主張すら奪われてしまっている。

熊井が鑑識に訊《たず》ねた。

「身元は南教授で間違いないのか？」

「確認が必要だが、体格、妹が特徴だと言っていた右手親指の付け根の大きなほくろ、それから二十代の時の交通事故で足を骨折した際の手術痕は一致している。今のところ南教授本人であることを否定する材料はない」

「顔見知りの犯行のセンが強いか」

熊井の視線の先には、リビングテーブルに置かれた二脚のティーカップがあった。

鑑識は首を振った。「来客時に使ったものを放置して、その後で襲われたのかもしれん。いずれにしても指紋は採取できた。唾液のＤＮＡ鑑定もいけるかもな」

「凶器はそいつか」

熊井の視線の先には、血の付いた三十センチほどの女神のブロンズ像が床に転がっていた。

「妹さんの話では、アメリカの学会で受賞した時の記念品らしい」

「こいつで頭部を一撃。でも、肝心の首がないんじゃな」

鑑識は頷いた。「頭部の切断には鋸、腹部の切開には複数の包丁とキッチン鋏が使われたようだ。キッチンのシンクの中に揃《そろ》って置いてあった。包丁と鋏についてはこの家のキッチンになんども立ったことがある妹が、被害者の自慢の品だったと証言している」

「鋸は？」

「まだ分からんが、被害者の父が生前に庭木の手入れに使っていたものが、玄関に直結した納戸に残っていたのではないかと妹は言っている。実際、納戸からは複数の鋸が見つかっているから、その中の一本を選んだ可能性は高い。いずれの道具にも、犯人のものと思われる指紋がたっぷり残っていた」

凶器も解体道具もすべて現地調達では、入手経路からの犯人特定は不可能。しかし、指紋は沢山残している。場当たり的で幼稚な印象を受ける。それに包丁で腹部を切開するのは簡単ではないはずだ。

同じことを疑問に感じたらしい熊井が、再び鑑識に訊ねた。

「家庭用の包丁で解体なんて簡単にできるのか？」

「楽じゃないだろうな。被害者は痩《や》せ型だが、それでも皮下脂肪が刃に付着してあっというまに切れ味が悪くなる。キッチンの排水管も調べさせているが、犯人は複数の包丁を何回も洗って、脂と血を落としながら解体作業をしたんだろう。トイレからは、犯人のものと思われる嘔吐物《おうとぶつ》の飛沫《ひまつ》も見つかっている」

「吐きながら遺体をバラしたってことか？」熊井は気味悪そうな顔をした。

その時、クシャクシャという複数の音が玄関から近づいてきた。靴カバーをつけた足音だ。

「よう、熊井。どんな感じだ？」

リビングに顔をみせるなり、しわがれた声でそう言った男は、頬がこけて、ぎょろりとした眼をしていた。高い額に後ろに髪を撫《な》でつけ、いかにも切れ者と言った風体だ。背後には複数の人員を従えている。

本庁捜査一課検視班。二十四時間体制で検視に備える死体検分、検視のプロ集団のお出ましだ。

「ごらんの通りの酷《ひど》い有様で」

検視官と顔馴染《かおなじ》みらしい熊井が、顔を顰《しか》めて答えた。

ゴム手袋を着けた検視官はまず、遺体の硬直度合い、死斑、切断面の生活反応等を調べた。次に、エアコンの設定温度等の状況について確認していく。

検視官は宣言するように言った。

「遺体の死後変化から推察される死亡推定時刻は、昨夜午後十時から翌早朝二時。死因は不明。司法解剖に回す。素人くさいI字切開だが、切断面に生活反応はない」

生活反応がないということは、生きたまま切り刻まれた訳ではないということだ。やはり死因は持ち去られた頭部への打撃か。

検視官のコメントを受けて、周りにいた数人が素早く外に出ていく。

検視官はもう一度、丁寧に被害者遺体の検視を行った。主に内臓を見ているようだ。

一通りの検視を終えた後で、検視官が立ち上がって命じた。

「運んでくれ」

機動検視班員が遺体の搬出作業を始めた。引きずり出された内臓も腹腔《ふくくう》に戻される。収容袋に入れようとして、係員が二人掛かりで遺体をソファーから下ろした直後、ソファーの上に白い封筒が見えた。その場にいる全員がそれに気付き、驚きの声を上げた。

封筒が置かれている位置が写真で記録されると、検視官はソファーに近づいて封筒をつまみ上げ、窓際に行って陽光にかざした。怪訝《けげん》そうな顔で小首を捻《ひね》る。

封筒の中から三つ折りにされたA4用紙が取り出される。検視官がテーブルの上で紙を取り出した後の封筒を逆さにすると、小さなチャック付きのポリ袋が転がり出た。袋の中には樹脂製と思しき五センチほどのチューブが入れられ、その中には寒天状のものが入っていた。

検視官は折りたたまれた紙を広げ、素早く左右に目を動かした。眉間に深い皺《しわ》を寄せて、低くしわがれた声で、忌々《いまいま》し気に内容を読み上げた。

「我々はマトリョーシカの外殻を手に入れた。マトリョーシカは数十万人の命を奪うだろう。我々はバイオテロにより享楽に満ちた世界に死を振りまき、人々に内省を促す。次なる連絡を待て」

室内がにわかにざわつく。犯行声明文だ。

熊井が訊ねた。「それだけですか？」

「それだけだ」検視官は熊井の鼻先に紙を突き付け、五秒ほど静止させてから、傍《かたわ》らの鑑識に渡した。

熊井が首を捻った。「マトリョーシカってのはロシアの人形ですよね。入れ子になっていて開けても開けても中から小さな人形が出てくるやつだ」

「南教授の専門は？」検視官が傍らに立つ、饅頭《まんじゅう》のような顔をした部下に訊ねた。事前に情報を取得して整理しておく係なのだろう。

「ウイルス学です。特にヘルペスウイルスの応用研究。ヘルペスウイルスは唇や性器に水泡を作るウイルスで、普通は大きな問題になることはないようですが……」

検視官はやれやれといった表情を浮かべて腕組みをした。

「この容器の中身はかなりやばそうだな。とりあえず科捜研に持っていけ。恐らく科警研か大学に回されるだろうが」

確かに警視庁の科捜研では対応できないかもしれない。より詳細な解析が可能な、柏《かしわ》の科警研か専門家のいる大学に解析を依頼することになりそうだ。

チューブの入った小袋は、一回り大きなチャック付きポリ袋に入れられて回収されていった。遺体が収容袋に入れられ、運び出されていく。一同で改めて手を合わせて、遺体を見送った。

鑑識作業は継続されていたが、一通りの検視は終了したようだった。

部屋を出ていく前に、検視官が熊井に耳打ちした。

「余計なお世話だろうが、不審人物の目撃情報や防犯カメラを当たる以外は、この辺で地取りをしても大したネタは上がってこないだろう。東都大学や研究がらみの人間関係を徹底的にやるほうがいい」

「ありがとうございます」

熊井が胡麻塩頭を下げると、検視官はポンと熊井の肩を叩いて退出していった。

「署に戻るぞ」

検視官を見送った熊井は、低い声で呻《うめ》くようにして言った。

下谷署に戻ると、特別捜査本部が立ち上がりつつあり、「谷中七丁目女性大学教授殺人・死体損壊事件」と、事件名が会議室前に張り出されていた。

わざわざ女性とつける必要があるのか疑問に感じたが、警察はそういう組織だ。世間的な注目も女性大学教授と銘打ったほうが集めやすいだろう。

桐生が必要な報告書を作成していると、あっという間に午後になった。ろくに昼食を摂る間もなく、午後一時に第一回捜査会議が召集される。

熊井は一足早く、本庁捜査一課から来た配置班長に呼び出され、これから行われる捜査の人選を手伝うために会議室に行っていた。

会議室の入り口で資料を受け取る。そのまま入室すると前寄りの席に熊井の姿を見つけ、隣に座った。

熊井はこちらを一瞥《いちべつ》するなり、ニヤリと意味ありげな笑いを投げかけてきた。桐生は怪訝な顔をしてみせてその意味を問うたが、熊井はとぼけた顔をして流した。

配付資料に目を通していると、前方の入り口から捜査本部の首脳陣が入室してきた。号令一下、全員が立ち上がって礼をし、会議室前方に設置された雛壇《ひなだん》の三名が座るのを待って着席した。

初めて参加する特別捜査本部の第一回捜査会議に、身の引き締まる思いがした。同時に軽い高揚感も覚える。

雛壇には本庁から捜査一課長と管理官、下谷署長が顔を揃えていた。皆、強張《こわば》った表情をしている。本件がバラバラ殺人事件であるだけではなく、例の犯行声明文の内容がすでに伝わっているからだろう。

会議前に小耳に挟んだ情報によると、現場で犯行声明文と共に見つかった容器の中身を解析するには少し時間がかかるようだ。解析結果いかんによっては、捜査本部にかかる重圧はさらに大きなものになる。下町情緒あふれる谷中は、隣接する根津《ねづ》、千《せん》駄《だ》木《ぎ》地域と共に、近年人気の高まりつつある観光エリアだ。

東京オリンピックを来年に控え、観光業界はかきいれ時を迎えつつある。事件解決が長引いて観光に長期的な影響が出れば、地元からの警察に対する批判が強まる恐れがある。それにバイオテロ予告ともとれる犯行声明文は、東京全体にも暗い影を落とすに違いない。

一通りの儀礼的な挨拶と訓示が終わった。会議室の照明が落とされると、プロジェクターに南教授の写真と関連情報が映し出された。

大学かどこかのホームページから借用してきた写真だろうか。執務机に座る南教授は、ほっそりとした顔に温和そうな笑みを浮かべ、意志の強さを感じさせる眼差《まなざ》しでカメラを見つめていた。

捜査一課長が口を開いた。

「まず被害者について報告を」

前方の刑事が資料を片手に立ち上がった。

「被害者は南真千子。五十五歳。東都大学医学研究科応用ウイルス学研究室教授。遺体発見現場である谷中七丁目の自宅に独り暮らし。独身で結婚歴なし。両親はすでに亡くなっており、現在は五反田に住む妹のほかは、特に交流のある親族はいないようです。妹の話でも、これまでに得られた聞き込み情報でも、私生活で特に気になるトラブルなどは上がってきていません。研究中心の生活で、専門は応用ウイルス学。特にヘルペスウイルスを用いたがん治療の研究に力を入れていました。研究室のスタッフは柏原《かしわばら》さやか准教授四十二歳と松本晴久《まつもとはるひさ》助教三十六歳で、他に非常勤研究員と学生を合わせた計三十人ほどが在籍しております」

捜査一課長が頷いた。「次、昨夜の足取り」

別の捜査員が立ち上がる。

「南教授は毎日、午後九時過ぎに本郷の東都大を出て徒歩で帰宅していました。事件当日も午後九時過ぎに守衛に挨拶をし、徒歩で帰宅したという証言が得られています。帰宅に要する時間は三十分弱ですので十時前には帰宅したものと思われます。帰宅状況を目撃した者は今のところおりません」

「続いて遺体の検視結果については私から報告する」

鑑識出身の捜査一課長がリモコンを受け取って画面を切り替えた。前方のスクリーンに被害者の遺体写真が大写しにされる。衝撃的な光景に会議室はざわめいたが、急いでトイレに立つような者はいなかった。

「見ての通り、被害者の頭部は切断され、内臓が引き出されている。死因は不明。しかし、切開創に生活反応がなかったことから、解剖されたのは死後であると考えられる」

画面が切り替わり、凶器と思われる例のブロンズ像が映し出された。

「現場《げんじょう》からは血液の付着したブロンズ像が発見された。凶器かどうかは不明だが、これで撲殺された可能性がある。像は被害者が所持していたもので、血液については鑑定中。現場で目視可能だった肝臓と腎臓にうっ血はみられず、これは被害者が扼殺《やくさつ》されていないことを示唆している。いずれにしても詳細については司法解剖の結果待ちだ」

首は肩の近くで切断されていたから、扼殺痕は確認のしようがない。しかし、絞め殺された場合には、酸素不足に陥った臓器の血管が拡張してうっ血がみられる。南教授の遺体にはそのような痕跡はなかった。

捜査一課長は遺体の解体道具など、その他の情報についても写真を示しながら説明した。解体道具は現場で聞いたとおり、被害者宅に元々あったものであることが確認された。被害者以外のものと思われる指紋と毛髪が複数採取されており、こちらは科捜研で解析中とのことだった。

「また、現場には犯行声明と思しきメモが残されていた。内容は配付資料の通り。『我々はマトリョーシカの外殻を手に入れた。マトリョーシカは数十万人の命を奪うだろう。我々はバイオテロにより享楽に満ちた世界に死を振りまき、人々に内省を促す。次なる連絡を待て』だ。メモと共に現場に残されていたプラスチック容器の中身は、科警研の生物第五研で目下解析中だ」

先程の遺体写真の時よりも、大きなざわめきが会議室に広がった。捜査員たちは、資料が配付された時点で全体に目を通して犯行声明も確認しているはずだ。それでもバイオテロの可能性を示唆する犯行声明が読み上げられた衝撃は大きかった。

捜査一課長が鋭い声を上げた。

「静粛に！　バイオテロを連想させる犯行声明が出ているからといって、我々がなすべきことに変わりはない。殺人犯の一刻も早い特定と身柄の確保。これに尽きる。迅《じん》速《そく》な犯人確保のため、本件ではSSBCのプロファイリングチームの支援を受ける。半崎《はんざき》君、プロファイリング結果を」

前列に座っていた、身長が二メートル近くある大男が立ち上がって半身で振り返り、一同にぎこちなく頭を下げた。

外国人の血が入っているのだろう。顔の彫りが深く、角張った顎《あご》をはじめ体全体の造作が力強い。スーツよりも軍服が似合いそうな雰囲気を醸し出していて、桐生が漠然と抱いていた捜査支援分析センター（ＳＳＢＣ）プロファイラーの、線の細いイメージからはほど遠かった。

「ＳＳＢＣの半崎です。日本語が少し苦手なので宜《よろ》しくお願いします」

発音はぎこちないが、太くてよく通る声だった。

「これまでに得られている情報から、プロファイリングした犯人像を言います。犯人は研究機関に現在または過去に所属していた者である可能性が高いです」半崎はゆっくり言ってから、のっそりと着席した。

――それだけ？　桐生は拍子抜けした。失笑が会議室のいたるところでおこる。

その程度の見立てなら誰にでもできるだろう。素人の自分ですら、半崎の見立てに加えて、犯人の残忍性や、犯行の享楽的傾向を指摘できる。

そうでなければ、首を落として持ち去り、内臓を引きずり出し、犯行現場にテロを示唆する犯行声明文は残さない。

本庁からわざわざ出張ってきたプロファイラーの見立てとしては、随分とお粗末な印象を受けた。

ふと、横を見る。隣に座る熊井の表情は微動だにしていなかった。少なくとも馬鹿にしたようなニュアンスは感じられない。むしろ半崎の短い言葉を、静かに噛《か》みしめているように思える。

捜査一課長が咳払《せきばら》いをして背筋を伸ばし、捜査員たちを見回した。

「先程も述べた通り、本件はバイオテロの可能性が示唆されているが、殺人犯の一刻も早い逮捕がテロを未然に防ぐことにもつながる。特殊な事件ではあるが、それに惑わされることなく、総力を結集して迅速な犯人確保を目指せ。以上だ」

全体会議が終了し、捜査班、庶務班、鑑識班、予備班に人員が分配された。続いて班単位での捜査会議が開かれる。

捜査班長に収まった、警視庁捜査一課の工藤昌義《くどうまさよし》警部から敷鑑《しきかん》、地取り、証拠品担当が発表された。工藤の噂《うわさ》は以前に熊井からSLみたいな人だ、と聞いたことがある。古くて熱いという意味らしい。

桐生は本庁捜査一課の鎌木多聞《かまきたもん》警部補と組んで、関係者の洗い出し作業である敷鑑を担当することになった。

最初に指示された聞き込み先は、東都大学医学研究科応用ウイルス学研究室。南教授の勤務先だ。配置発表時に驚いて熊井の方を見ると、プレゼントを子供に与える父親のような表情でこちらを見ていた。配置班長に呼び出された時に、桐生を推してくれたのだろう。

会議が終わった後で、立ち話をしていた熊井が手招きをした。

「紹介する。桐生と組むことになる本庁捜一の鎌木多聞警部補だ」

「よろしく」

軽く頭を下げた鎌木は、切れ長で細い目をしていた。閉じているのではないかと疑うほどだ。かろうじて見える瞳の色は薄い。面長、尖《とが》った顎に痩身。身長は一八〇に届かないくらいで、手足がひょろ長くて、どこか昆虫を思わせる雰囲気がある。

熊井が鎌木の肩を叩いて言った。

「鎌木とは捜一時代からの付き合いでな。普段はなにを考えてるのか分からないが、時々、鎌を繰り出すように鋭い意見をいう。苗字《みようじ》をもじって一課ではカマキリと呼ばれてる。変わり者だが頭は切れる」

「また変わり者と言われてしまった」鎌木は首を傾《かし》げた。「自分では普通だと思ってるんですけどねえ。そこがまた深刻なんでしょうけど」

「お前が他の奴が気にも留めないことを、しつこく追及して解決した事件は多い。変わり者ってのは半分褒め言葉だよ」

「じゃあ、あと半分は？」

「想像に任せる」熊井は苦笑いを浮かべた。「大体、多聞なんて名前なのに、人の話なんかろくに聞きもしねえじゃねえか」

「聞くべき話は暗記するくらい頭に叩き込んでます。単にそういう話が少ないだけで」

鎌木は白い歯を見せて笑った。四十前後だろうが、年齢の割には随分と軽い人間に見える。

「まあ、こういう奴だが、優秀な刑事であることは保証する。上にも頼りにされているから、他の奴らとは違う動きも許されてる。いい経験になるぞ」

「まあ、厄介払いも半分入ってますけどね」鎌木は苦笑してから、右手を差し出してきた。「宜しくたのむよ」

少し戸惑いながら手を差し出すと、鎌木はごく軽い力で手を握った。ふんわりとした不思議な印象の握手だった。

「桐生ちゃんは昔話に出てくる狐《きつね》みたいだね。細くてしなやかで。人を化かすのはあまり得意じゃなさそうだけど」

細いという言葉に反応して、熊井がしかめ面をこちらに向けてきた。その目は、すまないと詫《わ》びていた。

桐生は首を小さく振り、熊井に微笑みを返した。

――大丈夫です、細身というのはふつう褒め言葉なんですから。

桐生と熊井の無言のやり取りを意に介さない様子で、鎌木が続けた。

「ちょっとキツめの顔をしてるし。うん。白磁のお稲荷《いなり》さんみたいな感じだ」

「よく分かりませんが、とにかく宜しくお願いします」

今の印象がキツいなら、それは鎌木がおかしなことを言うからだ、と桐生は思った。

「じゃあ、早速だけど東都大に行きますか。車を出してくれるかな」

桐生の訝《いぶか》しげな視線に気づきもせず、鎌木は遠足にでも行くように楽しげだった。


助手席に鎌木を乗せて、桐生は言問《こととい》通りを本郷《ほんごう》の東都大に向かってセダンを走らせた。この時間であれば、十五分もあれば東都大の医学研究科に到着するだろう。

助手席に座るなり、鎌木はシートを倒して仰向《あおむ》けになった。

「しばらくは忙しくなるからね。休める時に休んでおかないと」

やはり変わった人だな、と桐生は思った。本当に優秀な刑事なんだろうか。

「桐生ちゃんはさあ」

桐生は進行方向から視線を逸《そ》らさずに言った。

「さん、または呼び捨てでお願いします」

「じゃあ、桐生さん。君は今回の事件、どういう見立てなの」

桐生はしばし頭の中を整理した後で答えた。

「典型的な劇場型犯罪なのではないかと。バラバラ殺人にバイオテロ予告。無数の指紋を残している点からは、犯人の自信が窺《うかが》えます」

「バイオテロ。まずもって僕はその言葉に胸の高鳴りを抑えられない。この事件はその辺のケチな殺人事件とは違う」

　桐生は抗議の目を鎌木に向けた。

「不謹慎です」

「不謹慎であることも、自分の幼さも甘んじて認めよう」鎌木は口角を上げた。「しかし幼児性と好奇心はリンクしていることも覚えておいてくれ。好奇心は職務に対する義務感とは別次元の主体性の源だ」

　好奇心か。自分はこの事件に対して嫌悪しか感じないが、好奇心が捜査の原動力になるのであればそれは結構なことだ。

「そういうものですか」

「そういうもんだね」鎌木は力強く頷いてから言った。「で、君はどういう展開を予測する？」

「犯人は劇場型犯罪志向で、大胆ではありますが慎重さを欠いています。顔見知りの可能性もありますし、犯人特定はそう難しくないでしょう。そもそもバイオテロなんて簡単に起こせるわけがありません。犯人は幼稚な人物だと思いますよ」

「幼稚ねえ」鎌木は口の端を歪めた。「半崎ちゃん、ああ、さっきの捜査会議で喋《しゃべ》った捜査支援分析センターのプロファイラーだけどさ、彼のプロファイリングは劇場型犯罪とか幼稚さに触れてもいなかったよねえ」

「あのプロファイリングは漠然としすぎです。正直、もう少し情報が欲しいと思いました」

プロファイリングにはお粗末な印象を受けた。あの程度のことは、誰にでも分かる気がする。

考え事をしていたせいで、赤信号でブレーキを踏むタイミングが少し遅れ、車がガクンと止まった。

「すみません」

鎌木のほうを向いて頭を下げた。

急ブレーキのことなど意に介さない様子で、鎌木は天井を見つめながら言った。

「じゃあ、君はあのプロファイリングを、情報が欠落した不完全なものだと思ってるんだ」

「ええ、失礼ながらそういう印象を受けました」

「半崎ちゃんはさ、アメリカ人の父と日本人の母の間に生まれてアメリカで育ったんだ。子供の時に両親が離婚して母親に引き取られて、あっちの一流大学で犯罪心理学を学んだ、超がつくぐらいのエリートなんだよ」

「でも皆さんも失笑していましたよ」

「半崎ちゃんは日本語が流暢《りゅうちょう》ではないから、日本人にはちょっと頭が悪そうに見える。でも、僕に言わせれば馬鹿は半崎ちゃんを嗤《わら》っていた連中だね」

馬鹿だと言われて桐生は口を尖らせた。

「じゃあ、あのプロファイリングは正しいんですか」

自分もあれが間違っているとは思っていない。ただ、普通に考えれば分かることがまるっきり抜けている。

「犯罪者プロファイリングは、確率論的に可能性が高い犯人像を示すためにやるんだ」

「それは知ってます」

再び馬鹿にされたような気がして、桐生は抗議のニュアンスを声音に込めた。

それまでへらへらと笑みを浮かべていた鎌木が、真顔で言った。

「余計なのさ」

「え？」

「信号、青」

「すみません」慌ててアクセルを踏む。

「君たち凡人が、足りないと思っている部分は半崎ちゃんの犯人像とは合わない。つまりそれが余計な部分というわけだ」

「余計……」

「はい、どこでしょう。引き算すれば簡単に分かる」

「えーと、バラバラ殺人、劇場型犯罪」

それと……。

大きく伸びをした後で、鎌木がぼそりと付け加えた。

「幼稚性だ」

そうか。いやいや、ちょっと待てよ。

「幼稚かどうかはともかく、どう見たって劇場型犯罪じゃないですか」

「でも半崎ちゃんはそう考えなかった。こういう時、僕はプロの意見を尊重する。君らみたいに自分の正しさを信じて、プロの意見を笑ったりはしない。大体、自分の正しさを信じるなんていうのは愚の骨頂だよ。だから僕は自分が信用できない。自分が正しいと思うことがあるからね。今もそうなんだけど」

「はあ」面倒くさい人だな、と思いながら桐生は生返事をした。

本郷弥生《やよい》交差点を左折し、本郷通りに入る。左手には、東都大学の広大なキャンパスが広がっている。

「そろそろ着きますよ」

「知ってるよ」鎌木は欠伸《あくび》をしながら言った。「母校だもの。薬学ゲートから入ってね」

「東都大なんですか？　でも鎌木さんキャリアじゃないですよね」

「うん。君と同じで警察官採用試験を受けて採用された」

「東都大なのに？」

「君が考えているような、絵に描いたような警察官僚のエリートは法学部卒。僕は理学部だもん」

「それでも国家公務員試験に合格すればいいんですよね」

「そうだけど、採用されると同時に不利な条件で出世競争が始まる。そんなのは僕が望む穏やかな人生とはほど遠い」

「穏やかな人生をお望みなら警察官にならないほうが……」

「退屈な仕事は嫌だ。僕なんて学部生の時にカマキリの研究をしていたんだよ。先生からは大学院に進学して研究者を目指すように勧められたけど、一生カマキリの研究をするなんてまっぴらご免だった。カマキリは今でも好きだけどね」

鎌木がカマキリの研究をしていたのか。桐生がその奇妙な味わいを楽しんでいるうちに、東都大の薬学ゲートが見えてきた。

構内に車を進め、医学研究科の白いビルの脇に駐車した。建物に入り、エレベーターで五階に上がる。通りかかった学生を捕まえて、柏原准教授の所在を訊ねると居室に案内してくれた。

柏原は憔悴《しょうすい》した表情で鎌木と桐生を居室へ迎え入れた。教授が殺害されたばかりなのだから無理もない。

猫好きなのだろう。室内には随所に猫のグッズが置かれ、デスクには夫と思しき男性と猫を一匹ずつ抱き、並んで座っている写真が飾られていた。

容姿は四十二歳という年齢相応といったところだろうか。きっちりと切り揃えられたボブカットで、小太りの体を包むグレーのスーツが少し窮屈そうに見える。黒いセルフレームの眼鏡を頻繁《ひんぱん》に直すのは、緊張の表れか。

勧められるまま、普段は研究ミーティングに使っていると思しき楕円《だえんけい》形の白いテーブルの周りに置かれた椅子に、鎌木と並んで腰を下ろした。

「大学当局からも全面的に捜査に協力するように言われています、早く犯人を逮捕して南先生の無念を晴らしてください」向かいに座った柏原は険しい表情を浮かべた。

「早速ですが、お聞きしなきゃならんことが山ほどあるので教えてください。まず、こいつなんですが、なんだか分かりますか？」

事件現場で発見された、蓋のついたプラスチックチューブの写真を、鎌木が向かいに座る柏原の前に差し出した。

「拝見します」柏原は写真を手にして、微かに顔をしかめた。「実験で使うチューブなのは間違いないですが、中身がなんなのかはこれだけでは分かりませんね」

「この中に南教授が研究していた、ヘルペスウイルスが保存されている可能性はありませんか？」

「ヘルペスウイルス？」柏原はいぶかしげな顔をした。

「柏原先生もご専門ですよね？」

「ええ。でも事件となにか関係があるんですか？」

鎌木は唇の前に、右手の人差し指を立てた。「これから話すことは口外しないと約束してくださいますか？」

「はい」柏原は怪訝の色を消さずに頷いた。

「実は、事件現場には犯行予告のようなものが残されていたのです。読みます」鎌木は手帳をめくってゆっくり読み上げた。『我々はマトリョーシカの外殻を手に入れた。マトリョーシカは数十万人の命を奪うだろう。我々はバイオテロにより享楽《けれん》に満ちた世界に死を振りまき、人々に内省を促す。次なる連絡を待て』ずいぶんと外連に満ちた文面ですが、心当たりはありますか？」

「マトリョーシカ？　外殻？」

呟《つぶや》く柏原の表情に、たちまち深い憂慮が浮かぶ。

「なにか心当たりがあるんですね？」

柏原はためらいながら頷いた。表情から明らかな恐怖が読み取れる。

「まず、最初のご質問にお答えします。そのチューブに入っているのがヘルペスウイルスそのものである可能性は低いです。仮にそうであったとしても、常温ではすぐに感染性を失ってしまうので危険ではありません」

そうなのか。桐生は安堵《あんど》した。明るい顔を隣に向けたが、鎌木は曇った表情のままで柏原に訊ねた。

「では中身はなんだと思われますか？」

「大腸菌なのではないかと。マトリョーシカという言葉でピンと来たのですが、そのチューブの中身は寒天状のものだったのでは？」

鎌木は頷いた。

「確かにそんな感じでした」

柏原は合点がいった様子で語り始めた。

「それは恐らくスタブと呼ばれる栄養の薄い寒天培地です。大腸菌はスタブ中ではゆっくり増えることしかできないので、保存に適しているのです。大腸菌は急激に増えると環境が悪化して死滅します」

「大腸菌とマトリョーシカの関係は？」

「ヘルペスウイルスはＢＡＣ《バック》と呼ばれる細菌の人工染色体に入れることができるので

す」

「ウイルスが細菌に感染するんですか？」

柏原は首を振った。「いいえ。ヘルペスウイルスは大腸菌に感染できません。遺伝子組み換えで人工染色体にＤＮＡとしてウイルスを入れてやるんです。ちょっと難しいですかね？」

鎌木が額に手を当てた。「そうですねえ。僕も一応ここの生物系を出ているんですが、動物行動学だったものですから。それももう二十年も昔です。でも最後まで言ってみてください。分からないことは質問しますから」

あのう、と桐生は控えめに手を挙げた。

「そもそも細菌とウイルスってなにが違うんでしたっけ？」

鎌木が説明した。「細菌は小さいけれど、れっきとした生物だ。基本的には自分で分裂して増殖することができる。一方、ウイルスの構造はずっと簡単で、遺伝情報として核酸を持つ点では生物に似ているけど、増殖のためには他の生物の細胞が必要だ。だからウイルスは生物ではないと考える研究者が多い」

「細菌よりウイルスのほうがずっと単純で小さく、自分では増殖できない、ということですね？」

「そんなところだね」鎌木は頷いた。「でも、柏原先生。細菌のＤＮＡの中にウイルスのDNAを入れるってどういうことです？　細菌からウイルスができるんですか？」

「感染性のあるウイルス粒子として再構成させるためには、もう一度細菌からウイルスのDNAを取り出して、哺乳類の培養細胞でウイルスの遺伝子を発現させてやる必要があります」

「まず大腸菌の中に遺伝子組み換えでウイルスのDNAを入れる。次にDNAを取り出して哺乳類の細胞に入れ、発現させることでウイルス粒子ができる。なんか手品みたいだな」

「ええ。大腸菌の中にウイルスが隠されていることを、犯人はマトリョーシカと表現しているのではないかと思ったのです。入れ子構造になっていますから」

　手品どころか、桐生にはなにがなんだか分からなかった。しかし、ここは大腸菌から最終的にウイルスができるという、漠然とした理解をしておけばいいだろう。

　鎌木が言った。「なるほど。でも、どうしてそんなに面倒くさいことを？」

「ヘルペスウイルスは、そのままだと遺伝子操作がしにくいんです。でも、大腸菌の人工染色体の中に入れてやれば、遺伝子操作が容易になります」

「なんのために遺伝子を操作するんですか」

「遺伝子操作の目的は色々あるのですが、まずウイルスが持つ遺伝子の機能を調べることがあります。例えばウイルスの増殖に関与していることが予想された遺伝子があるとします。その遺伝子を壊してウイルスの増殖に影響がみられれば、それが増殖に関係していることが確認できるわけです」

「引き算をして本当にそうなるかを確かめるわけですね。他にはどんな目的で遺伝子操作を？」

「遺伝子治療用の運び屋として用いられます。患者さんの中で働いていない遺伝子をウイルスの中に入れて補充することで、病気を治そうという試みです」

「それにもヘルペスウイルスを使うんですか」

「はい。普通は別のウイルスを使うのですが、ヘルペスウイルスに注目している研究者もいます」

「なるほどね」鎌木は頷いた。「で、ここではどんな研究を？」

「私たちは弱毒化したヘルペスウイルスをがん治療に用いようとしています」

「がん治療」

「ええ。ウイルスは増殖する時に、感染した哺乳類の細胞を壊します。ウイルスの種類によっては、正常細胞ではほとんど増えず、がんの中でだけ効率的に増えて、がん細胞を殺すものがあります。そういった性質を利用して、がん治療に応用しようとしているわけです」

「それは面白いですねえ。実用化はまだなんですか」

「現在臨床試験中です。有望な結果が出つつあるのですが……」

柏原は語尾を濁した。南教授のことを思い出したのだろう。

「早く実用化されるといいですね。僕も知り合いを何人かがんで亡くしています。昔と違って長期の延命が可能になってきているそうですが、治るに越したことはありませんから」

「はい。南教授も常々そう仰《おつしや》っていたのですが」涙声で言う柏原は、目頭をおさえた。

鎌木は心中お察しします、と言って頭を下げた。しばしの間を置いてから再び口を開く。

「次の質問に移らせてください。犯行声明と思しきメモには、数十万人の命を奪うと書いてありました。ヘルペスウイルスを使ったバイオテロでそんなことが可能だと思いますか。エボラウイルスならまだしもヘルペスは危険なウイルスではないという印象ですが」

「ええ。ヘルペスウイルス感染症の死亡率は極めて低いですから」

「ヘルペスウイルスについて、バイオテロに関係しそうな部分だけで結構ですので、簡単に説明してもらえませんか？」

柏原は少し俯《うつむ》いて、額に右手の人差し指の先を当ててから、顔を上げた。

「まず、ヘルペスウイルスはごくありふれた感染症だということを知っておいてください。高齢者のほとんどは感染歴がありますし、二十代、三十代の成人でも半数程度が感染歴を有しています」

「たしか『風邪《かぜ》の華』の原因ウイルスですよねえ」

「ええ。風邪を引いた時など、免疫が落ちる時に唇に水膨れができるあれの原因となるウイルスです。『風邪の華』とか『熱の華』と呼ばれています」

「免疫が落ちると感染して、熱の華ができるんですか」

「いいえ。ヘルペスウイルスは潜伏感染といって、一度感染すると神経の中に潜み、免疫に排除されることなく生き続けます。潜伏したウイルスが、免疫力が弱くなった時などに唇や性器に疱疹《ほうしん》を作るわけです。ヒトのヘルペスウイルスは主に口唇ヘルペスの原因になる一型と、性器ヘルペスの原因になる二型に分けられています」

「いずれにしても大した感染症ではないというわけだ」

「はい。ごく一部の患者はヘルペスウイルス脳炎を発症して重篤な状態に陥ることがありますが、今は抗ウイルス薬が進歩したので、稀《まれ》に脳炎を発症した場合でも、死亡率は十パーセント程度になっています。ですから通常のヘルペスで数十万人の命を奪うことは不可能です」

「しかし、犯人はマトリョーシカによって命が奪われると言っています」

柏原は暗い顔で頷いた。「さきほどお話しした遺伝子改変によって、ウイルスの病原性を高めたり、遺伝子治療に役立つ遺伝子を入れる代わりに、毒素の遺伝子を導入したりすることもできるかもしれません」

　鎌木は顔を曇らせた。

「それは普通の研究室でも可能ですか？」

「私たちの研究室では、日常的にヘルペスウイルスの遺伝子組み換えを行っています。もちろん研究目的で、ですが」

「これから応用ウイルス学教室の全関係者の氏名と連絡先のリストを提出してもらうことになります。捜査員を派遣して全員に一通りの聴取をさせてもらいますが、なにか教室内でトラブルのようなことはありませんでしたか？」

　柏原は即座に首を振った。

「ありません。他のスタッフにも聞いてもらえれば分かることですが、南先生は優れた研究者で、人格的にも素晴らしい指導者でした。大体、犯人の目的が南教授を殺害してヘルペスウイルスを強奪することにあったのだとしたら、研究室のメンバーはそのようなことをする必要がありません。自分たちが日々研究している研究材料の一部を盗めばそれでよいのですから」

　確かにそれは一理ある、と桐生は頷いた。

　鎌木が質問を続ける。「ウイルスは簡単に盗めるものなのですか。管理はどうなっているんです？」

「ウイルスを保管する冷凍庫には鍵がかけてあります。ただ、研究室のメンバーであれば鍵は誰でも開けられます。ウイルスは毒物などと違って、研究室内で増やせるので、毒劇物のような全体量の把握は行っていません。必要な分だけ保持して、不必要なものは各自で処分します。増殖させているウイルスについてはインキュベーターと呼ばれる培養箱の中で管理していて、こちらは培養箱自体に鍵はかかっていません」

「なんか随分と管理が緩い感じがしますねえ」

首を傾げた鎌木に、柏原は少し苛立《いらだ》ったようだ。

「すべて大学の規定に基づく管理を行っており、逸脱はしていません」

「ならいいのですが。南先生の妹さんの話では、早期退職してのんびり過ごすのも良いかもと最近こぼしたことがあるらしいのですが、そういった話は聞いたことがありますか」

柏原は首を捻った。「南先生がそんなことを？　いえ、聞いたことはありません。ただ、最近確かに少しお疲れだったかもしれませんね」

「疲労の原因に心当たりは」

「日本の夏は苦手だ、留学していたカリフォルニアが懐かしい、と仰ってはいましたけど……」

鎌木は続いて柏原が昨夜どうしていたのかを訊ねた。

柏原は南教授より少し後の午後九時半前に研究室を後にし、十時過ぎに品川《しながわ》の自宅付近にある居酒屋で、夫と合流したとのことだった。確認する必要はあるが、裏は簡単にとれるだろう。

「今日は土曜ですが、何人くらい研究室に出てきていますか？」

「午前中は十人以上いたのですが、事件を知って混乱を避けるために学生と研究員は帰宅させました。いま残っているのは私と助教の松本だけです」

「松本先生にはこの後、お話を伺わせていただきます。ではさきほどお願いした教室の皆さんの住所録を頂けますでしょうか。できれば過去のメンバー分も。申し訳ありませんがメールでお願いします」

取り扱いは慎重に願います、と言って柏原はパソコンを操作して三年分の住所録を送信してくれた。それ以前のものは組織改編があって残っていないらしい。

桐生と鎌木は、柏原に礼を述べて廊下に出た。研究室メンバーの連絡先が添付されたメールを捜査本部に転送し、松本助教のいる実験室へ向かった。

「特にお話しできるようなこともないと思うのですが」

挨拶を終えると、白衣姿で実験台の椅子に座る松本は即座にそう言った。呆《あき》れたことに、今回の件は部外者というスタンスのようだ。立ったままの桐生たちに椅子を勧めることもしない。

松本は犯行推定時刻には、この研究室に数人の学生と共に残っていた。深夜一時近くまで実験をしていたらしい。柏原同様、アリバイについては簡単に裏がとれそうだ。

「どんな些細《ささい》なことでもいいんです。今のところ、手掛かりがなにもないもので。例えば、犯行推定時刻に南先生のご自宅を訪問する人の心当たりとかないですかね？」

「私も南先生のお宅にお邪魔したことはありませんから」

「あまりプライベートでお付き合いされる感じではなかったんですか」

松本は自虐的な笑いを浮かべた。

「というか、我々はほとんど大学にいますからね。そもそもプライベートの時間というものがあまりないのです。もちろん、月に一、二回は土日のどちらか休んだりはしますが」

「大変ですねえ」

「好きでやっていることですから。もっとも南教授は研究員や学生にもできるだけ日曜日は休むように言っていました」

「そうですか。では南先生が亡くなって利益を得られる人って思いつきます？」

「利益？」松本は眉間に皺を寄せた。

「ええ。気を悪くしないで聞いてほしいのですが、南先生が亡くなられたら教授のポストが空くじゃないですか。そうしたら柏原先生が教授になって、松本先生が准教授になったりしないんですか」

なんと非常識な。桐生は鎌木に抗議の視線を向けたが、まったく気づかない様子だった。

松本が怒り出すのではないかと肝を冷やした。が、彼は冷めた表情で言った。

「とんでもない。むしろ逆ですよ」

「逆？」

松本はニヒリスティックな笑みを浮かべて、肩をすくめた。

「柏原先生の研究業績と実力では、残念ながら教授の椅子に収まるのは無理です。献身的に南先生に尽くしてきたからなんとか准教授になれましたが、教授への昇任はまずありえません。恐らく新任の教授は外部から迎えられます。我々はここに居にくくなってどこかに移らなければならなくなるでしょう。医学部ではよくあることですが、我々にとっては南先生が亡くなられたことは不利益ですね」

「なるほど、それは大変ですねえ」鎌木が形式的な同情を示す。

「せめて僕が准教授になるまで待ってくれれば、なんとかなったかもしれないのに」

松本が悔しそうな顔をした。

誰に待ってくれと言っているんだ。桐生は目の前の痩せこけた男の身勝手さに再び呆れた。

鎌木は話題を変え、『マトリョーシカ』について松本の見解を訊ねた。

松本は少し思案した後で口を開いた。

「通常のヘルペスウイルスが、数十万人の命を奪うことはまず考えられません。病原性を変化させる試みについても、我々はもっぱら弱毒化して、つまりウイルスを弱くさせるような研究をしているものですから」

「弱毒化の過程で、逆に強力なウイルスが出現したりはしないでしょうか?」

松本は椅子の背もたれに体を預け、天井を見上げながら言った。

「それじゃあまるでSF映画だ。先生の研究のアウトラインを知りたいなら、業務日誌を読むといいかもしれません。先生はもうご自身では実験をしていませんでしたが、学生からの相談内容などはすべて日誌に記録していたみたいですから」

鎌木が頷いた。「柏原先生に許可を頂いて日誌をコピーさせてもらいます」

松本はわざとらしく壁の時計に目をやった。「申し訳ありませんがそろそろ宜しいでしょうか。学生を帰宅させてしまったもので、私がやらなければならないことが沢山残っています」

「こんな日にもやらなければいけないことがあるんですか」呆れる思いで、桐生は松本に訊ねた。

「ええ。さっきもお話ししたように、この教室はたぶん解散します。でも、南先生と私たちが取り組んできた研究テーマは受け継がれていくんです。研究は日々の地味な作業の積み重ねですが、継代《けいだい》している細胞や飼育している実験動物は、一度途切れてしまうとリカバリーにかなりの時間がかかる。絶対にそういったことが起こらないように、南先生は目を光らせていました。正直言って小うるさかったですよ……」

そこで松本は一度言葉に詰まった。

「南先生は亡くなられましたが、私は自分の務めを果たさなければなりません。刑事さんたちもどうかご自身の責務を全うしてください。一刻も早い犯人の逮捕を」

松本が椅子から立ち上がり、悲しげな表情で頭を下げた。

「承知いたしました」

鎌木は深々と頭を下げた。桐生も慌てて続いた。

鎌木にしても松本にしても、人には一見しただけでは分からない、意外な側面があるものなのだと桐生は小さな驚きを感じた。

柏原准教授の許可を得て南教授の業務日誌を預かり、下谷署に一度戻ることになった。

来た時と逆ルートで車を走らせていると、助手席のシートを倒してコピーした南教授の業務日誌をめくっていた鎌木がその革張りの日誌を閉じた。

「この三カ月は、南教授の周りに不審な動きはなさそうだね。強毒化したヘルペスウイルスの話なんて全然出てこないし、トラブルなんかもなさそうだ」

「そうなると、柏原先生からリストを頂いた教室メンバーへの聞き込みの結果待ちですかね」

「トラブルはないという話だったけれどね。まあ、犯人と南先生しか知らないトラブルがあったとして、犯人がそのトラブルを話すわけがないんだけど」

「柏原先生と松本先生のお話を伺ってどうでしたか？　松本先生が意外に情熱的で驚きました。正直、最初はいけ好かない人だと思ったのですが。鎌木さんも最後はきりっとしていて格好良かったです」

からかうニュアンスを込めて、鎌木をちらりと見る。

「あの二人の先生は大変な事態によく対応していたと思うよ。本当に大変なのはこれからなんだろうけどさ。あの松本っていう助教の情熱に僕は感銘を受けた。からかいたいなら好きにするがいい」

「すみません」

桐生は慌てて頭を下げた。真面目に返されるとやりにくい。それも含めて、やはり鎌木は面倒くさい。

その人がどんな人かを想像しながら行動するのは大変だ。だから人は脳内で単純化したイメージを作り上げて、そのイメージと付き合うことで円滑な人間関係が築けるというのに。

鎌木は桐生の心中を見透かしたように言った。

「刑事というのはイメージに囚《とら》われてはいけない仕事だ。改めて肝に銘じるといい。研究者が強行犯事件に絡むことは珍しいけど、彼らから学ぶことは実に多い。僕たちは本来研究者のような姿勢で捜査に臨むべきなんだ。あるいは研究者は刑事のような姿勢で研究に臨むべきだというべきか」

どっちなんだと突っ込みたくなったが、鎌木の真剣な話し方がそれを許さなかった。彼の中では矛盾がないのだろう。

「そういえば、鎌木さんはカマキリの研究をしていたって言ってましたよね？」

「うん」

「カマキリが好きなんですか」

「昆虫が好きなんだよ。まあ、苗字のせいもあって、カマキリは昔から好きな昆虫の一つではある。指導教官が示してきたいくつかの研究対象から、迷わずカマキリを選んだ」

「カマキリのなにを研究していたんですか」

「つまらん話だよ」

「興味があります」

正直、カマキリにはあまり興味がなかった。桐生にとって重要なのは、一緒に組んで捜査をすることになる鎌木がどんな人間かということだ。

「カマキリの雄が交尾をしたあと、雌に食べられちゃうって話、聞いたことある？」

「ええ。食べられることで卵に、つまり自分の子供に栄養を与えるんですよね。すごい自己犠牲です」

「そういう考えもある」

「そういう考え？　本当は違うんですか」

「カマキリとは話ができないから本当のところは分からない。でもね、そもそも野外で観察しているとカマキリの雄が雌に食べられてしまうことはほぼないんだ」

「え？　じゃあどうしてあんな話が」

「狭い容器の中で飼っていると、確かに高確率で食べられてしまう。逃げ場がないから」

「なるほど」そういうことなのか、と桐生は意外に感じた。「で、鎌木さんはどんな研究を？」

「きっかけになったのはある先行研究だった。その研究ではカマキリの雌の空腹度を調整して、満腹の雌と空腹の雌にそれぞれ雄を当てがったんだ。そして、雄がどういう風に交尾行動をするのか調べた」

　桐生は頷いた。空腹な雌の方が雄にとっては危険だろう。

「結果、雄は雌が満腹の時には行動が大胆で、交尾するまでの時間が短かった。雌が空腹の時には雄は雌の背後から接近することがほとんどで、交尾に至るまでの時間が長くなった」

「でもそれは交尾前の話ですよね。交尾する前に食べられたくないのは当たり前です」

「その通り。だから交尾後の行動が重要だ。カマキリは雄が雌の背中に乗って交尾をする。背中の上は雌の鎌が届かないから安全なんだけど、離れる時には再び雌に襲われる危険がある。交尾後の行動を調べた結果、交尾が終わって離れる時も、空腹の雌と交尾した雄の方が慎重で、時間がかかった」

　なるほど、と桐生は感心した。

「じゃあ、カマキリの雄は雌に食べられたいわけじゃないんですね」

「雄自身の自供は残念ながら得られていない。でも、食べられたいわけじゃないように見えるよね」

「ええ」

「僕は、雄側の空腹条件や成虫になってからの時間、交尾させる時の温度など、他の要素を色々と調整してもう少し細かいことを調べたんだ。詳細は割愛するけど、やはり雄は雌に食べられたくはないんだろうな、と推定できる結果だった」

「卒論の経験は刑事の仕事に役立っていますか」

「もちろん」

「どんなことに？」

「相手の言葉や印象に惑わされることなく、実験や観察で真実に近づくことの大切さを学んだ」

カマキリはヒトに心の内を明かさない。

いや、自分たち人間が考えるような心を持っているかどうかも怪しい。そのような相手がどのように振る舞うのかを調べてなぜそうするのか推定する作業は、犯罪捜査においても役立つのかもしれないと桐生は思った。


下谷署に戻り、鎌木と共に捜査本部に赴いて捜査班に報告を行った。メールで送信した応用ウイルス学教室の関係者リストが捜査員に配られ、手分けして聞き込みが始まっているらしい。

熊井が会議室の壁に寄りかかって、携帯を操作していた。桐生は鎌木に情報交換をしてきますと告げて、熊井に話しかけた。

「お疲れ様です。どんな感じですか」

真剣な表情で携帯の画面に視線を落とし、桐生の接近に気付かなかった熊井だが、ゆっくり顔を上げた。

「おう。現場周辺はあの通りの住宅街で、防犯カメラが少なくてな。それでも南教授が帰宅する様子は複数のカメラに映っていたが」

「不審人物は」

「どの映像でも南教授は一人だった。後をつけるような不審者も確認できない」

犯人は被害者とは別に、殺害現場と目される南教授宅に到着したというわけだ。

熊井は右の掌で目をごしごし擦った。

「研究室関係者についても入手した写真をもとに随時ＳＳＢＣの画像解析班にやってもらっているが、あの日、現場付近をうろついていた教室関係者は今のところいない。大学での聴取も、その様子だと手ごたえなしか」

「まだなんとも言えませんが、准教授と助教の話ではトラブルはなかったようです」

「例のマトリョーシカについては」

桐生は熊井に柏原准教授から聞いた内容を話した。

「また随分と面倒くさい話だなあ、おい」熊井は呆れ顔で言った。「菌のＤＮＡの中にウイルスが隠されてるってか」

桐生も同じ思いだった。病原体でもある大腸菌のＤＮＡに、別の病原体であるウイルスを隠すことが可能になっているとは。

「発達した科学は魔法と区別がつかないんですよねえ」振り返ると鎌木が立っていた。

熊井が不機嫌そうに鼻を鳴らした。

「魔法なら俺たちだって使ってる。科学捜査の進歩だって凄《すさ》まじいんだ。あっちが魔法使いならこっちも魔法で対抗するまでだな」

「小耳に挟んだんですが、現場に残されていた指紋は採取できたし、テーブルの上に残されていたカップ等に付着していた犯人のＤＮＡも増幅できて捜査に使えるそうです。夜にはデータベースとの照合結果が出るでしょう。前科があるとは思えないですけどね」

「ＤＮＡを採取されるような前科《まえ》があるとは確かに思えねえな」

「私たちも頑張りますが、防犯カメラからの映像回収と解析が本命といったところでしょうか」

「言われるまでもない」熊井は任せておけという顔で頷いた。

地取りと呼ばれる周辺での聞き込みが重要なのは今も昔も変わりはない。しかし、近所付き合いの希薄化と防犯カメラの普及によって、カメラに記録された映像が事件解決に貢献するケースが激増しているのは紛れもない事実だった。

　多くの捜査員が出張っていて捜査本部は人もまばらだったが、前方の幹部席周辺にはそれでも何人かの捜査員が張り付いてなにかを話し合っていた。

　一台の電話が鳴り、担当捜査員が受話器を上げた。応答する彼女の表情が、にわかに険しいものに変わる。一度、通話を保留にした後で急いで前方の雛壇に向かい、何事かを報告した。

　首脳陣が色めき立った。会議室前方に設置された大型テレビの電源が入れられ、サクラテレビにチャンネルが合わせられると、『バイオテロ予告？　東都大医学部教授殺人事件と関連か？』というテロップが表示された緊急特番が映し出された。

　過去にアメリカで起こった炭疽菌《たんそきん》テロの様子を映し出していた映像が切り替わり、男性ニュースキャスターの深刻そうな表情が大映しにされた。

『ここで改めてこれまでの経緯をお伝えします。本日午後三時前、サクラテレビに男性の声でサクラテレビ社屋裏の植え込みの中に、不審物があるとの電話がありました。電話はすぐに切られましたが、警備員が植え込みを確認したところ、A4サイズの封筒が見つかりました』

　画面に封筒が映し出された。何も書かれていない、普通の茶封筒だ。

『封筒にはプリントアウトされたメモと共に、液体の入った研究用のプラスチックチューブが同封されていました。メモの内容を読み上げます』

　捜査本部に居合わせた全員の表情が強張った。

『警察は南教授殺害事件の本質を隠ぺいしている。事件の本質は、遺伝子組み換えされた生物兵器であるマトリョーシカを我々が手に入れたことにある。少なくとも数十万人の命が奪われる。防ぐ術《すべ》はない』

「ふざけやがって！」熊井が机を拳《こぶし》で叩いた。

　管理官が即座に指示を出す。

「鎌木。すぐにサクラテレビに向かってくれ。機動鑑識も急行させる。お前はメモとチューブを押さえて、こちらに相談もせずに犯人のメッセージを垂れ流した責任者に灸《きゅう》をすえてこい！」


「どう考えても劇場型犯罪じゃないですか」

　助手席に座るなりシートを倒して天井を見上げる鎌木をバックミラーでチラリと見やってから、桐生は湾岸エリアにあるサクラテレビへと車を走らせた。

「どう考えても」そう繰り返す鎌木が同意したのか、単に言葉を繰り返したのか分からなかった。

「さっきのテレビ。チューブに入っていたのは液体だったと言っていましたよね」

「ほう」鎌木が意外そうな声を上げた。「そこに気がつくとは」

「南教授宅のチューブに入っていたのは寒天状のものでした。あれを液体と表現する人はいないでしょう」

「だとすると、サクラテレビのチューブの中身は、南教授宅のものとは違うことになる」

「なんだと思いますか？」

「わからない。しかし、十中八九ろくでもないものだろうさ」

サクラテレビに到着すると、二人は特別応接室に通された。

応接室では三人のスーツ姿の男が背筋を伸ばして立っていた。こちらの姿を認めるなり、バネのような勢いで頭を深々と下げ、そのままの勢いで直立姿勢に戻った。中央の背の高い男が叫ぶように言った。

「このたびは事前のご相談もなしに犯行声明文を報道してしまい、申し訳ありませんでしたっ！」

「いやいやいやいや。謝られても困ります」鎌木は笑顔で目の前で手をパタパタと振った。「だって許されないことをしたんですから」

神妙な面持ちに、却《かえ》って欺瞞《ぎまん》を感じさせる三人から名刺を受け取り、そのまま向かいあって高級そうな革張りのソファーに腰を下ろした。大きな声で謝罪した男がチーフディレクターらしい。

防衛策のつもりなのだろう。チーフディレクターの右隣の男性が、やり取りを録音させて頂きますと言って、レコーダーを応接セットのテーブルに置いた。

「で、なんでこんなことになっちゃったのか、簡単に説明してもらえますかね」

鎌木が笑顔を崩さず両手を合わせて言った。

チーフディレクターは眉根を寄せつつ、滑らかに舌を動かした。

「犯人は生物兵器によるテロを予告しています。ことは一刻を争うと考えました。失礼ですが、犯人は警察による事実の隠ぺいも示唆していましたし……」

「あははは。じゃあ謝ることなんてないじゃないですか。報道機関としての務めを立派に果たされたんですから」

チーフディレクターは首を振った。

「それでも警察の皆さんにご迷惑をかけたのではないかと。本当に申し訳ありません」

「そうそうそう。そうなんですよ」鎌木は小刻みになんども頷いた。「じゃあ具体的にどんな迷惑がかかるのか想像できますか」

「え？　それは……」

困惑の表情を浮かべるチーフディレクターを鎌木が不思議そうな顔で見る。

「うーん。じゃあ、さっきの謝罪はなんなんですかね。具体的にどんな迷惑がかかるのかが分からなければ、謝罪の意味なんてないじゃないですか。ひたすら謝り続けられれば多くの人はいつまでも怒り続けられないものです。あなた、そのことが分かっていて平謝りしたんでしょ」

「いえ……」

チーフディレクターの額に汗が滲《にじ》む。

「残念ですが、僕はあまり怒ったりしない人間なんです。だから相手が平謝りしても満足しない。その代わりに問題の本質や責任の所在を、はっきりさせてもらいます」

「は、はい。申し訳ありません」

鎌木のような人間に接することがないのだろう。困惑の度合いを明らかに深めている様子だ。

「だからあ。謝らなくていいんですよ。無駄だから。さっきの質問に答えてください。想像力がなんだか理解していらっしゃいますか？」

「想像力ですか？　未来を予測する力のことでしょうか」

チーフディレクターの表情が少しだけ和らいだ。自分への批判ではなく、クイズのような質問に変わったことへの安堵が感じ取れる。

「まあ、おおざっぱにはそういうことになりますね。極めておおざっぱですが」

鎌木はおおざっぱなのは回答の中身ではなく、答えたチーフディレクター自身だと言わんばかりの呆れたような表情で続けた。

「高等哺乳類は、外界の情報に関して推測を働かせてシミュレーションを行います。これは外界像の多重化を意味します。動物が想像力を獲得する前には、目の前の現状でしかなかった外界像が、その時間的空間的単一性を脱して多重化し、現状とは異なる外界像を描き出すことができるようになったということなんです」

「ええ」チーフディレクターが頷いた。桐生と同じく、話の半分も理解できていないのだろう。彼は話をただ聞き流すことにしたようだった。

「ところで」鎌木の細い目に粘着質な光が宿った。「いま申し上げた、高等哺乳類というのは猿のことなんです。猿でも想像力を働かせることができる。ご自分と猿を比較してどう思われますか？」

チーフディレクターが一瞬にして怒気を露わにした。

「それはさすがに聞き捨てなりません！」

彼の両脇の二人も、今こそ反撃の好機とばかりに腰を浮かせる。

鎌木は不思議そうな顔をした。「なにが聞き捨てならないんです？」

「あなた私のことを猿以下だと！」

「桐生さん。僕はそんなことを言ったかな？」

「いいえ。質問しただけです」チーフディレクターを少し気の毒に思いながら、桐生は首を振った。

鎌木はわざとらしく大きなため息をついた。

「その通り。僕は質問をしただけです。猿以下だという結論を導き出したのは、あなた自身だ。まあ、両脇のお二方も同様の結論に至ったご様子ですが」

一瞬言葉に詰まったチーフディレクターだったが、彼は引き下がらなかった。

「しかし、論法としては想像力がない私は猿以下だと言っているようなものでしょう！」

「いやいやいやいやいや」鎌木は首を振り、それまで張り付けていた笑顔を消して、早口でまくし立てた。「私はあなたに想像力がないなんてひとっことも言っていません。せっかく録音しているんだから今すぐ確認してください。今すぐに。そして、そのような事実がなかった場合、速やかに謝罪してください」

チーフディレクターはテーブルに置かれたシルバーのICレコーダーに視線を送り、しばし思案している様子だったが、やがて力なく首を振った。

「いえ。確認は結構です。声を荒らげたりして申し訳ありませんでした。私が勝手に想像力を働かせてしまいました」

「いえいえいえいえ」鎌木は再び表情を和らげた。「僕も誤解を招く表現をしてしまいましたね。では想像力については理解してもらえたでしょうか」

「はい」

桐生は力なくうなだれるチーフディレクターに、改めて同情した。

鎌木のやり口は狡猾《こうかつ》そのものだった。録音が始まった時点で、それを最大限に利用しようと判断したに違いない。小難しいが本質と関係ない話で相手を翻弄《ほんろう》し、失言したと見せかけて相手が反撃に出たところを叩き潰《つぶ》す。

「さて」鎌木は楽しげに手を合わせた。「想像力について理解して頂けたなら、今回あなた方がしでかしたことによって、捜査にどんな影響が出るかを教えて差し上げましょう」

チーフディレクターの喉が上下にゆっくり動いた。

鎌木は人差し指を立てた。

「まず、大々的に報道されてしまったことにより、これから沢山の偽情報や犯人を名乗る悪戯《いたずら》の連絡が警察やマスコミに来るはずです。それだけでも大変な迷惑なのに、犯行声明の全文を公開してしまったために、犯人を名乗る人物が本物か偽物かを判断する材料がなくなってしまったんです。マトリョーシカの名前も、これまでは犯人と警察しか知らなかったのに。もうね、これは捜査かく乱ですよ。犯人を利する行為です」

「そんな無茶な」チーフディレクターは心が潰れたような、グニャリと歪んだ笑みを浮かべた。

鎌木は微笑んだ。

「とりあえず速やかに手紙とサンプルを提出してもらいましょう。断る場合は令状をとってもう一度お邪魔することになります」

「わ、わかりました」

チーフディレクターは傍らの男性に封筒を持ってくるように命じた。

ビニール袋に入れられた封筒は間もなく到着した。

鎌木はポケットから白手袋を取り出して、興味深そうに封筒の中身を確認した。

チューブは南教授の殺害現場のものと同じように、小さなチャック付きのポリ袋に入れられていた。しかし中身は寒天状ではなく、報道の通り液体だった。それだけ確認すると、鎌木は電話で、駐車場の植え込み付近で鑑識作業を開始していた機動鑑識を呼んだ。

封筒に触れたテレビ局のスタッフ数人の指紋が鑑識に採取され、封筒は中身と共に回収されていった。科警研に回されて分析されるのだろう。

封筒を受け取った後も、鎌木は三十分以上にわたって三人のテレビ局員に説教を続けた。局員たちは数回の論理的な反撃を試みたが、即座に行われた鎌木の反論によって封じられてしまった。

「自分たちのしたことが、どれだけ公益に反する愚行だったたか、お分かりいただけたでしょうか？」

「はい」最後に総括をした鎌木の言葉に、チーフディレクターは肩を落とした。

『愚行』は鎌木がこの日用いた唯一の侮蔑《ぶべつ》表現だったが、疲れ果てたチーフディレクターはそのことに気付きもしない様子だった。


「テレビ局の人が気の毒でした」

下谷署への帰路。ハンドルを握る桐生は助手席のシートを倒した鎌木に言った。

「どうして。僕はお灸をすえるように命じられてここにきたんだよ」

「でもあんなに執拗《しつよう》に責めなくても。ほとんど虐《いじ》めに見えました」

「僕は、とりあえず謝っておけばいいという態度が気に入らないんだ。酔っ払ってでもいない限り、謝られ続けると小言を続けるのは難しい。あいつはそれを知ってる。そういう相手に怒っても、お灸をすえたことにはならない」

「そもそも随分と楽しそうにみえましたが」

「もちろん」鎌木は得意げに頷いた。「馬鹿なことをしでかした連中を罵るのは楽しい」

「鎌木さんは随分性格が悪いんですね」

「捜査かく乱するような輩《やから》に、紳士的に対応しようとは思わない。自分に嗜虐性《しぎゃくせい》があるのは認める。刑事になったことは、自分にも社会にも福音であったと信じているよ」鎌木はカラカラと楽しそうに笑った。

鎌木はあちらが自分たちの身を守るために用意したレコーダーまで攻撃に利用して、相手に灸をすえた。相手のペースに呑《の》まれることなく、自分の策にはめていく。その狡猾さは好きにはなれないが、味方にしている分には頼もしくはある。この嗜虐性が悪に向かうなら、鎌木が刑事になったのは社会にとって福音といえるかもしれない。

「ところで桐生さんはどうして警察官になったの？」

まるでこちらの心を見透かしたかのように、鎌木が聞いてきた。

「つまらない理由です。両親が警官だったんです」

「面白みには欠けるけど、警官になる理由としてはメジャーで、まっとうな理由じゃないか」鎌木はそう返事をして、スマホを取り出してなにかを調べ始めた。

警察官は特殊な職業だ。それ故に警察以外の人間と結婚した場合には齟齬《そご》が生じやすい。面倒を避けるための、もっとも一般的な解決法が警察官同士で結婚してしまうことだった。

ただ、その子供も警察官になる割合はそれほど高くはない。どうしても仕事のやりがいと共に、特殊性を目にしながら育ってしまうからだといわれている。

桐生が警察官の道を選んだのは、両親が警察官であると同時に優秀な空手の選手で、自身も空手をやっていたからだ。物心ついた時には空手が生活の一部になっていた。一時は空手だけで食べていくことを考えたが、自分の才能と向き合った結果、断念した。

それでも、桐生の人生は色あせたわけではなかった。警察官なら修練として空手に思う存分打ち込むことができたし、警察の空手大会でも好成績を収め続けた。空手だけではなく、警察官としての仕事にもやりがいを感じ始めた矢先に、桐生は自分の体に異変が起きていることに気付いた。

午前中、鎌木との最初の顔合わせの時に、彼は自分の体を細いと言った。あの時、熊井が浮かべていた、申し訳なさそうな表情を思い出す。

昔はこんなに細くなかった。親譲りの筋肉は、しなやかな鎧《よろい》のように自分の全身を包んでいた。

外国人のような筋肉のつき方だと、空手仲間に羨ましがられた、かつての自分の体が脳裏によみがえったところで、桐生はかぶりを振った。

今になって思えば、職業としての空手家を目指さなくて良かったのだ。警察官であれば、空手をやめても仕事を続けることができる。

刑事を志したのは、失われつつある自分の筋力を、知力と人間力で補おうと考えてのことだった。がむしゃらに仕事に励み、手柄を上げて若くして刑事になることができた。

事件と直接向き合わない部署の重要性も認識はしていたが、今すぐに自分が裏方になることには抵抗があった。いずれにしても筋力の低下を食い止めることができなければ、やがて異動しなければならないだろう。

あの日。

主治医が深刻な表情で桐生に確定診断を告げると、母は声をあげて泣き崩れた。お陰で桐生は泣くタイミングを失ってしまった。

自らの感情を解き放つことも叶《かな》わず、かといって冷静になれるわけでもない苦しさを感じながら、傍らで嗚咽《おえつ》する母をただ眺めた。

母は何に涙を流しているのだろう？

警察官であり、熱心な空手家でもある両親は、自分たちがあと一歩のところで果たせなかった夢、全日本警察空手道選手権での優勝を一人娘に託していた。

実際、桐生は大学卒業後、警視庁に入って初めての大会で、女子個人戦でベストエイトに残った。自分でもまだ伸びしろは大きいと感じていた。

両親は桐生がオリンピック日本代表になることを望んでいたわけではなかった。娘が空手家としての自分たちの才能を引き継ぎながらも、それが決してオリンピック代表になれるようなものではないことを理解していた。

公務員としての安定があり、かつ武道の才能が評価される警察は、両親と同様、桐生にとっても理想的な職場だった。

桐生は採用時の筆記試験でも好成績を収めた。元々勉強が嫌いではなかった。プロの空手家にならなかったのは、その後の病気のことを考えれば幸いだった。

一方で、空手に打ち込んでいたからこそ、病気を早期発見することができたのも事実だ。

激しく稽古に打ち込んでいたある日、桐生は自分の筋力が維持できていないことに気付いた。桐生は最初それを老化のためだと考えた。日常生活には全く支障がなかった。トレーニングの負荷を上げることで筋力は維持できるに違いないと考えたが、それでも少しずつ筋力は落ち続けた。

数カ月が経《た》ち、空手仲間からも筋力の低下を指摘された。桐生がトレーニングを怠っているわけではないことを仲間たちは知っていた。だからこそ桐生の身を案じたのだ。

桐生は勧められるがまま、警察病院を受診した。

最初は簡単な血液検査から始まり、経過を観察しながら様々な検査が追加されていった。経過観察の途中で、医師もゆっくりではあるが、明確な筋量の低下を確認した。最初のうちは桐生の病気についてそれほど気にしていなかった母が、必ず病院に付き添うようになったのはこのころからだ。

筋ジストロフィーを含む、様々な疾患が検討された。筋ジストロフィーの病名が医師の口から出た時にも母は泣き崩れたが、桐生は医師の話し方から、あくまでも可能性の一つであると考えて冷静に聞くことができた。あるいはあの時も母が泣かなかったら、自分が涙を流していたのかもしれない。

やがて主治医は桐生の血液を専門病院に送って、答えにたどり着いた。

――ポンペ病――

それが桐生の病名だった。

「ポンペ病っていうのは、どんな病気なんですか？　前回の診察で初めて知った名前です。もう一度詳しく教えてください」

桐生は確定診断を告げた医師に訊ねた。サンプルを専門病院に送る前に一度簡単な説明を受けていたものの、あまり頭に入ってこなかった。これまで桐生の症状に対してはいくつもの仮説が提示され、そして除外されていった。そうこうしているうちに、病気の知識を真面目に頭に入れるのは、確定診断が下されてからで構わないと、考えるようになっていた。

「とても珍しい病気なのでご存じないのも無理はありません。私も患者さんを診るのは初めてです」

豊かな頭髪に白いものが多く混じる主治医の年齢は、五十を回っているようだった。彼のキャリアで初めてというなら、確かに珍しい病気なのだろう。

「どのくらい珍しいのでしょう」

「大体、四万人に一人であると推測されています。日本での患者さんの数は数百人程度であると考えられていますが、ポンペ病と診断のついていない患者さんも多数おられるはずです」

四万人。宝くじの一等に当たるよりはだいぶ高い確率なのか、と桐生はどこか醒《さ》めた頭で思った。しかし確率はどうでもいい。なってしまったからには、将来どうなるかが重要だ。

「どんな病気なんですか?」

「桐生さんの場合、最初は空手のトレーニングで、筋肉量の増加がみられなくなってきたことで病気に気付かれましたよね」

「ええ」

「ポンペ病の一番の特徴は筋肉量の低下です。少し難しい話になりますが、ポンペ病患者さんでは、細胞内酵素であるアルファグルコシダーゼの機能低下によって、細胞のライソゾームという部分にグリコーゲンが溜《た》まってしまいます。その結果、筋細胞が死んでしまい、筋肉量が減ってしまうのです」

難しい話だったが、仕組みよりも結果が重要だった。筋肉が死んで、減っていく病気ということだ。

「娘はどうして病気になったのでしょうか」泣いていた母が顔を上げて訊いた。

「それは……」主治医は言いあぐねていたが、やがて重い口を開いた。「遺伝です」

「え？」母が充血した眼を見開き、言葉を失った。

主治医は慌てて付け加えた。

「お母さまが発症するとは考えにくいです。こういった遺伝病の多くでは、両方の親が、変異した遺伝子を半分ずつ持っています。お子さんには正常型と変異型が半分の確率で受け継がれます。ご両親のそれぞれから正常な遺伝子を受け継いだ場合は、当然ながら病気は発症しません。これは確率的には四分の一になります。また、ご両親のうちの片方から正常な遺伝子を、片方から変異型の遺伝子を引き継いでも病気にはならないのです。これは確率的には二分の一ということになります。しかし、四分の一の確率でご両親から変異型の遺伝子を引き継いだ場合にはポンペ病が発症します」

「じゃあ、私と主人が結婚しなければ……」そう言ってまた母は俯いて嗚咽《おえつ》を始めた。

桐生は見ていられず、母に声をかけた。

「そうね。今の話だとお父さんとお母さんが結婚しなければ、私は病気にならなかった」

母は顔を上げた。その眼は心の底から詫びていた。

桐生は傍らに座る母のほうへ向き直って、その肩に手を置いた。

「その代わり私は生まれてこなかった。お母さんもお父さんも本当に尊敬してる。自分のことは、まあ大好きとまでは言えないけど嫌いじゃない。少なくとも空手は強いし、警察の同僚から交際を申し込まれたことだって、一度や二度じゃないんだから。だからそんなこと言わないで」

母は俯いて膝の上に置いたこぶしを握り締め、「ありがとう。本当にありがとうね」と絞り出すように言った。

母は眼で詫びながら、それを口には出さなかった。そんな聡明な母が桐生は大好きだった。

桐生は母の肩にそっと手を置いた。聡明な母の遺伝子を受け継いだ自分も聡明でありたい。桐生は主治医と、あるいは病気という運命と正面から向き合った。

「先生。私の病気は、ポンペ病は治るのでしょうか。治らないとしたら今後どうなるのでしょう」

　主治医がゆっくりと頷いた。とても優しい眼をしていた。

「今は非常に良い薬があります。病気そのものを治すことはできませんが、薬を投与し続けることで、病気の進行を食い止めることができます」

「空手を続けることはできますか」

　桐生が空手に打ち込んでいることは、主治医に伝えてあった。

　主治医は少し考えてから答えた。

「適度な有酸素運動は推奨されています。しかし、これまでのお話ではかなり熱心に打ち込んでおられたようですので、いままでのようなご活躍は望めないかもしれません」

「わかりました」桐生は頷いた。

　活躍が望めないかもしれない、という表現に医師の気遣いを感じた。無理なのは自分が誰よりも分かっている。ポンペ病が確定する前に名前が挙げられた、治療の難しい他の筋肉が衰えていく病気に比べれば、ポンペ病は薬があるだけ幸運だ。

「しかし、日常生活にはあまり影響ないと思います。桐生さんの場合は空手に熱心だったお陰で、筋肉の減少に気付くのが早かったのが幸いでした。投与される薬はマイオザイムといいます。桐生さんの細胞の中で足りなくなっているアルファグルコシダーゼを補充することで病気の進行を抑えます」

「毎日薬を飲まなくてはいけないのですか？」

「いいえ。投与は二週間に一度です。ただし、マイオザイムはタンパクなので、消化管で分解されてしまいます。そのため、点滴で投与することになります」

「点滴にはどのくらい時間がかかるのでしょう」

「点滴だけで四時間です。他の検査もありますから、少なくとも半日以上はみて頂かないと」

「半日以上ですか……」

仕方がないと思いつつも、明るい気持ちにはなれなかった。空手という生き甲斐の喪失に加え、警察官としての勤務が継続できるか、危機感を覚えた。

「負担は小さくありませんよね」主治医が察するように言った。「しかし、以前はマイオザイムという治療薬そのものが存在しなかったのです。マイオザイムが開発される前は、ポンペ病は死に至る病でした。その治療薬の開発は製薬史上に残る一大ドラマです。事実に基づいた映画も作られていますし、本も出ています。お時間のある時にぜひ読んでみてください」

確定診断が出た後、桐生はポンペ病について学んだ。

ポンペ病は発症する年齢によって乳児型、小児型、成人型に大別される。

乳児型は肥大した心臓、肝臓と筋力の低下を特徴とする、ポンペ病の中でももっとも重症なタイプだ。小児型は乳児期より遅く発症してゆっくり進行する。乳児型と違い、一般に重度の心筋症はみられない。

桐生が発症した成人型は、十代から六十代まで幅広い年齢で発症する。やはりゆっくり進行する筋力の低下を特徴とするが、呼吸器などに症状が現れることもある。

いずれの型も画期的な治療薬であるマイオザイムが開発されるまでは、対症療法を行うしかなかった。多くの患者が徐々に弱り、亡くなっていった。

そんなある日、治療薬のない難病であったポンペ病の子を持つ一人の父親が、治療薬開発のために立ち上がった。

ジョン・クラウリー。

一九六七年、アメリカ、ニュージャージー生まれ。

アメリカ海軍士官学校に入学したクラウリーは、ジョージタウン大学で学士号を取得した。一九八九年、ノートルダム大学のロースクールへ入学。その後、ハーバード・ビジネス・スクールでMBAを取得し、経営コンサルタント会社に勤務していた。

クラウリーはアイリーンと結婚後、三人の子供に恵まれた。しかし一九九八年にそのうちの二人、娘のメーガンと息子のパトリックがポンペ病を発症していることが発覚する。

クラウリーはそれまで勤務していた会社を辞め、大手製薬企業に入社。しかしそこでのポンペ病治療薬開発のあまりの遅さに失望して退社し、ウィリアム・キャンフィールド博士が設立したノヴァザイム社にCEOとして参加した。

その後、ノヴァザイムは大手製薬企業ジェンザイム社に買収され、ジェンザイムはついにポンペ病の治療薬であるマイオザイムの開発に成功する。

二〇〇六年、EUとアメリカで世界初のポンペ病治療薬であるマイオザイムが承認された。その後、日本でも二〇〇七年に承認され、同じ年に発売された。クラウリーの子供たちはマイオザイムの開発により、死の淵《ふち》から蘇《よみがえ》った。

この事実に基づいて映画「小さな命が呼ぶとき」が二〇一〇年に公開された。

桐生は知らなかったが、一人の父親が子供の病気のために奮闘する、事実に基づいたストーリーは公開時に世界中で話題になったらしい。

桐生は自らがポンペ病と診断されてから映画を観たが、普通であれば諦めてしまいそうなところを、数多くの苦難に立ち向かい、克服していく物語に心打たれた。

そして物語の結果、創製された薬剤によって桐生の健康は保たれている。

ポンペ病は希少疾患（レアディジーズ）に分類される。

希少疾患とはその名の通り、希《まれ》な疾患であり、風邪などの一般感染症や生活習慣病を含む普通の病気（コモンディジーズ）の対義語である。

希少疾患の定義によってその数は異なるものの、六千から九千程度の希少疾患が存在し、研究が進むにつれてその数は増えつつある。

患者数が少なく、疾患の数が多いという希少疾患の特徴は、治療薬を開発する製薬会社にとって開発に二の足を踏ませる原因となる。

患者数が少なければ、まず有効性を統計的に示すための臨床試験の実施が難しくなる。また、マーケットが小さいために、開発費に見合うだけの利益を出すことも難しい。

そこで各国は、希少疾患治療薬（オーファンドラッグ）の開発に対して助成金や開発支援、承認プロセスの短縮、販売独占権、薬価の加算、税制優遇などの様々な支援措置を講じている。

近年では希少疾患治療薬の開発に前向きな製薬会社が増えてきてはいるが、希少疾患の種類が多すぎるために、治療薬が開発された希少疾患はポンペ病など一部に限られている。

ポンペ病治療薬であるマイオザイムは画期的な薬だが、隔週で投与しなければならない。また、タンパク質であるために非常に高額だ。

低分子化合物と呼ばれる「普通の薬」はその名の通り低分子で、飲み薬として服用できるものが多く、製造コストも安い。

一方、マイオザイムは酵素タンパクであり、低分子化合物のように化学的に合成することができない。

マイオザイムはチャイニーズハムスターの卵巣由来の培養細胞に、ヒトのアルファグルコシダーゼの遺伝子を組み込んで製造されている。培養細胞を増殖させる過程は化学物質の合成よりもずっと複雑でデリケートだ。感染症等で汚染されるリスクもあるため、細心の注意を払って生産されている。

結果として、低分子化合物よりも生産コストは遥《はる》かに高くなってしまう。マイオザイムは五十ミリグラム入りのバイアル一本当たりの薬価が九万円を超える。体重一キログラムあたり二十ミリグラムを隔週投与する必要があるから、体重が五十キログラムの桐生の場合、隔週で約二百万円の薬剤費がかかる。

もちろん様々な公的助成制度があるため、桐生の自己負担はそれほど大きくはならない。しかし、助成金は元をたどれば税金だ。

桐生は病気が発覚する前から、国は個人を守るために存在しているという意識が強かった。そのため、自分の生存のために多くの税金が使われることに強い罪悪感を覚えることはなかったが、複雑な想いにとらわれることはある。

例えば社会のセーフティーネットから外れ、餓死して発見された親子のニュースに触れた時。

もちろん、桐生の治療費を餓死した人たちに回せば彼らが助かったとは考えなかった。それらは全く別の問題で、桐生の医療費を削らなくとも、その人たちの命を救う余裕が今の日本にはあるはずだ。それでも、ただ痛ましい事件というだけではない感想を、そういったニュースを見るたびに抱いた。

命とお金の天秤《てんびん》。

社会のどこにどれだけコストをかけ、誰を救うのか。それは病気が発覚してから、ずっと頭を離れないテーマだ。

天秤の存在を忘れたいとは思わない。しかし、もし仮に忘れたいと願っても二週間に一回のマイオザイムの点滴が、桐生にその存在を思い出させるに違いない。

桐生は鎌木に自分の病気のことを打ち明けることにした。ポンペ病による不測の事態が業務中に起こるとは考えにくいが、捜査が長引けばマイオザイムの投与のために休まなければならないこともある。知っておいてもらったほうがいいと判断した。

「鎌木さん。伝えておきたいことがあるんです」

「なんだい？」仰向けでスマホを操作する鎌木は、画面から目を離さずに言った。

「私、ポンペ病という遺伝病なんです」

鎌木がスマホの画面から目を離した。「ポンペ病……。たしか筋肉が弱っていく難病だったね」そして桐生を気遣うような表情を浮かべた。「それは大変だ」

桐生は病気の詳細や、治療の状況を鎌木に説明した。

「なるべく捜査に影響しないようにします。このまえ点滴したばかりなので、あと十日以上は大丈夫なのですが」

鎌木はおどけた様子で言った。「ま、そのまえに犯人を捕まえちゃえばいいのさ」

「たしかに」桐生は笑い、鎌木の気遣いに感謝した。「がんばります」

「あ、さっきは体が細いとか言っちゃってごめん。熊井さんと君が微妙な表情で目配せしていたのは、病気のことがあったからだったんだね」

桐生は鎌木の観察眼と記憶力に驚いた。あの時はこちらの気持ちなど全く気にしていなかったのだと思っていた。

「いえ。普通は褒め言葉ですから」

「そう。褒めたつもりだったんだけど、ごめん」

「気にしてませんから」

鎌木は真剣な表情で言った。

「僕は病気も個性の一つだと思っている。希少疾患であればなおさらだ。君にしかできないことがきっとある」

「ありがとうございます」病気が個性だというのは初めて聞く表現だったが、鎌木が口にすると、不思議な説得力があった。

「薬で病気の進行は抑えられているの?」

「ええ。体は細くなりましたが、病気のせいというよりは、昔は体を鍛《きた》えていたのを、病気が分かってから止めた影響のほうが大きいと思います」

「空手をやってたんだ。強かった?」

「全国警察空手選手権ではベストエイトに残りましたからね。今でも鎌木さんにならなら勝てると思います」

鎌木は鼻の頭を掻《か》いた。「自慢じゃないけど、僕は格闘技どころか運動全般がさっぱりでさ」

「じゃあ犯人が襲ってきた時は、私が鎌木さんを守ってあげます」

鎌木は苦笑いを浮かべた。

「犯人に襲われたことなんて一度もないけど、その時は宜しく頼むよ」

桐生は話題を事件に戻した。

「サクラテレビのせいで、これから面倒なことになるでしょうね」

「ネット掲示板の書き込みも含めて、検証しなければいけない情報がわんさか出てくるはずだよ。そのために割かなければいけない人員と、捜査の遅延を考えたら、さっきのお灸では全然足りなかった。うちの上層部も今夜開かれる記者会見で、バイオテロの可能性には言及するつもりだったろうけど、先にテレビでやられちゃうと厳しい。しかも数十万人の死者という具体的な数字まで出ちゃったからねえ。今頃は問い合わせの電話対応だけでも大変なことになっているだろう」

「これだけ大胆に犯人が動けば、逮捕にそう時間はかからないような気もしますが」

「とりあえず谷中の現場とサクラテレビ周辺の防犯カメラの映像をチェックして犯人を特定しようとするだろうね」

「今後も同様のことを続けるなら、ますます犯人特定の機会は増えていきます。防犯カメラだらけのこの東京で劇場型犯罪だなんて無謀だと思いませんか」

「少なくとも大胆ではある。しかし、解せない点が多いのも事実だ」

「どんなところがですか」

「例えば犯行予告。多くのテロではテロ後に犯行声明が行われるんだ。犯行予告後にテロが成功すれば社会が受ける衝撃は大きくなるだろうけど、未然に防止されてしまう可能性が極めて高くなる。犯行予告の多くはただの悪戯《いたずら》だ」

「しかし、今回の事件では生物兵器となりうるヘルペスウイルスを、犯人が入手している可能性が高いです。ただの悪戯とは……」

「コロシも起きてるしね。単なる悪戯ではないとすると、どうして犯人は犯行予告などするんだろうねえ」

「よほどの自信があるんでしょうか。捕まらない自信と、テロを成功させる自信の両方が」

「だとすると、すぐに逮捕できるだろうなんていう楽観は禁物だ」

鎌木がポケットから支給品の携帯を取り出して電話に出た。短いやり取りの後で通話を終え、カーナビを操作した。

「下谷署に戻る前に寄るところができた」

画面を確認した。目的地は日本感染症研究所。

「戸山《とやま》の感染研だ。早稲田《わせだ》大学の隣だね。専門家にアポをとったから生物兵器がどうやって使用されそうなのか聞いて来いって」

「たしかエボラ出血熱騒ぎの時に名前を聞いた気が」

「それは武蔵村山《むさしむらやま》の村山庁舎のほうだ。あの時はバイオセーフティーレベル4の研究施設が日本で初めて稼働したんだ。近くに住む友人が不安がっていたから、よく覚えてる」

エボラウイルスは自然が生み出した脅威だ。熱帯雨林の開発がウイルスを保有している動物との接触の機会を生み出して、大都市でのアウトブレイクに結びついたといわれている。

しかし、今回は違う。人為的に改変された生物兵器が、意図的に散布されようとしている。

街は平静を保っているように見えるが、それは今日が土曜日で、不安なら外に出ないという選択肢を多くの人が選べるからだ。街ゆく人の数が、普段よりも少なく思えるのは気のせいではないのかもしれない。

週明けの月曜日にはそうはいかなくなる。不安も混乱もより大きなものになるに違いない。それまでになんとか犯人を特定して逮捕し、テロを未然に防がなければ。

感染研は白タイル貼りの三階建てだった。完成当初は陽光を反射して輝いていたであろう外壁は、いささかくたびれて見える。

応対したのは笹川信夫《ささがわのぶお》ウイルス第一部長、五十九歳。長めの銀髪を後ろに撫でつけ、高い額に、鋭い三白眼、鷲鼻《わしばな》が印象的な力強い顔立ちだ。

東都大学の柏原准教授は、毒素を組み込んだヘルペスウイルスを使ったテロの可能性を示唆した。その場合どのような手順が考えられるのかという鎌木の問いに、笹川は泰然とした物腰で答えた。

「まず犯人はウイルスを増殖させなければならない。増殖のためには哺乳類の培養細胞が必要で、大掛かりに増殖させるのであればそれなりの規模の施設が必要になるのです」

「それなりといいますと？」

「大きなタンクが並んだ工場のようなものですな」

鎌木は顎に手をやった。「とても個人でなんとかできる規模ではないですねえ」

「ええ。生産に従事する人間の数も必要です。個人ではとても無理だ」

でもですよ、と言って鎌木は小首を傾げた。「ウイルスはヒトの体内でも増殖します。少量を生産して散布すれば感染拡大してしまうのでは。映画や小説なんかでもよくあるじゃないですか」

笹川は冷ややかな笑みを浮かべた。

「放っておけば感染は拡大するかもしれないが、強力な毒素を組み込んだ致死性の高いウイルスでも、感染者の隔離と治療を繰り返せば封じ込められる。フィクションのように簡単にはいかないでしょうな」

桐生は笹川に確認した。「しかし、ヘルペス自体は多くの人が感染している、広がりやすいものなんですよね？」

「ええ。しかし、普通のヘルペスは大した病気ではないから、特に対策もとられずに広がってしまっているわけです。致死性が高い病気の場合、直ちに封じ込めが図られる。ですから、大規模にウイルスを作って一気に散布しないと、犯人が目指すような大量殺戮《さつりく》は実現できないでしょう。そんな生産設備と散布要員、散布手段を持つのは世界的にみても軍隊くらいのものだ」

「私たちが考えていたより、テロの実行は難しそうですね」桐生は胸を撫でおろした。

笹川は深々と頷いた。「警察では悪戯の可能性は考えとらんのですか？　アメリカの炭疽菌テロ以降、我が国でも二千件以上の炭疽菌テロを騙《かた》った悪戯が発生していると側聞していますが」

鎌木が頷いた。「ええ。かといって悪戯だと楽観視するわけにはいきません。既に人が一人殺害されているわけですから、どのみち捜査しないわけにはいかないんです」

「確かにそれはそうだろうな」

「犯人像の特定のためにも、テロがどのように実行されるのかを知ることは重要です。散布は一般的にはどのように行われるのですか？」

鎌木の問いに、笹川はしばし思案の表情を浮かべた後で答えた。

「ウイルスを使った大規模テロが実行された例はない。炭疽菌であれば米国の例があるが、あれは粉末状の炭疽菌を郵送して、開けた人が感染するという方法で、小規模だった。炭疽菌は常温でも長期間保存可能なのであういう手が使えるが、ヘルペスウイルスでは郵送中に感染性を失ってしまうでしょう」

「一連のオウム事件の時には、炭疽菌の散布車が用いられたと聞いていますが」

「あの時は、彼らが用いた炭疽菌が弱毒株だった上に、設計した散布車のポンプの圧力が強すぎて炭疽菌が死滅してしまったのです。生物兵器は日光にも乾燥にも弱いものが多いので、使用する側はいくつもの困難に直面することになります。いずれにしてもオウム事件の時の炭疽菌散布は生物兵器の使用としては稚拙で、小規模だった」

なるほどねえ、と興味深そうに鎌木が頷く。

「もし笹川先生が犯人だとしたら、どうやってヘルペスウイルスを散布しますか」

「やはり散布装置を使うでしょう。散布車を使って大人数が集まる場所の風上から散布するという手もありますが、散布車の調達自体が私には困難です。農薬散布用のラジコンヘリやドローンも使えますが、これも目立ちます」

「ではどうしますか」

「もっと小型の、市販されている農薬の散布装置のようなものを改造してスーツケースかなにかに格納し、ラッシュ時の地下鉄構内のような人が密集している場所で散布するでしょうね」

桐生は手を挙げて質問した。「しかし液体を体にかけられたら、大騒ぎになってあっという間に捕まってしまうのでは」

笹川がジェスチャーを交えて説明した。「くしゃみで飛散する体液のうち、大粒のものはごく近くに落下して液体として認識可能だが、飛沫のうち小さなものは五メートルほど飛ぶと考えられている。この小さな飛沫はかかっても濡《ぬ》れたとは感じない」

鎌木が頷いた。「微細な飛沫を発生させて、濡れたと感じさせずに気化熱を利用して温度を下げる、ドライミストなんていうものもありますからねえ」

「冷戦時代にソビエトが散布装置を格納した天然痘ウイルス用の弾頭を開発したという噂がある。やはりウイルスを大規模に感染させるために有効な手段は散布だ」

桐生は頷いた。「スーツケース型散布装置に注意しなければならないわけですね」

「しかし、やはり散布規模としては小さすぎる。そもそも防護服を着なければ、真っ先に自分がやられてしまうだろうが、防護服なんか着ていたら、職務質問されてすぐに逮捕されるでしょうな」笹川は声をあげて笑った。

いずれにしても大量散布は困難ということか。

防護服を着なければ、少し撒いただけで自分が感染して死んでしまう。着れば人目につきすぎる。数十万人が死ぬことなどありえないという笹川の見解は納得できる。

しかし、たとえ小規模であっても、生物兵器による死者が出れば大騒ぎだ。テロは予告されているのだから、未然に防げなかった警察の威信は地に落ちてしまうだろう。

「組み込まれる毒素については、どのようなものが想定されますかね」

鎌木から質問された笹川は額に手を当てた。「そこが難しいところなんだが、自然界に毒素は多数存在しています。そのうちのどれをヘルペスウイルスに搭載すると恐ろしい生物兵器になるのかは分からない。候補はいくらでもあるが」

桐生は笹川に質問した。「いずれにしても犯人はその辺の事情にも精通した専門家である可能性が高い、ということですね？」

鎌木が横槍《よこやり》を入れてきた。「それはわからないよ。笹川先生のお話を聞いていたら、精通していないから、現実的ではないテロの犯行声明を出してしまったと考えることもできる」

笹川が深く頷いた。「私もその可能性は高いと思う。この犯人は随分と幼稚に感じられる」

「だといいんですけどねえ」鎌木は頷いてから、なにかを思いついたような顔をして笹川に訊ねた。「いわゆる毒素じゃなくても、遺伝子組み換えでウイルスがやばいものに変化した具体例って、なにかないんですか」

「ウイルス学の分野に衝撃を与えた研究がある。二〇〇一年に、マウスポックスウイルスという天然痘に近いウイルスに、マウスのインターロイキン4という遺伝子を導入すると病原性が著しく高まるという論文が発表されたのです」

「それはマウス自身の遺伝子ですから、いわゆる毒素ではないのですよね？」

「ああ。マウスポックスウイルスは元々はマウスの系統によって感染したりしなかったりする、弱いウイルスだ。しかし、遺伝子組み換えウイルスでは、本来このウイルスで発病しない系統のマウスまでもが大量に死亡した。さらに、予防接種をしておいた抵抗性系統のマウスまでもが沢山死んだ。遺伝子組み換えによって、ウイルスの病原性が増した典型例だ」

そんな恐ろしい情報が、自分たちの知らない間に世界中に拡散されてしまっているわけか。

桐生は懸念を口にした。「そういう恐ろしい情報は公開しないという選択肢は、科学者サイドにはないのでしょうか？」

責められていると感じたのだろう。笹川が少しむっとした表情を浮かべた。

「もちろん、繰り返し議論されていますよ。インフルエンザウイルスの病原性を変化させる遺伝子が発見された際は論文の発表が延期されたことがある。公開してもよいか議論が行われたのです。その結果、テロリストに悪用されるリスクよりも、同じような変異が自然発生した時に対策を立てられるベネフィットの方が大きいという結論に至って論文は公開されました」

それでいいのだろうか？　疑問を感じた桐生は再び問うた。

「信頼できる研究者の間でだけ、情報が共有されればそれで十分な気もしますが」

「そういう考えもあるでしょう。しかし、誰にでもアクセスできる状態にしておいた方が研究の進展が早いことは間違いない」

そういう大切なことを、果たして科学者だけで議論してよいものなのか。

専門家の意見は尊重されるべきだとは思うが、論文発表の際に市民の意見も募れば、結論はまったく違ったものになるかもしれない。警察という組織に所属していると、どうしても性善説を支持する立場ではいられなくなる。

鎌木が笹川に確認した。「現状ではヘルペスウイルスの致死性を上げるために使われる遺伝子の、具体的な候補は挙げられないということですね」

笹川は申し訳なさそうな顔をした。

「そうです。我々は天然痘や炭疽菌を用いたテロに対するシミュレーションは行ってきたが、遺伝子組み換えヘルペスとは想像もしていなかった。まあ、私はやはり狂言の可能性が高いと考えますがね。すべて虚構なのでは？」

「そう楽観視してはいけないのが我々の仕事でして」鎌木は手帳を閉じた。「でも散布装置のイメージを伺えたのは、犯人像につながる大きな収穫でした。ありがとうございます」

二人で頭を下げて席を立とうとすると、笹川が質問してきた。

「この件では公安も動いているんですね」

鎌木は驚く様子もなく答えた。「ああ、事件発生直後でドタバタしていて把握していませんが、当然動いているでしょうね」

「実はさきほど、電話で問い合わせがありました。一時間後に、ここで面会することになっています」

鎌木が恭《うやうや》しく頭を下げた。「同じようなことを聞かれると思います。ご面倒をおかけしますが宜しくお願いします」

笹川が好奇心を露わにした。「やはり、フィクションであるような、公安との対立っていうのがあるのですか」

「彼らは別系統で動いてますからね。普通は顔を合わせたりしません。なにしろ窃盗事件なんて彼らにとっては所有者が移っただけ、らしいですから」鎌木は乾いた笑い声を上げた。「今回の件で公安が動くのは当然です。大規模テロ予告が行われているわけですから。もっとも今のところ、政治的な主張は一切なされておりませんので、『政治的な主張を実現するために行う破壊行為』というテロの要件を厳密には満たしていません。現段階では『バイオ通り魔予告』といったところでしょうかね」

下谷署に戻った桐生たちは、そのまま特捜が置かれている会議室へ向かった。ブラインドから残照の差し込む会議室は、サクラテレビに行く前よりも多くの人員でごった返していた。外回りから帰ってきた人間に加えて、本庁や近隣の所轄からの増派が行われたのだろう。

朝はいなかった数人の顔見知りと挨拶を交わしながら、捜査班長の工藤の元に向かい、サクラテレビと感染研の件を報告した。

　工藤は報告を聞くと、ただでさえいかめしい顔にさらに皺を刻んだ。

「スーツケースを改造した散布装置か。そいつは面倒だな。スーツケースを転がして歩いている奴なんてそれこそごまんといる。サクラテレビにかかってきた電話は男だったが、犯行声明では我々と名乗っているからな。共犯者がいる可能性もある」

　鎌木が楽しげな表情で訊ねた。「サクラテレビのスクープ放送の反響はどうですか？」

「酷いもんだ。警察はなにをやっているのか、なぜこんな重大な情報を速やかに公開しなかったのかという抗議の電話がひっきりなしにかかってくる。その対応に多くの人間を割かなきゃならん。ＳＳＢＣのほうでも、ネット上にあふれはじめた偽情報の処理に人員を割かなければならない状況だそうだ」

「サクラテレビにはお灸をたっぷりとすえてきましたがね。あの程度じゃやはり甘かったかな。敷鑑のほうはどうです」

「南教授の研究室のメンバーとは全員連絡がとれた。アリバイの検証には少し時間がかかるが、今のところ怪しい奴はいない。ＤＮＡと指紋の採取にも全員が協力してくれている。殺害現場に残されていたＤＮＡと指紋照合で犯人が特定できるといいんだが。しかし、あまり期待しないほうがいいかもしれん」

「確かに研究室の人間が犯人だとすると、現場に残った指紋やティーカップに残された唾液をそのままにするとは考えにくいですもんねえ。殺害現場とサクラテレビ付近の防犯カメラの映像解析は？」

鎌木の問いに、工藤は首を振った。「有力な情報は得られていない。封筒が置かれていたサクラテレビ駐車場の植え込みは、防犯カメラの撮影範囲外だった。車両で駐車場に出入りする際には必ず防犯カメラに映るが、徒歩でのアプローチであればカメラに映ることなく、植え込みに接近することができる。南教授の自宅付近も防犯カメラの台数は多くなく、犯人が映っていない可能性もある」

桐生はつい弱気になって漏らしてしまった。

「今夜の記者会見はめぼしい収穫なしで臨むことになりますね」

工藤が掌で桐生の肩を軽く叩いた。

「気落ちは無用。まだまだ捜査の初期段階だ。分かっていることを、できるだけ丁寧に説明できればそれでいい。お前らが感染研で聞いてきた、バイオテロが簡単ではないという情報も市民を安心させるためには有益だ」

午後七時から始まった記者会見には、本庁の刑事部長と下谷署長が並んで臨席した。事件の経緯が説明され、事件現場付近とサクラテレビ周辺の防犯カメラに残された多数の映像の解析が行われていること、現場に残されていた多数の指紋やＤＮＡの照会が行われていることが強調して伝えられた。

要するに、犯人逮捕の手掛かりは沢山あるので慌てるなと言いたいのだ。

感染研の笹川の名前は出さなかったが、専門家の見解として現実的にはウイルスの大量生産と散布は難しく、劇場型犯罪を志向する稚拙さからも、テロ予告は狂言の可能性があることが伝えられた。

それでも質疑応答に移った後、マスコミからの不安や懸念の声が止むことはなかった。

あるマスコミは考えうる最悪の想定について問いただしたが、刑事部長は不確定要素が多い段階での回答を差し控えた。

現状での対応としては恐らく満点に近い点数がつけられるであろう会見ではあった。しかし、これでは市民の動揺を完全に抑えることはできない。桐生はもどかしく感じた。

不確定要素が多い場合、大衆は半ば恐怖し、半ば面白半分で『最悪のもしも』を積み重ねて未来予想図を描き出してしまう。

記者会見が終わった後で、捜査班はもう一度捜査本部に集まり、敷鑑や地取りなどの作業ごとに明日の方針が決定された。

特捜に関わるのが初めての桐生にとって意外だったのは、情報共有が最低限に抑えられている点だった。

頻繁に全体会議を行い、各班の情報共有を徹底して、一丸となって凶悪事件に臨むのかと思っていたのだ。

その点について疑問を鎌木にぶつけてみると、鎌木はこともなげに言い放った。

「やたらと情報共有しちゃうと、末端の手足であるべき捜査員が変に予断をもって捜査に当たったり、手を抜いたりするかもしれない」

なんとなく上が自分たちのことを信頼していないように思えて、桐生は悲しくなった。

「そういうものですか」

「思い込みほど怖いものはない。例えば敷鑑で有力な容疑者が浮かび上がったなんていう話を聞いたら、地取りで防犯カメラの映像を提供してもらいに回ったり、聞き込みをしたりしている連中が手を抜いてしまうかもしれないじゃないか」

「そうかもしれませんが……」納得がいかなかった。

「まあ、人間のすることだから仕方のないことではある。でも、そのあと敷鑑で浮かび上がっていた有力被疑者がやっぱり違ったなんて話になったら目も当てられない。もちろん、上は無駄な捜査重複がないかをチェックしている。残念な気持ちになるのも分かるけど、上には上の、僕らには僕らの役割があるってことだ。それが組織というものさ」

「鎌木さんって変な人ですね。頭を使うのが好きそうなのに、捜査員は末端の手足に徹することが重要だともおっしゃる」

　鎌木は不思議そうな顔をして首を傾げた。

「その二つはなんの問題もなく両立可能だと思うんだけど」


　午後十一時半を回り、書類作成が一段落したところで鎌木が声をかけてきた。

「そろそろ寮に帰って休んでいいよ」

「鎌木さんは署に泊まられるんですか？」

「うん。まだ間に合うけど、家に帰るのが面倒くさくなった。熊井さんが終わったら軽く飲もうと誘ってくれてるし、昔話に花を咲かせることにするよ。たぶん遅くなるから明日も移動中は車の中でごろごろさせてもらう」

「それはご自由に。ご自宅はどちらなんです？」

「荻窪《おぎくぼ》」

「ちょっと遠いですね。ではお言葉に甘えさせて頂いて今日はお先に失礼します」

「お疲れさま。また明日も頼むよ」

徒歩で寮に帰った。3LDKをシェアしている同室の後輩二人は、それぞれの部屋で休んでいたにもかかわらず、わざわざ共用のリビングに顔を出して挨拶をしてくれた。気遣いが嬉《うれ》しかった。

礼を言って、部屋に戻るように促す。疲れているので、このまま寝てしまおうかと思ったが、さっぱりしたくてシャワーを浴びることにした。

熱い湯を浴びながら、鎌木のことをぼんやりと考える。

変わった男ではあるが、最初の嫌な印象は薄まっていた。面倒くさい人物であることには間違いないが、学ぶところも多そうだ。

シャワーから出て身支度を整えると体の線が嫌でも気になってしまう。やはり以前より細くなった。三十手前。同年代の女性の多くが羨ましがる変化のはずだ。

問題は筋肉だ。

空手家としての大成はとうの昔に諦めた。しかし、刑事としての生きがいまでは失いたくない。できるだけ長くこの仕事に携わりたい。

あれこれ考えていたが、ふと我に返り、急いで髪を乾かした。

空手を止めた今では、もう少し髪を伸ばしたいと思うこともある。しかし、手入れの手間を考えると、結局短めにしてしまう。

自分の寝室に戻り、テレビでニュースをチェックすることもなく消灯してベッドに倒れこんだ。

十分な休息も、筋肉を維持するために重要だと主治医から言われている。犯人逮捕までは忙しい日々が続くのだ。休めるときには休んでおかなければ。運転をする自分は鎌木のように移動中に横になるわけにはいかない。

しかし、そう考えれば考えるほど、かえって目がさえてしまった。いっそのこと灯《あか》りを点けてなにかしようかと考えたが、すぐに体だけでも休ませなければと思い直した。

仰向けで暗い天井を見つめながら、今日一日のことを振り返る。

バイオテロ。

今日一日で、生物工学の進歩に驚かされた。

東都大の柏原准教授も、感染研の笹川部長も自分にとっては信じられないようなことを日常の一部のようにこともなげに語った。

細菌の中に遺伝情報としてウイルスを収容できるということは、桐生の想像を遥かに超えていた。

感染研の笹川部長はバイオテロを実行するのは簡単ではないと言っていた。小規模に散布した場合には、致死性が高くても封じ込めが可能であるという理屈は理解できる。

しかし、数は問題ではない。たとえ少数であってもバイオテロによる犠牲は出してはならないのだ。

昼間、鎌木は政治的な主張を持たない本件の犯人は、厳密にはテロリストではないと言った。

犯人がなんのためにバイオテロを起こそうとしているのか、今のところ全く分からない。報復や脅迫ではないのであれば、テロリストではなくて一種の通り魔とみなしたほうがいいのかもしれない。

桐生は闇の中でかぶりを振った。

そんなことはこの際どうでもいい。動機の推定が犯人の絞り込みに役立つのであればともかく、現状ではそうとは思えなかった。

それよりも重要なのは、徹底的な敷鑑を行って犯人にたどり着くことだ。

応接セットには、二人分のティーカップが残されていた。犯人は南教授と面識がある人物の可能性がある。

明日は範囲を広げて東都大学周りの敷鑑を行うことになっている。東都大出身の鎌木はそういう意味でも頼りになる存在だ。

そこまで考えた時、欠伸が一つ出て、急速に眠気がやってきた。桐生は間もなく、深く夢のない眠りに落ちた。

第二部　虚構と現実

提言

1．危険性の認知とその限局化の努力

研究者・技術者は、科学・技術の用途の両義性を常に考慮しながら研究を行なわなくてはならない。特に指導的立場にある主任研究者は、この点に留意してリーダーシップを発揮し、科学研究実施に伴う危険性に対して限局化を図る努力をする。

2．各研究機関による教育と管理

各研究機関にあっては、病原体研究の危険性を認知し、研究を実施するための教育を徹底する。研究者養成の段階で科学・技術の用途の両義性に関する教育を行なうほか、すでに研究開発に携わっている研究者・技術者に対しても本問題に関する教育の機会を提供する。また、研究機関としても起こり得る危険性の限局化の方策を整備し、管理する。

「病原体研究に関するデュアルユース問題」より。平成26年1月23日　日本学術会議基礎医学委員会　病原体研究に関するデュアルユース問題分科会

七月七日（日）　午前一時三十二分　渋谷　スラップ・ヘブン

ＤＪが曲のテンポを上げると、吹き抜けになっている地下二階のダンスフロアから沸きあがってくる歓声と熱気が、にわかに狂乱の様相を呈した。

門伝大樹《もんでんひろき》は少し酔いの回った体をソファーに沈め、リズムに合わせて体を揺すっていた。地下一階にあるこの飲食フロアはさほど混雑していない。

目の前にはローテーブルが置かれ、その奥の鉄柵のむこうは吹き抜けになっている。テーブルの上の空になったマティーニグラスに結露した水滴がするりと垂れた。

首を伸ばして階下の広いダンスフロアを見下ろすと、日本人だけではなく、多国籍の男女が入り混じって、叫び、踊り、抱き合っていた。

踊っているのは二十代の若者が多いが、三十代以上と思われる人間も三割ほど、いやそれ以上いるかもしれない。

――呑気《のんき》なものだ。

門伝は半ば呆れ、半ば軽蔑する気持ちでダンスフロアを眺める。

自分たちがバイオテロの標的になっていることなど、想像もしていないのだろう。

もし分かっていれば彼らは逃げ出すだろうし、こちらも警察に通報されてしまう訳だが。

テーブルを挟んだ向かいのソファーには、スマートフォンを操作する相葉春樹《あいばはるき》が、明るいベージュ色の麻のサマージャケットに黒のTシャツ、白いスキニーパンツに包まれた華奢《きやしや》な身を沈めていた。

相葉の写真を見せてファッション誌の読者モデルだと紹介すれば、多くの人が信じるだろう。相葉はこざっぱりとした雰囲気を醸しだしていて、顔立ちも整っている。もっとも、ファッション誌の愛読者であれば、彼がそれほど衣服に気を使っていないことにすぐ気付くだろうが。

門伝はクラブにやってきた女性たちが、自分と相葉に向けてくる好意的な視線をたびたび感じていた。

彼女たちは、相葉がタンパク質と薬物の結合様式の分野では天才と呼ばれる研究者であると共に、史上最悪のバイオテロを先程から開始した首謀者であるとは想像もしないだろう。

相葉が上体を起こして、黒いセルフレームの伊達眼鏡をかけた白い顔をこちらに向けて、なにかを言った。しかし、彼の言葉は、フロアを暴力的に包み込む音楽と喧騒《けんそう》にかき消されてしまった。

門伝は慌てて身を起こし、相葉に顔を近づけた。

相葉は大きな目を輝かせて言った。

「良い場所を見つけてくれた」

「ありがとうございます」

門伝が笑顔で礼を述べると、相葉も笑みを返してから、ゆっくりと階下を見渡した。

「記念すべき第一回としてこれほどふさわしい場所はない。僕一人では決して思いつかなかっただろうね」

そうだろうな、と門伝は思った。相葉は休日にクラブを訪れたりはしない。常になにかを渇望し、同時に絶望しながら週末ごとに繁華街を訪れる門伝は、研究に携わる人間としては変わり種だ。

流れていた曲が終わり、刹那訪れた静けさの中で、相葉が飲んでいたジンフィズのグラスに残った氷が溶けて崩れる小さな音がした。

それは、これから始まる社会の崩壊の先駆けのようで、耳に心地よかった。

「そういえば、始まりの記念にこんなものを持ってきたんだ」相葉はビジネスバッグから小さな人形を取り出してテーブルの上に置き、茶目っ気のある笑顔を浮かべた。

「ロシア製の本物さ」

マトリョーシカ。

門伝は歓然として目を見開いた。

自分たちはこれから社会全体を劇場に見立てて物語を創っていくわけだが、相葉はこういう細やかな演出にも手を抜かない。

門伝はその小さなひょうたん型の人形をしばし手の中で弄ぶと、胴のあたりを捻って開け、中から同じ形をした一回り小さな人形を取り出した。

その人形も同様に胴を捻って開け、さらに小さな人形を取り出した。

「それで終わりなんだ」相葉がおどけた顔をした。「三重のマトリョーシカ。まあ、小さいから仕方がない」

それを聞いた門伝は、こみ上げてきた可笑《おか》しさに耐え切れず、大声で笑ってしまった。小さいから仕方ない、最高の冗談だ。

相葉が困ったような表情を浮かべながら、テーブルに置かれた小さな人形を元通りに格納してテーブルの上に戻した。

再び流れ始めた音楽とそれに伴う狂騒の中で、門伝の高笑いに気を留めた者は誰一人いないようだ。

相葉がダンスフロアの様子を見ながら、手元のスマホを操作した。

門伝は相葉の足元の鉄柵の脇に置かれた、大きめの黒いナイロン製のボストンバッグに視線を移した。

ボストンバッグはミラーボールの煌《きら》めきに照らされて沈黙しているように見えた。

一見なんの変哲もないボストンバッグだ。

しかし、内部には小型の散布装置が収納され、作動を繰り返している。

装置はスマホから命令が送られるたびに、側面のメッシュ部から階下のダンスホールに向かってウイルスを含む微細な霧――エアロゾル――を吐き出していた。

散布装置を作製したのは相葉だ。

噴霧時にかかる圧力で、マトリョーシカの感染性が失われないことは確認済みだった。

吐き出されたエアロゾルは、天井に設置された大型ファンの気だるい風に乗って、吹き抜けになった階下へ送られていく。そして、階下で熱狂する人間たちの運命を決定していく。

相葉がソファーから腰を浮かせて立ち上がり、持ってきた時よりもだいぶ軽くなったボストンバッグを持ち上げてブラブラと振ってみせた。

「丁度『飲み物』もなくなったし、そろそろ行こうか。彼らも十分に酔っぱらっただろう」

テーブルの上にはマトリョーシカが置かれたままだった。

「持って帰らないんですか」

相葉は頷いた。

「物語が始まった記念だ。ここに残していこう」

七月七日（日）午前七時三十分　下谷警察署

朝のひんやりと湿った空気の中を出勤する。歩いているうちに、桐生の頭はすっかり冴《さ》えわたった。昨夜《ゆうべ》寝つきが悪かった割には、前日の疲れは残っていなかった。

捜査本部に到着すると、新聞を読んでいた鎌木が眠そうな顔で挨拶をしてきた。細い目はほとんど線になっている。

「おはよう。随分と大きな騒ぎになってるね」鎌木は読んでいた新聞をこちらに向けた。「昨日、感染研の笹川先生が考えたことは、専門家なら誰でも思いつくらしい。逆に言えば確度が高いということか」

記事では、想定される生物兵器の散布方法がイラスト付きで解説されていた。炭疽菌のような細菌兵器や天然痘《てんねんとう》のような他のウイルス兵器が使用される可能性が示されている。

地下鉄でスーツケース型の散布装置が使用される可能性や、競技場やコンサート会場でのドローンを使った散布が行われる可能性も指摘していた。

「日本の土壌にもいる炭疽菌はともかく、天然痘の入手が困難であることを分かっていてこんな記事を書いてるのかね？」

「炭疽菌は日本の土にもいるんですか？」

「いるらしいよ。しかも芽胞《がほう》という耐久胞子の形で長期間眠り続けることができるらしい。炭疽菌は細菌だから、別に動物の体内でなくても増殖できるし、ヒト以外の動物にも感染する」

「天然痘のほうは？」

「天然痘はヒトにしか感染しない。ワクチンが普及して撲滅宣言がなされた後は自然界には存在しないとされている」

「自然界には？」

「アメリカの研究機関がサンプルを保存しているし、ロシアと北朝鮮も保有している可能性があるらしい。今は撲滅されて、みんな免疫がないから使われたら大変なことになるそうだ」

「撲滅されたことで、却って世界中に拡散する危険性が増すとは皮肉ですね。サンプルも破棄してしまえばいいのに」

「核兵器もそうだけど、理屈ではなくしたほうがいいと分かっててもできないのが人間なんだ」

鎌木の意見に同意してから、捜査への影響を考える。今日あたりから、怪しいスーツケースの人物に関する情報が大量に寄せられそうだ。

「スーツケースがらみの通報が増えるでしょうね」

「ああ」鎌木は目をこすった。「みんな疑心暗鬼になってる」

「一方で、それが犯人逮捕につながるかもしれません」

「可能性はゼロではないけどね。あまり期待しないほうがいい」

「大胆で行き当たりばったりな犯人ですよ？」

鎌木は首を振った。「なんども同じことを言わせないように」

「え？」

「半崎ちゃんの描き出した犯人像にそんなものは含まれていない。微塵《みじん》もね」


午前八時半からの捜査会議で、一つの重要な情報が発表された。

管理官が雛壇に着席したまま、手にした資料に視線を落とす。

「まず南教授宅で発見されたプラスチックチューブの中身だが、これは科警研による培養と顕微鏡による観察およびＤＮＡ解析の結果、大腸菌であることが判明した。そして昨日サクラテレビの駐車場に置かれていたプラスチックチューブの中身だが、こちらはＤＮＡ解析と電子顕微鏡による観察の結果、ヘルペスウイルスを含む液体であることが判明した。なお、南教授宅で発見された大腸菌からも、ヘルペスウイルスの遺伝子配列が見いだされた」

　周りを見回してみたが、多くの捜査員がきょとんとした表情を浮かべていた。意味が分からないのだろうなと桐生は思った。自分も昨日、柏原准教授から説明を受けていなければ、同じような顔をしていたことだろう。専門家から説明を受けた自分にしても、ウイルスが細菌のＤＮＡの中に隠されているなんてとんでもない話を、正確に理解しているとは思えない。

　気がつくと隣の鎌木が手を挙げていた。

　管理官が眉間に皺を寄せた。

「なんだ鎌木」

「自分は昨日東都大学で応用ウイルス教室の柏原准教授から話を聞いてきました。簡単に補足させて頂いて宜しいでしょうか？」

「言ってみろ」

「まずヘルペスウイルスですが、そのままでは遺伝子改変を行いにくいそうです。そこで、ヘルペスウイルスはＤＮＡウイルスなので、遺伝情報だけを大腸菌の人工染色体というものに組み込んでしまいます。大腸菌のＤＮＡにヘルペスウイルスのＤＮＡを組み込むということですね。大腸菌の中でウイルスの遺伝情報を改変した後、ウイルスのＤＮＡを取り出して、今度は哺乳類の培養細胞の中で働くようにしてやると、感染性を持つウイルス粒子が再現できるそうです。つまり犯人はヘルペスウイルスの素である大腸菌と、ヘルペスウイルスそのものの両方を手にしているということになります」

桐生はもう一度周りを見回した。頷く者が半分。まだ首を傾げている者、無表情を保つ者が残りの半分。

ご苦労、と言って管理官は続けた。

「遺伝子改変の内容については、すべてのDNA配列を解析しなければならず、まだ時間がかかるらしい」

その他、いくつかの連絡事項を告げた後で、管理官は鷲を思わせる鋭い眼差しで締めくくった。

「本件では市民の不安が増大しつつある。事件の早期解決を目指し、全力を尽くしてくれ。以上だ」

桐生は鎌木と共に、大学関係者の敷鑑に回った。他の捜査班員も日曜のうちに教室関係者に対する聞き込みを終了させることを目標に、精力的に聞き込みに当たった。

事件翌日ということで、どうしても必要な作業のあるスタッフ以外は大学に来ておらず、聞き込みは自宅回りが中心になった。

目ぼしい収穫はなかったが、教室関係者に対する聞き込みは概《おおむ》ね終わらせることができた。任意でのDNA採取にも全員が応じた。普段から研究でDNAを扱っていることによるリテラシーの高さも影響しているのだろう。綿棒で口腔粘膜から採取されたDNA試料は、柏市の科警研付属鑑定所に送られて鑑定されることになっている。もし南教授宅に残されていたDNA型と一致するものがあれば、犯人特定の重要な手掛かりになる。

アリバイについてはすぐに確認できた者とそうでない者が半々だったが、いずれにしても応用ウイルス学教室の敷鑑が終了するのにそう時間はかからないと思われた。

七月七日（日）　午前八時　東都大学医学研究科応用微生物学教室

日曜日の朝ということもあり、研究室にはまだ誰も来ていなかった。門伝は人のいない研究室を好んだ。

応用微生物学教室は、他の東都大学の医学研究科の教室同様、休みなく稼働している。しかし、流石《さすが》に日曜は午後からのんびり出勤するスタッフがほとんどだし、日曜に出てくるのは義務ではない。

門伝は平日であっても周囲の目をあまり気にせず、マトリョーシカの生産に勤《いそ》しんでいた。しかし、他のスタッフがいない時のほうがやりやすい作業がいくつか存在している。

特に増殖したマトリョーシカの精製作業には、共用実験室の大型遠心機を使用する。同じ教室の人間からは目につきにくいものの、できれば人のいない時間帯にやっておきたい作業だった。

適当な栄養培地を与えてやれば増殖する細菌とは異なり、ウイルスの増殖には生きた細胞が不可欠だ。

ウイルスを増殖させるために、まず、哺乳類の培養細胞をマイクロキャリアと呼ばれる微細な樹脂ビーズに付着させて大きな培養バッグの中で増殖させる。

培養バッグの中は、ピンク色の液体培地で満たされ、pH《ペーハー》を調整するために空気と二酸化炭素で膨らんでいる。培養バッグは培養箱の中で、温度と二酸化炭素濃度が自動管理され、機械的に揺すられ続ける。

十分に細胞が増えたところでウイルスを培養バッグの中に入れると、ウイルスは細胞を破壊しながら増殖を続ける。

ヒト単純ヘルペスウイルスの成熟粒子は一〇〇～一五〇ナノメートル。ウイルスとしては大きいほうだが、それでも髪の毛の太さの一万分の一以下の大きさだ。

宿主の細胞膜を最外層にまとい、その内側にテグメントタンパク、さらに内側にカプシド、カプシド内に十五万塩基対の二本鎖ＤＮＡゲノムを有し、八十種類以上の遺伝子をコードする。

ウイルスはＤＮＡにコードされているプログラムに従って宿主の細胞の機能を攪乱《かくらん》し、細胞内で自らのコピーを大量生産する。そして、細胞を破壊して次の細胞に取り付いて増殖を繰り返す。

そうやって増殖させたウイルスを、頃合いを見計らって液ごと回収してからウイルスを精製し、マイナス八十度で凍結保存しておく。

すべてこの研究室におけるルーチン作業だ。

——増殖させているのが、人類史上例のない、発病すれば致死率一〇〇パーセントの特殊な生物兵器だという点を除けば。

門伝は今回の培養分、約二〇リットルの液体培地からウイルスを濃縮精製して凍結処理した。

これで昨夜のクラブでの散布規模なら、十回分程度のウイルスが確保できたことになる。

相葉は、大型のスーツケースを改造した、より大きな散布装置もほぼ完成していると言っていた。一回ごとのウイルスの生産量を増やさなければならないだろう。生産量を増やせば、計画が発覚するリスクが多少は増すかもしれないが、どうとでも取り繕うことはできる。アメリカ帰りの優秀な指導者に率いられた応用微生物学教室では、潤沢な研究資金をバックにして大量のウイルスの培養が行われている。最近では企業と共同開発された、六〇〇〇リットルの超大型マイクロキャリアリアクターが研究室内に設置されて稼働を始めたばかりだ。

流石に超大型リアクターをマトリョーシカの生産に使用するわけにはいかなかったが、その代わりに一〇〇〇リットル程度のリアクターに空きができた。隙を見てマトリョーシカの生産に使用してみても良いかもしれない。

次なるウイルス生産のために黙々と作業を進めていると、実験卓上に置いてあったスマホがメールの着信を伝えた。

きりの良いところでいったん作業の手を止め、実験用のラテックスグローブを外してスマホをチェックした。相葉からのメールが届いていた。

本文：お疲れ様です。一晩かけて先日話したスーツケースを完成させました。水を使用したテスト結果は良好です。急で申し訳ないのだけれど、本日東京ドームで行われるプロ野球の試合終了時間を狙って後楽園《こうらくえん》駅でテストをしようと思うのですが、都合はどうだろう。以前に話した通り、五リットル搭載することができるので、五リットル用意してもらえると嬉しい。

徹夜までしてくれたのか。門伝は胸を打たれた。

すぐに返信のメールを作成する。

本文：お疲れ様です。承知いたしました。夕方に解凍し、希釈して持っていきます。スーツケースへの充塡《じゅうてん》はどこか適当なトイレで行いましょう。

相葉からの返信はすぐに来た。後楽園駅で午後四時に待ち合わせて、適当な場所を見つけて充塡することになった。

門伝は再びラテックスグローブを着けて、エタノールで十分に滅菌した。安全キャビネットと呼ばれる、気流が内側に流れ込む作業用のガラス箱に両腕を入れた。安全キャビネットに吸い込まれた空気はフィルターを通して排出されるため、遺伝子組み換えウイルスのような外に漏れだしては困る病原体の漏出を防ぐことができる。マトリョーシカの散布を始めた自分が安全キャビネットを使って作業をしているのは皮肉だったが、目立たずに作業を行うためには研究室の正規の手順を踏むしかなかった。

十分な数の細胞が含まれた培養バッグに、別に用意してあった「種」となる少量のマトリョーシカを実験用チューブから吸い出して注入した。

これでこの大きな培養バッグは、短期間で大量のウイルス粒子を生み出すリアクターになった。

門伝は両手でバッグを持ち上げ、培養箱のドアに左手の薬指と小指を引っかけて開け、空いている棚に培養バッグを入れてから扉を閉めた。

壁の時計に目をやる。午前十時。

そろそろ指導教官である青山《あおやま》准教授が出勤してくる時間だった。門伝は実験室での作業をいったん切り上げて、居室にある自分のデスクに戻ることにした。

午前十時半に青山准教授が出勤してきた。自分の居室に入る前に、教室員の雑居部屋を覗くのが彼女の日課だった。

「おはよう。相変わらず早いわね」

「おはようございます。青山先生。すみませんが、今日は少し早めに帰らせて頂きますので」

青山は細面に控えめな笑みを浮かべた。夏なのに長袖のブラウスに黒のロングスカートといういでたちでありながら暑苦しさを感じさせないのは、線の細さ故だろう。

七月初旬だが今日の東京の最高気温は三十五度を超えた。汗一つかかずに、駅から歩いてきたのが信じられなかった。

「そんなこと気にしなくていいのに。うちは日曜日に出てくるのは義務じゃないんだから」

「僕はほかの皆さんと違って要領があまりよくないので」

「それは謙遜ではなくて嫌味になってしまうわよ。他の人の前では言ってはだめ」

門伝が頭を下げると、じゃあ頑張ってね、時間ができたら今週の分の報告に来て頂戴と言って青山は自分の居室へ去っていった。

日曜日に来るのは義務ではないと言っておきながら、結局は自分が日曜日にも研究室に来ることは青山には織り込み済みなのだ。だから週に一度のマンツーマンミーティングも、門伝の分は日曜日にセッティングされている。

ご都合主義的なところは唾棄すべきものがあるが、そのこと自体に不満があるわけではない。ミーティングに取られる時間はそれほど長いものではないし、人の少ない日曜日のほうがなにかと動きやすい。

そして、土日も朝早くから来ているという実績は、平日に多少遅めに出勤しても周囲から見咎《みとが》められないための隠れ蓑《みの》にもなっている。

そう。自分には平日の朝のラッシュ時になすべきことがあるのだ。門伝はそう考えて独りほくそ笑んだ。

昼前に門伝は今日使う分のマトリョーシカを冷凍庫から取り出して、解凍作業を開始した。解凍作業は溶液の温度が上がりすぎないよう、たびたびチェックをしながら行った。午後二時に溶けた濃縮マトリョーシカを散布用の緩衝液に混ぜて五リットルに調整し、冷蔵庫に移した。

保冷剤を入れて移動すれば、マトリョーシカの感染性は散布時まで変化しない。

門伝は午後三時半に登山用のバックパックに保冷剤と散布用のマトリョーシカの入ったボトルを入れ、本郷の東都大から待ち合わせ場所である後楽園駅まで徒歩で移動した。徒歩で二十分ほどの距離だった。

後楽園駅に着いた門伝はすぐに相葉に連絡を取った。待ち合わせの午後四時までにはまだ十分ほどあったが、すでに相葉は後楽園に到着しており、二人はスムーズに合流することができた。

「お疲れ様。こっちだ」

相葉は大きな黒いスーツケースを転がしながら、近くの公園へと門伝を導いた。

予め《あらかじ》目星をつけてあったと思しき公園のトイレに着くと、相葉は門伝からバックパックを受け取って背負い、車椅子マークのついた広い個室にスーツケースを引きずりながら独りで入っていき、内鍵をかけた。

使用中の赤ランプが点灯する。禍々《まがまが》しく見えるその鈍い赤色は、門伝の気持ちを高揚させた。

散布に備えて、顔を覆うマスクを着け、目深にキャップを被る。

五分ほどしてトイレのスライドドアが開き、門伝のバックパックを左手に持ち、右手でスーツケースを転がしながら相葉が出てきた。

軽くなったバックパックを相葉から受け取って背負った。

試合は読売《よみうり》ジャイアンツが、横浜《よこはま》ＤｅＮＡベイスターズに四回に二点を先制したまま、点が動いていなかった。八回の裏が巨人の無得点に終わったのを見届けて、二人は後楽園駅へ向かった。

改札付近の、防犯カメラに映らない場所でしばし待つ。

午後五時過ぎに、試合は二対〇、ジャイアンツの勝利で幕を下ろした。一目でそれと分かる観戦客が、次々と後楽園駅へと姿を現した。今日であれば四万人を上回る観戦客が、東京ドームに足を運んでいることだろう。

そろそろかと思ったその時、門伝の腕が二回叩かれた。相葉がこちらに頷いてみせ、くるりと背を向けて歩き始めた。門伝も早足で相葉を追う。

東京メトロ丸ノ内《まるのうち》線後楽園駅の改札をくぐった。すでにホームにはオレンジとブルーの服を着た両チームのファンがひしめいており、視界を彩っていた。門伝は相葉に続いて、池袋《いけぶくろ》方面行きのホームの一番後ろ側に向かった。

最後尾のホームドアのさらに東京駅側に着くと、相葉はスーツケースを立てた。次々と流れ込んでくる観戦客のために、ホームはかなり混雑している。相葉は周囲を神妙な顔つきで見回している。門伝には相葉がなにを考えているのかが手に取るように分かった。

空気の流れを確認しているのだ。

二人の間に置かれたスーツケースに目をやる。金属製のフレームを頑丈な硬質プラスチックで覆った標準的なスーツケースだが、移動時に引っ張り出すハンドルの基部がメッシュになっている。そこからエアロゾルが吹き出す構造だ。

風はほとんど感じられなかった。外は少し風が吹いていたが、風向きの関係でホームはその影響を受けていない。

池袋行きの電車接近を伝えるアナウンスが流れた。

相葉は銀色に光るスマホをポケットから取り出して、門伝に目配せをした。スーツケースを置いたまま、東京駅側へ少し離れた場所に、それとなく移動して散布装置と距離をとった。

門伝も相葉の傍らに移動した。ホームに進入してくる電車が巻き起こす、巨大な気流の風上側に移ったのだ。

後楽園駅は地上駅なので、電車が入ってくる前の気流の変化はほとんどない。電車がホームに入ってくる直前に、相葉は無表情のままスマホの画面を軽くタップした。

二メートルほど先に置かれたスーツケースは外見上、なんの変化も示さなかった。触れていれば装置が作動する微かな振動を感じたかもしれないが、この距離からではなにも感じない。

しかし、門伝はスーツケース内部に格納された散布装置が作動し、マトリョーシカを含んだエアロゾルが噴出する様をありありとイメージすることができた。

金属製の巨体を軋《きし》ませながら、先頭車両がホームに滑り込んできた。皮膚感覚と視覚の両方で、電車の巨大な質量の移動によって、空気がかき乱されるのを感じる。

強くて太い気流がマトリョーシカの雲をかき乱し、巻き込んでいく。電車が減速してもなお止まない気流は、ホームの隅々にまでマトリョーシカを含んだエアロゾルを拡散させていく。

人々はエアロゾルを吸い込み、呼吸器系にヘルペスウイルスが入り込む。ヘルペスウイルスは、付着しただけでも皮膚や目の粘膜から侵入することもできる。

圧倒的な死の気流が、人々を包み込んでいく。

やがて電車が停車してドアが開く。なにごともなかったかのように、乗客の乗り降りが整然と行われ、電車はゆっくりとホームを離れていった。

ホーム上には、車内のあまりの混雑のために、乗車を見送った人々が残された。改札口からは続々と次の感染ターゲットが供給され始めている。

相葉が耳打ちした。

「あと四回散布できる」

門伝は再びホーム上にあふれつつあるターゲットたちに満足しながら頷いた。

あと四回。

今日の散布でマトリョーシカに感染する人数はどれほどになるだろうか。千人？　いや、もっとか。いずれにしても感染して終わりではない。感染者は新たな感染源となって死を広めていく。

潜伏期間は平均一週間。その後、感染者は自らも感染源になりうるわけだが……。

「混雑する球場に熱心に足を運んで、新たな感染者を増やしてほしいものです。観戦客が感染客になるわけだ」

相葉は門伝の冗談に苦笑いを浮かべた。

「明日からは朝夕のラッシュ時を狙って散布しよう。今日はあくまでもスーツケース型の実戦テストだ。とりあえず上手く動いてくれたけど、あと四回、タンクが空になるまでやってみようじゃないか」

門伝は頷いた。スーツケース型の散布装置が、こんなに早く完成したのは予想外だった。

散布に対する相葉の情熱がひしひしと伝わってくる。

スーツケース型が完成した今、小型のタンクしか搭載できないボストンバッグ型の使い道は限定されてしまうことになる。あれは当初から試作品という位置づけだったが、なにか適当な使い道を探さなければもったいないな、と門伝は思った。

七月九日(火) 午前八時五十分 下谷署

三回目となる朝の全体会議が終了し、捜査班会議が始まった直後に、その情報は飛び込んできた。

前方のお偉方が居並ぶ雛壇付近がにわかにざわつく。大声で呼ばれる工藤捜査班長の小走りの背中を見送りながら、桐生はなにか尋常ならざる事態が起きたことを悟った。

やがて書類を手にした工藤捜査班長が駆け足で戻ってきた。只《ただ》ならぬ雰囲気が全身から発せられている。同時に会議室前方のテレビが点けられる。

嫌な予感がした。また、テレビか……。

画面には『飯能《はんのう》市でバイオテロ発生?』のテロップと共に、ヘリからの空撮映像が映し出されていた。

「犯人が飯能市内でマトリョーシカを使用した可能性がある」

忌々しげに言う工藤に、鎌木が眉間に皺を寄せて首を傾げる。

「本物の犯人なんですか。しかも飯能?」

桐生もテロは都内で起きるものだと思っていた。

工藤はコピー用紙を机の上に置いた。埼玉県警からの事件の概要と犯行の関連性を報告する内容だった。

「犯人は飯能市大河原《おおかわら》の河原稲荷神社で昨夜行われていた夏祭り会場で、ボストンバッグに入ったウイルス散布装置を作動させて放置。今朝から始まった祭りの後片付けの際にバッグが発見され、開けた近隣住民が、内部の構造を不審に思って飯能署に通報したとのことだ。埼玉県警本部機動隊NBC部隊が出動し、サンプルは科警研で解析中だが……」

資料の一枚を手にした鎌木が困り顔を浮かべた。

「この文面。本物っぽいなあ」

埼玉県警からの報告書には、バッグの中に散布装置と共に入っていた犯行声明文と思われる文書のコピーが添えられていた。

『事態は急速に進展する。マトリョーシカが市民の頭上へ散布された。都市部だけがテロの標的ではない。ヘルペスウイルスに加えた改変については、次のプライマーによって得られた増幅断片を参照されたし』

犯行声明の本文に続いて、ＡＴＣＧのアルファベットで記載された二十文字の配列が二つ、記載されていた。

そして、資料に埼玉県警が加えた補足として『プライマーとは特定のＤＮＡ配列を挟み込んで増幅させるために用いる短いＤＮＡ断片』と書いてあった。

「鎌木、意味がわかるか。プライマーってたしかＤＮＡ鑑定の時にも使うやつだよな？　前にＤＮＡ鑑定の講習を受けた時に聞いた記憶があるが」

工藤の問いに鎌木が頷いた。

「ええ。プライマーはＰＣＲ《ピーシーアール》と略されるポリメラーゼ連鎖反応によるＤＮＡ増幅の際に使用される鋳型《いがた》ですね。増幅したい配列を挟み込むようにして設計して使うんです。まあ、細かい話はこの際どうでもいいでしょう。我々にとって重要なのは犯人がウイルスに細工をして、市民に対して実際に使用したらしいということです。改変の中身は告げず、自分たちで調べろとは随分不親切だなあ」

桐生は信じられない思いだった。事件の進展が速すぎる。

「本物の犯人ですか」

桐生の問いに鎌木が顎を手でさすりながら答えた。

「マトリョーシカがヘルペスウイルスだと知っているんだから、本物の可能性が高いと思う。サクラテレビの報道ではマトリョーシカがヘルペスウイルスとは言っていないからねえ。いずれにしてもバッグから本当にウイルスが検出されるかどうかを調べれば分かる」

「なんで月曜の夜に祭りなんかやってたんです」

今度は工藤が答えてくれた。「日付が固定された祭りだったらしい。古い祭りによくあるタイプだ」

「まだ住民に症状は出ていないんですよね」

鎌木が埼玉県警からの資料を一枚捲《めく》って目を通した。「一応、ボストンバッグ付近を歩いたことが確認された八名を、飯能市内の総合病院の感染症対応のできる病棟に隔離しているようだけど、いずれにしてもヘルペスウイルスは潜伏期間が平均で一週間程度はある。その前にウイルスにどんな改変が行われたのかがＤＮＡ解析で分かるだろうね」

工藤が付け加えた。「病院のほうでは武蔵村山の感染研に、感染疑いがある被害者の移送を打診しているそうだ」

鎌木が工藤に聞いた。「マスコミはどうやって事件を知ったんです」

「発見した人たちが、バッグを開けた時に犯行声明文と共に写真を撮ってSNSにアップしちまってな」

「じゃあ、マトリョーシカの正体が遺伝子改変ヘルペスウイルスだってことも、世に知れ渡ってしまったというわけか」

「ああ。これでさらに本物と偽物の区別に苦労するようになっちまった」

先程から顔をしかめっぱなしの工藤に向かって、相変わらず呑気な風情の鎌木が首を傾げてみせた。

「飯能かあ。でも、なんだってまた飯能なんですかねえ」

「飯能は都心からそれほど離れていない。大都市だけが危険なわけではない、ということを主張するのに丁度いい。前にバーベキューで行った時に近くを通ったことがあるが、現場は名栗渓谷《なぐりけいこく》沿いの長閑《のどか》な場所だ」

「実際、僕たちもバイオテロは都心で起こるものだとばかり思っていましたからねえ。飯能市郊外の夏祭りでのテロとは意外でした。でもこれで都心での実行がますます困難になる気がします。まず都市で仕掛けて注目させておいてから、フェイントで郊外に広げるというのならともかく、その逆というのは……」

工藤は忌々しげに首を振った。

「飯能の現場には防犯カメラがなかった。周辺にもな。だが都心の人口密集地はそうはいかん。その点、都心での散布は自殺行為ともいえる」

「そう考えると、これは東京での散布をほのめかしつつ、実際には東京で仕掛けるつもりのない準狂言犯とでもいうべきものである可能性がありますねえ。厳戒態勢下でのバイオテロは不可能です。それにテロには普通なんらかの要求が付帯するものですが、三回目の声明でもその手の要求は今のところ一切ありませんし。いや、やはりこの事件は面白い」

そこが世間の不安を掻き立てているのだろうな、と桐生は思った。

工藤が怒気を孕《はら》んだ声で言った。

「散布されたウイルスについては鑑定結果待ちだが、市民が標的にされた事実そのものを重く受け止めなければならん。午後の内閣官房長官記者会見でも飯能の事件に触れるらしい。上層部の焦りも相当なものだ。これ以上の犠牲者を出すな。これだけ大胆に動いている犯人なんだ。逮捕のチャンスは必ずある！」

その日のうちに埼玉県警との合同捜査本部が設置された。また、南教授が主宰していた東都大応用ウイルス学研究室在籍者に関してはすべてのアリバイが確認され、指紋鑑定およびＤＮＡ鑑定の結果も、南教授宅に残されていたものと一致しなかった。

南教授宅、サクラテレビ、飯能のテロ現場付近における聞き込みと防犯カメラの映像解析はその規模を拡大して続けられることになり、桐生たち敷鑑担当も、応用ウイルス学教室の過去の在籍者や共同研究者等にまで対象を拡大して聞き込みを継続することになった。

七月九日（火）午前十一時二十四分　東京メトロ有楽町線月島駅

門伝は地下三階にある有楽町《ゆうらくちょう》線月島《つきしま》駅のホームでエスカレーターの下に立ち、地下一階へと続く長いエスカレーターを眺めていた。エスカレーターには上方に向かって強く、太い風が吹いている。

やはりここは理想的な場所だな、と門伝は思った。平日の昼前。今は人もまばらだったが、朝夕のラッシュ時であれば利用客でごった返すことだろう。

ホーム上の長椅子を探して腰を降ろし、鞄《かばん》から一冊の本を取り出した。すでに読み終わっているテロの歴史に関する本だったが、目次に目を通した後、改めて内容を復習するためにぱらぱらとページをめくった。

書籍の最初で定義されているように、テロというのは「社会への何らかの訴えかけが意図された、物理的被害よりも心理的衝撃を重視する暴力行為」のことだ。

これまでに数多くのテロが実施されて人々の命を奪い、幸いにして命を奪われなかった人々の心にも恐怖の種を撒いてきた。

門伝が生まれてから今日までに起きたテロの中で、強く印象に残っているテロ事件が二つある。一つは阪神淡路《はんしんあわじ》大震災と同じ年に起きた地下鉄サリン事件。もう一つはアメリカ中枢部を狙った同時多発テロ事件だ。

二つのテロは目的が大きく異なっていた。地下鉄サリン事件はそれまでオウム真理教が行ってきた犯罪行為に対する、警察の捜査攪乱という側面が強かった。

一方、アメリカ同時多発テロは暴力によってテロリストたちの主張に人々の注目を集めるために行われた、典型的かつ古典的なテロだ。

どちらのテロも社会に大きな衝撃を与えた。アメリカ同時多発テロは対テロ戦争という新たなパラダイムを世界にもたらすほどのインパクトがあった。

しかし、ただそれだけだ、と門伝は思った。

喪《うしな》われたテロの犠牲者が蘇ることはないし、犠牲者の家族、知人にも癒えない傷が残るだろう。しかしいずれの大規模テロでも、すぐにテロ対策の強化が行われ、犯人が特定されてテロ組織は実質的に壊滅させられた。

大多数の非当事者にとっては、テロの恐怖はニュースと共にやってきて足早に去ってゆく。恐怖の源が排除された後に残るのは、テロ組織に対する漠然とした怒りとまだ残っている恐怖、そして毎年の祈念日に伝えられるニュースだけだ。

自分たち、いや相葉が立てた計画はこれまで実行されてきたテロとはまったく違う。門伝は薄い三日月のような冷たい笑みを浮かべた。

自分が当初考えていた計画は、いかにも稚拙だった。相葉がその計画を極限まで磨き上げてくれた。

通常、大規模テロでは同時多発性が求められる。当局によって、迅速にテロ対策が実行されるからだ。

散発的なテロでは、当局によるテロ対策の速度がテロによる被害拡大の速度を上回るために被害の拡大は望めない。

被害の規模を大きくしようと思えば同時多発性は欠くことのできない要素だが、そのためには数多くの実行犯が必要になる。しかし人員の増大は計画の機密保持を困難にし、テロは未然に防止されてしまう。

防諜関係者の間では、情報漏洩の可能性は計画を知っている人間の二乗に比例して増大するというのが常識だ。つまり計画を知っている人間が二人の場合には情報が漏れる可能性は一人が知っている場合の四倍になり、十人の場合には百倍になる。

ここに大規模テロを実行する際の宿命的な困難さがあるが、相葉の計画はその点を見事に回避している。なにもかもが前代未聞だ。

アナウンスの後に、ホームに和光市《わこう》行きの電車が入ってきた。車内は空《す》いていたが、シートの端に座るため、門伝は車両を一つ移動しなければならなかった。門伝が腰を降ろしたシートの向かいの席には、小さな男の子を二人連れた若い母親が座っていた。子供は美しい母親を挟んで二人とも行儀よくしている。

門伝は目を細めた。躾《しつけ》の行き届いた、可愛らしい子供だ。立派な大人になってこの国の発展に寄与して欲しいと門伝は思った。

しかし、思慮深く立派な大人になるためには多くの障害が待ち受けている。

──明るく、楽しく生きることが人生の至上命題であるかのように喧伝《けんでん》されている今の日本では、人々が繊細な思考を欠くようになってしまっている。

ずっと前に相葉が語った言葉を、門伝は古い石碑に刻まれた聖なる言葉を指先でなぞるようにして思い出した。

この子供たちも自分たちの計画の影響を受けるのだろうか。子供はどちらもまだ小学校に上がっていないように見えた。恐らく、朝夕の混雑する時間帯には電車に乗っていないだろう。まだ感染していないかもしれない。そう思うと気持ちが少し楽になった。しかし、脳の別の部分は異なる主張を投げかけてきた。

それではこの子たちも享楽にとらわれ、愚かになってしまうのではないか。門伝は迷いを払うために首を振った。この子たちの世代は、自分たちによって創生される新しい世界を生きるのだ。誰もが内省的で思慮深く暮らす理想の世界を。

電車は新富町《しんとみちょう》を経て、銀座《ぎんざ》一丁目に停車した。ドアが開くとダブついた服を着てニット帽をかぶった体格の良い男が、携帯電話で通話しながら車内に入ってきた。男は体を投げ出すようにして門伝の隣に座った。

大きく足を開き、大声で笑いながら通話をする男は、迷惑行為を止めるつもりはないようだった。周りの人間も注意をする気はないようだ。

向かいに座った子供たちの顔には、困惑や微かな恐怖を含む表情が浮かんでいた。しかし、母親は明らかに見て見ぬ振りをしていた。

やれやれ。門伝は心中でため息をついてから男に話しかけた。

「すみません。通話は止めてもらえませんか？」

男は門伝のほうを一瞥しただけで通話を続けていたが、電車が有楽町に近づくと「わりぃ。ちょっと用事ができた。またかけるわ」と言って電話を切った。「何だって？」と低い声で凄《すご》んでくる。

門伝は頭を下げた。

「車内での通話は控えるべきです。電話を切って頂き、ありがとうございます」

「ざけんな」男は眉間に皺を寄せた。「別にてめぇの言うことを聞いて電話を切ったんじゃねえ。大体、俺が電話しててめえになんか迷惑がかかったのかよ」

「迷惑？　いいえ。マナーを平然と破る無法者にただ単純に腹が立っただけです。いや、他人に腹を立てさせるのは十分に迷惑行為といえますね。トンネル内に電波が届くようになったのは便利ですが、やはり悪い面もあるんだな」

「なんだと？」

「例えば仮に」門伝は諭すように語り続けた。「今この車内にいるのが私たちではなくて、見るからに暴力団の構成員だとわかる人々だったとしたらどうでしょうか。あるいは、会社の上司だったらどうでしょう。あなたは今のように横柄な態度で電話を続けたりしなかったのではないですか」

「何が言いてぇ」男の顔がみるみる赤みを増す。

「要するに通話をするあなたは、車内にいる他の人間に敬意を払っていないのです。私が苛立つ理由はそこにあります。こいつ、私たちのことを舐《な》めているな、と」

「降りろ」なんらかの結論に達したらしい男は吐き捨てるように言った。電車は有楽町駅に近づき、減速を開始したところだった。

「元々有楽町で降りるつもりでしたから」門伝は腕時計に目をやった。相葉との約束の時間にはまだ余裕があった。

門伝が電車から降りる時、向かいに座っていた子供たちと目が合った。二人とも心配そうな顔をしていた。門伝は微笑みを浮かべて心中で語りかける。大丈夫だ。この世に悪の栄えた例《ためし》などないのだから。


その喫茶店は有楽町の高架脇の路地を入ったところにあった。

門伝が待ち合わせに利用する喫茶店にはいくつかの条件がある。まず、店内および付近に防犯カメラのないことと、店側が客にやたらと話しかけたりしてこないことは絶対条件だった。警察の捜査に備えて、映像や店員の証言から門伝の存在が浮かび上がることは可能な限り避けなければならない。

機密保持のために、少し大きめのボリュームで音楽がかかっていることも重要な条件だった。

門伝は目の前で湯気を立てるコーヒーに口をつけた。雑味が極限まで抑えられていることに満足する。コーヒーがフルーツであることを改めて思い出させる、青リンゴのような華やかなフレーバーが鼻腔に抜ける。

農園での収穫から選別、保管、焙煎《ばいせん》、抽出に至るどのステップで手落ちがあっても、このような至高の一杯が完成することはない。

門伝が喫茶店に求める最後の、そして絶対の条件は深い充足感をもたらしてくれる一杯をその店が提供してくれることにあった。

最後の条件まで満たす店は、都内でも片手に余るほどしかない。

先ほど有楽町線の中で絡んできた男は、昼はひとけのない、雑居ビルの共用スペースに門伝を連れ込んだ。

自分たちが人目に触れない場所に移動したのを確認した門伝は、自分の優位性を疑わず、隙だらけの男を背後から素早く絞め落とした。

そして、男の両足の膝関節に特殊な負荷をかけた。負荷によって引き起こされた損傷は長期にわたって痛みを伴い男を苦しめるだろうが、歩けなくなるほどではない。痛みは病院に行かずとも耐えられる程度になるはずだ。男は恐らく警察に被害届も出さないだろう。

門伝は、自己流で複数の戦闘術を学び、男の関節に施したような懲罰手段をいくつも用意していた。正面から戦っても十分に勝てただろうが、どんな相手であっても正面攻撃では不確定要素が桁違いに増えてしまう。

トレーニングとして夜の街で腕の立ちそうな相手に喧嘩《けんか》を売らせて戦うこともあるが、昼間の有楽町で倒してもスキルアップにつながらない相手と本気で戦う意味はなかった。

店内でテロに関する本の続きを読んでいると、入口のドアベルが鳴った。顔を上げると入口に立つ相葉がこちらの姿を認め、片手を挙げた。

本を閉じてテーブルの上に置く。

「お待たせ。なにを読んでいたんだい」

門伝はカバーがついたままの単行本を相葉に手渡した。

相葉は本を開いた。「『テロルの血脈』か。面白い？」

「よくまとまっていると思います。視点も独自性が感じられますし」

「僕らも同じような本に間違いなく載るよ」

相葉がこともなげに言う。その時、自分たちはこの世にいない可能性が高いというのに。

門伝が相葉と『同志』になったのは、テロに関する本がきっかけだった。

二人は東都大学医学研究科に所属していた。親しいわけではなかったが、交流会や共通実験室での挨拶などを通してお互いを見知ってはいた。だが、それだけだった。

あの日、東都大学の図書館で相葉のほうから声をかけてくるまでは。

「物騒な本を読んでいるね」

午後三時の大学図書館。テロに関する本を読んでいた門伝に、相葉は後ろから突然話しかけてきた。不意をつかれた門伝は慌てて本を閉じた。

相葉は可笑しそうに言った。

「そんなに慌てなくてもいいじゃないか。それともテロの勉強をして、実行に移そうとでも考えているのかい」

ははは、と門伝は乾いた笑いを漏らした。「爆弾とか毒ガスの製造なんて怖くてできませんよ」

「そうだよね。それに独りでできることには限界がある」

「ええ」

「僕もテロには興味があってね」相葉は言っていることにそぐわない、さっぱりとした笑みを浮かべた。

「そうなんですか」

「小説を書いてるんだ」

「え？」

相葉は頷いた。「テロを題材にした小説を書いてるんだよ。僕は」

「相葉さん、小説なんて書くんですか？」

「そうは見えない？」

「というか、たまに共通実験室で挨拶させてもらうくらいなので。まあ、小説を書いているようには見えませんね。そう見えるのってかなり変わった人だと思うんですけど」

「確かに」相葉は控えめな笑い声を上げた。

「作中ではどんなテロが起きるんです？　やっぱりイスラム過激派の自爆テロとか、原発が狙われる話とか」

「いや」相葉は静かに首を振った。「そんな話はもう沢山書かれているじゃないか」

「じゃあどんな話なんです？」

「バイオテロの話だ」

「なんだ」門伝は拍子抜けした。「バイオテロの小説だって沢山あるじゃないですか」

「僕が考えているのは、これまで書かれてきたものとは全く違う話だ」

「どんなふうに？」

「それは言えないよ。小説の一番大事な部分だもの」

「じゃあ、タイトルは？」

相葉は少しだけなにかを考えるような表情を浮かべてから、囁《ささや》いた。

「時限感染」

小説の話だ。

そう、自分たちは小説の話をしていた。

――はずだった。

いや。

相葉は初めから小説を完成させるつもりなんてなかったのだろう。

門伝は相葉が書いているという小説を、一度も読ませてもらったことがないのだから。


「犯行の動機。なんでそんなことが気になるんだい?」

相葉はロックグラスをゆっくり回して、中の丸氷を静かに転がした。グラスと氷が控えめで耳に心地よい音を立てた。

図書館でテロの話をしてからひと月ほどが過ぎた。その間に二人で本郷にある相葉の行きつけのバーに三回飲みに行って小説についての話を聞いた。

使用する生物兵器や散布方法など、いくつかの重要な設定についてはすでに聞いていた。マトリョーシカと名付けられた生物兵器は恐るべき存在だった。

しかし、犯人はなぜバイオテロを起こすのだろう。

「小説の読み手の中には、犯人の動機を気にする人も多いみたいですよ」

「動機は考えてある」と言って相葉はグラスをバーカウンターの上に戻した。

「なんなんですか？」

　門伝は、左に座る相葉の顔を覗き込むようにして聞いた。

「人々を抑うつ的にして、慎ましく静かに生活する社会を実現するためだ」相葉は静かなバーの雰囲気に合わせた声で言った。「今の日本は享楽的すぎる。みんな呑気で、馬鹿になってしまっている。作中のテロリストはそんな現状を憂いてマトリョーシカを設計したんだ。マトリョーシカはそれを実現するために最適な生物兵器だ」

「確かに」

　頷きながら、自分の腕に触れた。鳥肌が立っていることに気付く。恐怖を感じたのではない。高揚したのだ。

　それを実現するために最適な生物兵器、という表現も素敵だった。

「抑うつリアリズム理論って知ってる？」

「いいえ」門伝は首を振った。抑うつリアリズム。まるでアートの一様式のような名前だ。

「多くの人はうつ病の患者が、必要以上に物事に対して悲観的になっていると考えている」

「ええ」門伝は頷いた。うつとはそういう病気だ。

「でも、それは真実なのかな」

「え？ 違うんですか」

相葉は手を組んだ。

「そもそも、必要以上に悲観的かどうかなんて誰がどうやって決めるんだい」

「それは健常者との比較で……」

「多くの健常者にはなんでもないことを、うつ病の人たちは気に病むことがある。それはその通りだ。でもどちらが見ている世界が正しいかなんて、それだけでは誰にも分からないじゃないか」

言われてみればそうかもしれない。でも、それはうつ病の人たちが見ている世界が正しいことの証明にもならない。

「しかし、そもそも検証のしようがないのでは」

「そんなことはないよ。少なくとも手掛かりを得ることはできる。最近発表された論文でも、その可能性が示されている」

「どうするんですか？」そんな方法があるのだろうか。

「簡単な実験なんだ。時間を計ってもらう。ただそれだけなんだよ」

「時間を計るだけ？」

「ああ。被験者には時計なしで、時間を計ってもらうんだ。うつ病の人は健常者より正確な時間感覚を持っていた」

そうか、と門伝は膝を打った。

「時間という絶対的な尺度に関して、うつ病の人のほうが正確に判断しているというわけですね。確かに、その点では彼らのほうが世界のありようを正確に把握しています」

「ああ。つまり彼らが悲観的なのではなくて、健常者が楽観的すぎるというわけだ。他の研究でも自分が行った作業に対する評価や、因果関係の把握といったいくつものテストで、うつ病の人は健常者よりも正しい判断を下せることが明らかにされている」

相葉は楽しそうに笑って、ロックグラスに残ったシングルモルトを飲み干し、バーテンダーに同じものを注文した。

「天才と呼ばれる人々の中にはうつ病患者が多かった。才能とうつ病の間には強い関係性があると言われている。そしてマトリョーシカは、世の中から享楽的な雰囲気を排し、より抑うつ的で、内省的な社会を作り出すための非常に強い力を持っている」

あまりの衝撃に門伝は言葉が出なかった。代わりに力強く頷く。

それに、と言って相葉は右手の人差し指を立てた。

「作中の犯人はマトリョーシカという存在そのものに強く惹《ひ》かれているんだ。シンプルでありながら誰も作り出したことのない驚異の生物兵器。世界を自分の思い描く形へと強制的に変容させる神だと考えてもいい。そんなものを自らの手で作り出せると分かった時、その魅力に抗《あらが》おうとは、彼は考えもしなかった」

門伝はもう一度頷いた。そして覚悟を決めて、これまで胸に秘めてきた疑問を相葉にぶつけた。

「マトリョーシカは実在しているのですか？」

バーテンダーがやってきて、相葉の前にお代わりを置いた。

バーテンダーが去っていくのを確認した相葉は、門伝に値踏みするような視線をなげかけてきた。

門伝はもう一度力強く頷いてみせた。

相葉もそれで覚悟を決めたようだった。一度小さく頷いてから言った。

「今は眠らせてある。君の助けが必要だ」

それが二人の物語の始まりだった。虚構が現実化しはじめたのだ。

「今夜、門伝は日本橋《にほんばし》駅だったね？」

相葉の一声で門伝は白昼夢のような回想から引き戻された。慌てて頷く。

相葉は今夜の散布場所を確認してきたのだ。

散布装置を内蔵したスーツケースは基本的には自宅に持ち帰らず、都心部のコインロッカーに預けている。

大学から運んできたマトリョーシカを適宜充填《てきぎ》して散布を行い、空になったらまた適当なコインロッカーに預ける。その繰り返しだ。

金はかかるが、費用は相葉が出してくれていた。門伝の住む賃貸マンションは東西《とうざい》線の行徳《ぎょうとく》駅近くにあった。スーツケースを全国でも最悪の混雑度で知られる東西線を使って都心まで毎日運ぶのは面倒だ。

ウェイトレスがやってきて、相葉が入店時に注文したらしいアイスコーヒーを置いて行った。

相葉が、僕は新宿《しんじゅく》駅だ、と言ってアイスコーヒーの氷をストローで回してから口をつけた。

「人が多くて大変じゃないですか」

門伝が冗談を言うと、相葉はじゃあ郊外で撒くかい？　と冗談を返してきた。

門伝は笑いながら首を振った。郊外で撒くとすれば欺瞞のためだ。そうすることによって、最大限の恐怖を演出することができる。それに、自分たちの身の安全も高まる。

身の安全。

心に浮かんだその言葉に、門伝は吹き出しそうになった。身の安全などとうに失われているではないか。自分も相葉もその生産過程でマトリョーシカに感染している。
これは自爆テロだ。覚悟はできている。

キルレシオ。

元々は軍事用語で航空戦における撃墜対被撃墜比率を示す。敵機を100機撃墜して、味方の損害が50機ならキルレシオは二対一。

転じて、最近では戦争を扱うコンピューターゲームのプレイヤーが、倒した敵の数と損害の比率を示すために用いている。

キルレシオはどれくらいになるだろう。門伝はその比率を想像し、自分たちがもたらす暗い未来と真実に誰も気付いていない事実に深く満足した。

いつかは警察の長い腕が自分たちのところに伸びてくるだろう。マンパワーを大量投入した捜査から逃れる術はない。それは当初から分かりきっていた。

しかし、今、警察に逮捕されるわけにはいかない。もっと多くの人間を感染させて日本社会を、いや世界を暗転させるまでは。

相葉はその日に思いを馳《は》せた。

死が世界を霧のように包み込む。人々が享楽を失い、常に死を考えて深く思索する時代がやってくる。

七月十二日（金）　午前八時五十七分　下谷署

朝の捜査会議では重要な情報が発表された。サクラテレビの駐車場に残されていた液体と、飯能の現場に残されていたボストンバッグの中に隠されていた散布装置から回収されたウイルスのＤＮＡ解析結果だ。

解析の結果、サクラテレビの駐車場に残されていたのは遺伝子組み換えされていないヘルペスウイルスで、飯能の現場に残されていたのは細菌の毒素が不完全な形で組み込まれたヘルペスウイルスであることが明らかになった。

不完全であっても、遺伝子改変されたウイルスが市民に対して散布された衝撃は計り知れないものがある。会議は終始重苦しい雰囲気の中で進行し、いつもより強い口調の訓示をもって終了した。

全体の捜査会議が終了した後で、捜査班が召集された。

工藤捜査班長が険しい顔で呻《うめ》くように言った。

「しかしどうして犯人はわざわざ不完全な毒素を組み込んだんだ？　大腸菌の中にウイルスを仕込んで、さらにそのウイルスに細菌の毒素を組み込むなんて話自体がややこしい上に、その毒素が壊れていた。犯人はなにを考えてやがる」

班員が険しい表情で沈黙する中で、鎌木がおどけた様子で肩をすくめてみせる。

「それは逮捕してから、犯人に聞いてみましょう」

ああ、と言って工藤は表情を少しだけ和らげた。自分の感情がコントロールできていないことに、鎌木の一言で気付いた様子だった。

「とにかく遺伝子改変ウイルスが市民に使用された事実は重く受け止めなければならん」

工藤の話を聞いている全員が背筋を伸ばして頷く。摑《つか》みどころのない犯人。摑みどころのないテロ。狂言なのではないかという淡い期待は、打ち砕かれた形だ。少なくとも犯人は感染性を有するウイルスを保有し、散布する技術を持っている。

工藤が鎌木に言った。「不完全で機能しない毒素が組み込まれた理由はなんだと思う？　お前の見立てを聞かせろ」

うーん。そんなこと言われたってなあ、と前置きしてから鎌木は話し始めた。「単なるミス、というのは考えにくいですよね。やる気になれば完全な毒素を組み込むこともできたけど、今回は手加減した、といったところじゃないですか？」

「なんで手加減なんかする必要がある」

「警告のつもりとか、余裕を見せつけているとかですかねえ。警告と言っても犯人からはまだなんの要求もきていないわけですが」

　桐生は手を挙げて質問した。「完全な毒素が組み込まれていたとしても、どのくらいの毒性になるか分からないと科警研は言っているんですよね」

　鎌木が頷いた。「らしいね。組み込まれていたのは、報告されて間もない、新しい種類の細菌毒素だったらしい。毒性を示すのは動物実験で明らかになっているんだけど、ヘルペスウイルスに組み込んで作らせた場合にはどうなるか分からないそうだ」

「完全な状態でもヒトが殺せるか分からないようなものを、わざわざ不完全な状態で散布したんですか」

「そういうことになる」

　どうしてそんなことをする必要があるんだろう、と桐生は思った。犯人はバイオテロで多くの人の命を奪おうとしているのではないのか。

　鎌木が捜査班の全員に向けて言った。「今回の解析結果で我々が重視すべきもう一つのポイントは、犯人が南教授殺害の時点で、教授宅で発見されたヘルペスウイルスのDNAを含む大腸菌とは別に、ヘルペスウイルスそのものを保有していたということです。サクラテレビに送りつけられてきた液体に入っていたのはウイルスそのものでした。大腸菌から哺乳類の培養細胞を介して感染性を持つウイルス粒子を作り出すにはどんなに急いでも数日かかるということでしたが、犯人は南教授殺害から一日も経たないうちに、サクラテレビの駐車場にウイルスを置いています。飯能で散布された遺伝子組み換えウイルスも殺害事件後に作製されたものとは考えにくいそうです。組み換えウイルスの作製には一週間は必要らしいのですが、飯能での散布は事件の三日後です」

工藤が腕を組んだ。「犯人は南教授殺害より前に、ウイルスを手に入れていた可能性が高いということになるな」

鎌木が頷いた。「でも、いくら聞き込みをやっても怪しい人物は見つからない。僕も研究室のメンバーが南教授を殺害したセンは、ほぼないんじゃないかという印象を持っています。奪われたヘルペスウイルスを保有していたのって南教授の研究室だけなんですか？」

工藤は首を振った。「いや、国内の複数の研究室で同じウイルス株を研究に使っているそうだ」

「じゃあ、その中に犯人がいる可能性もあるのでは。似たような研究をしているライバルなら殺害動機が生じる可能性もあるでしょ」

工藤は頷いてみせたが、その表情は曇っていた。「そのセンも当たっているが、今のところはだめだ。やはり南教授は仕事面でもプライベートでもトラブルのない人格者だったようだな」

「誰に殺されてもおかしくないような悪人よりは良いですけど、なにもトラブルが見えてこないっていうのも考えものですねえ」

確かにな、と呟いて工藤が一瞬だけ笑いを見せ、元の鬼瓦に戻った。

「犯人は状況を徐々にエスカレートさせており、次は本命の毒素を組み込んだウイルスを都心で使う可能性がある。警視庁としても可能な限りの人員を割いて警備に当たっているし、各鉄道会社も最大限の警戒態勢を敷いている。少しでも怪しい人物がいれば、職務質問を行うように指示も出ている。市民も神経質になっているから実行は容易ではないだろうが、我々としてはどうしても本格的なバイオテロの実行前に犯人を押さえたい。事件発生から明日で一週間。みんなも疲れているだろうが、ここが正念場だ。大学関係者を中心に聞き込みの範囲を広げ、一刻も早い犯人検挙に全力を挙げてくれ」

今日は再び東都大学の柏原准教授に話を聞くことになっていた。科警研で得られたウイルスの配列情報について意見を聞く、というのが表向きの理由だったが、色々と雑談をすることでなにか新たな情報が得られるかもしれないと期待してのことだ。

鎌木と桐生を居室に迎え入れた柏原准教授は、事件直後の混乱から立ち直りつつあるようだった。肌の色つやも良くなり、そのせいかふくよかな体を包む服がより窮屈そうに見える。

柏原が探るような目つきで聞いてきた。

「こうやってお見えになるということは、まだ犯人の目星はついていないのですか」

もちろん捜査は進展しておりまして、犯人の絞り込みを進めているところではあるのですが、と鎌木がお茶を濁してから、科警研で得られたデータについて説明した。

「組み換えヘルペスウイルスが本当に市民に対して使用されたのですか……」柏原は信じられないという表情で口に手を当てた。

鎌木は頷いた。「正式な発表は昼過ぎの記者会見で行いますので、それまでは内密に願います」

その後も、鎌木は最近の研究室の様子や、ヘルペスウイルスについて質問をした。例によって、桐生にはあまりよく分からない部分も多かったが、本来は人類の敵であるはずのウイルスを利用したがん治療など、現代の分子生物学が魔法であることを改めて思い知らされた。専門家である柏原を相手に、次々と質問を繰り出して理解していく鎌木の頭の良さに、桐生は素直に感心した。

一通りの質問を終え、礼を述べた後で鎌木が言った。

「最後に、研究室ツアーをお願いできないでしょうか」

「え？」柏原は怪訝そうな顔をした。「どうしてですか」

「いやいや。大した理由ではないんです。今日の先生のお話は大変興味深く拝聴しましたが、せっかくだから実験機器などをお見せいただいてイメージの強化を図りたいと思いましてねえ」

　柏原から怪訝の色は消えなかったが、痛くもない腹を探られても困ると思ったのか、機器に触れたりしないことを条件に了承してくれた。

　研究室にところ狭しと並べられている実験機器は、桐生にとっては馴染みのないものばかりで、鎌木が機器の値段を聞く度に、その高額さに驚かされた。数千万クラスのものが幾つも置いてあったのだ。一方、ウイルスの培養に用いているという遺伝子組み換え生物用の実験室はこぢんまりとした造りで、想像していたものとは大分違っていた。

　一通りの設備を見せてもらった後で、二人は礼を言って研究室を後にした。

　車に乗り、広い構内を走って公道に出たところで桐生は鎌木に訊ねた。

「どうして研究室見学を？」

　すでに夕方の混雑が始まっていた。研究室見学なんかしなければ空いているうちに帰れたものを。

「君は研究室を見てどう思った？」

「どうって、実験機器の値段の高さにびっくりしましたけど」

鎌木は例によって倒したシートで寛《くつろ》ぎながら苦笑した。

「確かにねえ。あの研究室にある分だけでマンションが何部屋も買えるね」

「鎌木さんはなにが気になったんですか？」

「僕らはさ、教室関係者の中に犯人がいるかもしれないと思っているじゃない」

「ええ。その可能性が高いから大学関係者に聞き込みをしてるんですよね」

「犯人はマトリョーシカと呼ばれるあれを使ってなにをしようとしてるんだっけ」

「どうしたんですか？　バイオテロです」

「そう。バイオテロ。で、バイオテロはどうやってやるの」

「毒性の強い遺伝子組み換えウイルスを作って、市民に撒くんじゃないですか」

「そのためにはどうしたらいい」

要領を得ない鎌木の問いに桐生は苛立った。「だから遺伝子組み換えでウイルスを作って、撒くんですよね」

「そうなんだけど、その前にウイルスを増やさなきゃいけないじゃない。ほら、この前、感染研の笹川部長が言ってたでしょ？　ウイルスを増やすためには工場のような施設が必要だって」

なるほどと桐生は思った。「確かにそんな設備は見当たりませんでした。そうか。

犯人が応用ウイルス学教室の人間だとしても、大規模テロを行うために必要な、ウイルスを増やす設備がないんだ」

鎌木は頷いた。「だとしたらさ、どんな可能性があると思う」

桐生はしばし考えた。

今までは犯人が研究室メンバー、あるいはその関係者であると考えて捜査を行ってきた。大規模テロはまだ報告されていないが、そもそもその前提となるウイルスの大量生産設備が教室には見当たらなかった。犯人が教室関係者だとしても、ウイルスの大量生産のために外部の協力者が必要ということになる。

あるいは犯人はやはり応用ウイルス学教室内の人間だが、ウイルスの生産能力はあるものの、大量生産して大規模テロを起こす能力はないのかもしれない。

桐生は自分の考えを鎌木に伝えた。

そうだよねえ、と言って鎌木は頷いた。

「君は犯人は応用ウイルス学教室の中にいると思うかい」と伸びをしながら聞いてきた。

あなたはどっちなんだ？　と思いつつも桐生はとりあえず考えてみることにした。

鎌木に試されているような気がしたからだ。

「応用ウイルス学教室のメンバーに怪しい人物はいません」

「だね。南教授殺害事件だけじゃなくて、サクラテレビの時も、飯能の時も、教室関係者のアリバイは完璧だ」

「犯人は教室外の人間なんでしょうか」

わからないなあ、ともう一度緊張感のない様子で伸びをして、鎌木はダッシュボードに足を載せた。流石に靴は脱いでいる。

「そもそも犯人は真面目にテロをする気があるんですかね。教授の殺害も市民への遺伝子改変ウイルスの散布も、大事件であることには間違いありませんが」

「まあね。今でも大騒ぎなんだから」

「でもわざと毒性がないようにしたウイルスを撒く理由が分かりません。殺人ウイルスを作る技術はあるはずなのに」

鎌木は口の端を曲げて呟いた。「殺したくないのかね」

「何十万人もの命が奪われると書いてありました。あれは単なる脅し文句ですか」

「犯人は大げさなことを言って社会不安を煽《あお》りたいだけなのかもしれない。警察だってこんな大がかりな警戒態勢をいつまでも続けられるわけがない。しかし警戒を弱めたタイミングでまた次のアクションを起こされれば、無視するわけにはいかない」

「犯行目的が社会の混乱そのものにあるというのも、考えられなくもないかもしれませんね。でも、そうだとすれば犯人がハッタリの劇場型犯罪を繰り返しているうちに、いずれ足がつきます」

　鎌木が眉をひそめた。

「それじゃあつまらないねえ。大規模テロの実行直前に、機転を利かせて犯人確保。これが理想的な流れだ」

　つまらないものか。

「本気で大規模テロを企てようとすれば、それはそれで足がついてしまうはずです。我々だけでなく公安も動いていますし、テロの実行はやはり難しいでしょう」

「まあ、いずれにしても僕らが従事しているのは、基本的には南教授殺害の犯人捜しだ。でも、それでいいのかねえ、僕らはなにかとんでもない勘違いをしてはいないだろうか」

「勘違い？」

「嫌な予感がするんだよ。魅力的であると共に、独特の不気味さがこの事件にはあると思わないか」

　鎌木が論理的でない感想を、しかし真剣な顔で呟いた。

　まだ知り合って間もないが、そんな非論理的なことを鎌木が言うのは意外だった。しかし、そうであるが故に桐生も妙な胸騒ぎを感じずにはいられなかった。

　桐生は首を振ってその不安を振り払った。

南教授の首なし遺体のことを思い出す。

死者としての主張も奪われてしまった遺体。桐生は遺体の前で誓ったのだ。必ず犯人を逮捕して罪を償わせると。バイオテロ予告は気がかりだが、南教授を殺害した犯人の逮捕はテロの阻止につながる。

桐生は自分のすべきことを再確認して、ハンドルを強く握りしめた。


七月十六日（火）　午前五時七分　千葉県市川市行徳

門伝は微睡《まどろみ》の中に浮いていた。

自分の意識がより大きな精神の中に溶け込んで、思考を介さずとも物事のすべてを把握し、理解することができる気がした。

惰眠《だみん》を貪る多くの人々は、自分たちの身にこれからなにが起こるのかを理解できていない。彼らは自分の運命を知らない。

——マトリョーシカ
人類史上初となる、人工病原体の正体を知るのは自分と相葉だけだ。

相葉の見立てでは、少なくとも数十万人の人間が、バイオテロの結果、死亡することになる。生物兵器であるが故に死者の数は条件によって大きく変化する。条件次第で死者はさらに百万、二百万と増加することになるだろう。

自分たちは特別なことをしているのか？　答えはイエスであり、ノーだ。今回のバイオテロは、間違いなく人類史上に類例をみないものだ。規模の面でも、史上最大規模のテロ事件になるだろう。

しかし、技術的に考えれば、どうということはない。

マトリョーシカの設計図は、分子生物学を学んだ者であれば、誰でも簡単に理解できるシンプルなものだ。その構造を知った時、マトリョーシカという名前に感心することになるだろうが。

テロの実行方法に関しても、後世の人々はその特殊性に驚くに違いない。

警察の捜査は大混乱に陥るだろう。そして、社会が受ける衝撃も巨大なものになる。

第二次世界大戦における原爆の投下、地下鉄サリン事件での化学兵器の使用に続き、この国は生物兵器の洗礼も受ける。核・生物・化学（ＮＢＣ）兵器すべてが使用された稀有《けう》な国となる。

——日本は世界で一番安全な国——

国民のだれもがそう信じて疑わないのに皮肉なことだ。台風、地震に津波、史上最大級の原発事故。安全とは一体なんなのだろうか。

「あなたは立派な子よ」

気がつくと、ベッドサイドに門伝が中学生の時にうつ病で電車に飛び込んで自殺した母が立っていた。母はフェルト人形の姿だった。造りが雑なせいで不気味さが際立っている。

また夢か、と門伝は思った。まどろんでいるつもりが、いつの間にか眠ってしまったらしい。

夢だと気付いても目が覚めないのはいつものことだった。意識すれば目覚めることができるが、今は母の話を聞くことにした。夢の中で母がそんなことを言うのは初めてだった。

立派か、笑わせてくれると門伝は思った。

それとも皮肉のつもりなのか。あんたの子供は、史上最悪のバイオテロを実行している真っ最中なんだぞ。

「あなたは立派な人」

もう一度母が言った。

「立派？　俺がやっているのは史上最悪のバイオテロなんだ」

ふふふ、と母は笑った。

突然母がフェルトの表情のない顔を、ぐっと門伝の眼前に近づけて叫んだ。

「あなたは多くの人を救うんだからあああ！」

声にならない叫びを上げて、門伝は目を覚ました。額に手をやると脂汗が滲《にじ》んでいた。

ベッドからゆっくり起き上がり、冷蔵庫からペットボトル入りの麦茶を取り出してグラスに注《つ》ぐ。ベッドに座って半分ほどを一気に飲んだ。

今の夢はなんだ？

門伝は自問した。自分の夢だ。制御できるものではないとはいえ、自分が作り出した幻のはずだ。

多くの人を救う？

テロにより死の気配が濃厚に蔓延《まんえん》した世界で、人々はより内省的になる。自分たちがそれを一種の救済だと考えているのは事実だ。

人々はより制限された生の中で、無駄のない時間を過ごすようになるだろう。しかし、それを母が救済だと考えるわけがない。

自分が人を救う？

門伝は頭を振った。夢のことなど考えるだけ無駄だ。

そう思い直して、残りの麦茶を飲み干した。

早くマトリョーシカの散布に出発したい気分だったが、壁の時計を見てため息をついた。午前五時半。朝の通勤ラッシュはだいぶ先だ。

昨日、大学から持ち帰ったマトリョーシカは、キッチンにある冷蔵庫のチルド室に並べて保管してある。

保冷剤と共にマトリョーシカを持っていき、大手町《おおてまち》駅のコインロッカーに保管してある散布装置にセットして大手町駅で散布する予定だった。

この暑さだ。マトリョーシカは、温度が上がれば急速に感染性を失ってしまう。冷蔵庫から取り出した後、散布までの時間はできるだけ短いほうがいい。まだ出発するわけにはいかない。

もう一度横になると、また訳の分からない夢を見てしまうかもしれない。仕方がないので門伝は丁寧にストレッチをした後で、筋力トレーニングを始め、少し強めに負荷をかけてトラブルに備えた。

筋肉量を増やしたところで、警察に目をつけられてしまえば、大して役には立たないだろう。しかし、トラブルの相手は警察官とは限らない。

それによほど運が悪くない限り、自分たちがなにをしているのかは気付かれないはずだ。実際、これまでの散布で警察に気付かれそうになって肝を冷やしたことは一度もない。スーツケースを持った人間など沢山いるし、散布はできるだけ目立たないように行っている。

筋トレを終えた門伝は、熱めのシャワーを浴びた。

食パンをオーブントースターに入れ、フライパンでベーコンを焼いた。脂をキッチンペーパーで軽く拭き取ってからバターを入れてスクランブルエッグを作った。

冷蔵庫から牛乳パックを取り出してグラスに注ぎ、二人用の小さなダイニングテーブルで朝食を摂った。ダイニングテーブルは一人暮らしを始める時になんとなく購入したものだったが、今考えるとベッドサイドのローテーブルだけで事足りたのだ。

このダイニングテーブルで、自分は誰と食事をするつもりだったのだろう。

いつも通りの味がする朝食に門伝は満足した。作業の安定性は、研究をする上でも極めて重要だ。

門伝は学部時代に、研究室見学に一人で赴いた時のことを思い出した。

応対してくれた院生が、突然カップ焼きそばをご馳走《ちそう》してくれたのだ。

――自分で作ってね。お湯はそこのポットに入っているから。

薄汚れた白衣をまとい、無精髭《ぶしょうひげ》を生やし、髪の毛も伸ばし放題のその院生は笑顔でそう言った。

門伝は説明書きに目を通し、時計を見ながらその通りに作ったのだが、それを見ていた先輩はとても感心してくれた。

君は実験に向いている。

彼はそう断言した。焼きそばを作るのはテストだったのだ。特にポットで再沸騰させてから湯を注いだ点が素晴らしい、なかなかできることではない、と院生は付け加えた。

熱湯を注ぐと書いてあるのだから再沸騰させるのは当たり前だと門伝は思ったが、確かにそこまでしない人間も多いような気がする。

焼きそばを作るほとんどの新人は、時間がいい加減だったり、湯切りが甘かったり、酷い場合には麺をシンクにぶちまけてしまったりするらしかった。

実はきちんと説明書き通りに作ったのは、単に門伝が普段カップ麺を食べず、作り方がよく分からなかったからなのだが、研究の適性を、カップ麺でテストすることを興味深く感じた。

おかしなものだ。あのカップ焼きそばから、自分の研究キャリアはスタートした。作るものは焼きそばから生物兵器に変わったが、どちらも作り方の基本は変わらない。細心の注意を払って正確に作業を進めることが肝要だ。

作業の正確さが大切なのは、テロも同じだ。

渋谷《しぶや》のクラブでの初回の散布は酒を飲みながらリラックスして行うことができた。続く後楽園駅での散布は、初の大規模散布だったために興奮と共に少し緊張したが、今では平常心で散布を行うことができる。

平常心か。

こんな大それたことを平常心で行う自分を、後の世の人間はどう評するだろうか。異常者、悪魔、人でなし。いくらでも言葉は思い浮かぶ。

彼らはどうしてこんな事件が起きたのか考えるだろう。なにが犯人を恐ろしいバイオテロへと導いたのか、と。

理由などないのだ。強大な力を行使して変容した世界を見たい。それだけだ。誰も理解してくれないだろう。理解してもらおうとも思わない。

同じような願望を持った人間は、過去にも無数に存在したはずだ。いや、今も間違いなく存在しているだろう。

——ただ一方的に、自分の思うように他人を殺害したり、世界を破壊したり、その有り様を書き換えてしまいたいという願望を持つ者たちが。

時折起こる「むしゃくしゃしてやった」と犯人が供述するような通り魔事件。あれはその表れだ。刃物を使った犯行が起きた後に、殺傷力の強いナイフの所持に規制がかけられたりもしたが、あのような犯行を完全に防ぐ手段は今のところ存在しない。

もし彼らのような存在が、巧妙に設計された生物兵器を手にしたら……。彼らはその使用を躊躇《ちゅうちょ》したりはしなかっただろう。

そして自分たちは、マトリョーシカを手にしている。

バイオテロに対する警告は繰り返し行われてきた。日進月歩で発達する生物工学技術によって、バイオテロを実行するためのハードルが急速に下がりつつあるのは、誰の目にも明らかだったからだ。

自分たちの計画に関していえば、大腸菌の人工染色体の中でヘルペスウイルスのゲノムを操作するBACシステムの開発と普及は大きなブレークスルーだった。

また、偶然に頼るところが大きかった従来の遺伝子組み換え技術に代わって、任意の場所の遺伝子を高精度で改変することのできるゲノム編集技術が急速に発展していることも、大きな福音だった。

さらにバイオ医薬品の普及によって、細胞の大量培養技術が確立され、低コスト化されつつある点も今回の計画を実行する上で重要だった。培養規模が小さければテロの規模も小さくせざるを得ない。

そしてなんといっても、マトリョーシカの一番内側に潜むもの。相葉のアイディアによってマトリョーシカの中枢に搭載された『悪魔』が重要だ。

一般に想定されているバイオテロは、古くから利用が検討されてきた炭疽菌や天然痘、あるいは高病原性インフルエンザを遺伝子改変で作り出して利用するものだ。

マトリョーシカはそれらとは原理も、現れる影響も異なる。そのため、これまで国際社会が警戒してきたバイオテロとはまったく違った方法で計画を進めることができる。

――警察は自分たちのバイオテロを絶対に防げない。それはもう決定している。

大手町駅の朝の混雑のピークは八時半前後だ。門伝のマンションから行徳駅まで徒歩十分。行徳駅から大手町駅までは東京メトロ東西線で二十数分。大手町のコインロッカーでスーツケース型の散布装置を回収し、マトリョーシカをセットするのに余裕をみて三十分。

七時半前に家を出れば一応間に合う計算だが、その時間帯の東西線に乗ると、全国でも最悪レベルの混雑と遭遇することになる。

マトリョーシカの入ったガラス瓶はパイレックス製の丈夫なものだが、それでもあの混雑の中に持ちこみたくはない。不測の事態が起きかねないからだ。

電車の混雑度は五段階で評価され、最高レベルの混雑度である五を超えると、そもそも車両に乗れないことがあるとされている。東西線の朝の通勤ラッシュ時の混雑度は軽く五を超えている。門伝は一度、内部の人間の圧力でドアガラスにひびが入るのを見たことがある。

午前六時半に門伝は家を出ることにした。冷蔵庫から保冷剤と共にマトリョーシカの入ったボトルを取り出し、断熱素材が内張りされた登山用のバックパックに収容した。保冷材の位置がずれていないか、慎重に確認してからバックパックを閉じた。

バックパックは複数のボトルを詰め込んだせいで結構な重さだったが、日頃のトレーニングのお陰で苦にはならず、むしろ頼もしさを感じさせた。この重さの分だけ、人々の運命を変えられるのだから。

スニーカーを履き、ドアを開けて部屋を出た。六階にある部屋の北側の通路からは、旧江戸川《えどがわ》の流れが一望できた。

川の向こうは江戸川区だ。あちら側には河川敷があり犬の散歩をしている人が見えた。こちら側はコンクリートの堤防に違法係留と思しき船が並んでいて、河川敷はない。

エレベーターで一階に下り、駅に向かう。

行徳駅前入口交差点の歩道橋を渡ってバイパスを越え、駅に近づくにつれて増えてきた通勤客に混ざって行徳駅の改札を抜けた。

すでにホームには人が多くなりはじめていた。ホームの前方に移動して電車を待つ。ホームに滑り込んできた中野《なかの》行きの電車は、ロングシートの間で吊革《つりかわ》に摑まることのできる程度の混雑具合だった。バックパックを下ろし、網棚の上に置いた。

これで一安心だ。混雑の中でマトリョーシカの入った容器が破損するような事態は避けられる。

電車は浦安《うらやす》駅を過ぎたところで旧江戸川の鉄橋を渡り、江戸川区に入った。葛西《かさい》、西葛西の駅で多くの乗客が乗ってきて混雑はピークに達した。それでも、この後の時間帯に比べれば楽なものだ。

ラッシュアワーの通勤電車内でのマトリョーシカ散布を検討したこともあったが、車両間の移動が混雑時には難しく、効率が悪いことが判明し、車内での散布は実行には至らなかった。

電車は中川《なかがわ》、荒川《あらかわ》を越えて江東《こうとう》区に入り、間もなく地下に潜りこんだ。大江戸《おおえど》線と連絡のある門前仲町《もんぜんなかちょう》で多くの人を吐き出し、混雑が緩和された電車は茅《かや》場町《ばちょう》、日本橋でさらに人を降ろして大手町に到着した。

エスカレーターを上って改札を抜け、大手町に設置されたコインロッカーに向かった。鍵を開けて中からスーツケースにしか見えない散布装置を回収する。

予め下見をしてあった近くのオフィスビルに入り、トイレに向かった。おむつ交換台がある広い個室トイレにスーツケースと共に入り、施錠をしてからバックパックを下ろし、スーツケースを開けた。内部に設置されたポリプロピレン製のタンクの蓋を外し、バックパックから取り出したボトルに入ったマトリョーシカを一本ずつ丁寧に注いでいく。

ボトルは保冷材のお陰で冷たいままだった。すべてのボトルの中身をタンクに移し終えると、保冷剤をタンクの周りに移し、今度はタンクが保冷されるようにした。これでウイルスは感染性を保ったまま散布できるだろう。

個室に入ってから十分も経たずに作業を終えることができた。

トイレを後にし、丸ノ内線と東西線をつなぐ地下連絡通路に向かった。ここは様々な路線の利用客が入り乱れる交通の要《かなめ》だ。通勤客の数はピークに達し始めている。足早に行きかう老若男女すべてが獲物だった。

門伝は空気の流れを読んだ。

地下の風向きは進入してくる電車や、その時の気圧、近隣のビルの換気装置の作動など様々な条件で変化する。

幸いこの場所は一方向に太い気流が流れていることが多い。散布のためには理想的な環境だ。

目立たないように通路の端にスーツケースを置き、風上に立つ。自分はもう感染してしまっているため、感染を恐れたわけではない。自《みずか》らの体が散布の障害物になるのを避けているだけだ。

スマホをポケットから取り出して、相葉が作ったアプリを起動させる。シンプルな作りで、ボタンが表示されているだけだ。一見するとなんのためのアプリなのかまったく分からない。押している間だけスーツケースに格納された装置が作動し、エアロゾルを放出する。

改めて通路を見渡すと、前方から揃って出勤するＯＬの一団がやってきた。社員寮かなにかに皆で住んでいるのだろうか。まだ二十代前半だろう。ブランドものの服を小綺麗《こぎれい》に着こなし、談笑しながら歩いている。素敵な笑顔だった。

門伝は彼女たちの笑顔を見ながら、その日一回目の散布を実行した。死の霧が彼女たちを包み込むのが「見えた」。

彼女たちが傍らを通り過ぎる時に、そのうちの一人と目が合った。門伝は自分の容姿が多くの女性にとって魅力的に映ることを知っていた。彼女が門伝に軽く微笑んだように見えたので、門伝も少し口角を上げて彼女の好意に応えた。

駅によって利用客の様相は大きく異なる。

大手町。

大企業のオフィスが林立するだけあって、行きかう人々は、どこか自信に満ちているように見える。いわゆる勝ち組に属する人間が多いことは間違いないだろう。

人々から享楽を取り去るという門伝たちの目的のためには、喪うものの大きい人間のほうがターゲットとして魅力的だ。

そういう意味で大手町は素晴らしい場所だった。散布も重点的に、繰り返し行っている。

散布を続けていると、二人の鉄道警察隊員が通路をこちらに向かって歩いてきた。風向きを確認し、スマホを操作してエアロゾルを発生させ、付近を歩く市民もろとも彼らにマトリョーシカを浴びせた。

鉄道警察隊員は通路の端にスーツケースを置いて立ち止まっている門伝に、なんら注意を払うことなく横を通り過ぎて行った。

呑気なものだ、と門伝は思った。とは言え、現状で彼らが門伝のことを気に留めないのは当然だった。テロの秘密を知った時に、彼らは初めて驚愕し、絶望することになる。

タンクが空になるまで散布を続けた後で、門伝はオフィスビルのトイレに戻り、タンクを個室内に設置された水道で洗浄した。タンク内の水気をトイレットペーパーで拭き取ってスーツケースを閉じ、トイレから出た。

明日は霞ケ関《かすみがせき》駅で散布予定なので、そのまま丸ノ内線の大手町駅に移動し、構内のコインロッカーにスーツケースを預けた。明日の朝はここでスーツケースを回収し、丸ノ内線で霞ケ関駅に向かえばいい。

　今日の散布作業はこれで終わり。丸ノ内線で東都大のある本郷三丁目駅に移動し、研究の合間にマトリョーシカの生産を行わなければ。

　いや、生産の合間に研究をしているのか。そう思い直して門伝は堪《こら》え切れずに小さな笑い声を上げてしまった。

　本当はマトリョーシカの生産に専念したい。しかし、さすがに研究成果が上がらないと不審に思われるだろう。あまり大胆なことをすると、研究室メンバーに気付かれてしまう可能性がある。

　本郷三丁目で丸ノ内線を降り、研究室へ向かった。

　ロッカールームの個人用ロッカーにバックパックを入れて施錠した。マトリョーシカの運搬に使用したボトルを洗浄したいところだが、人の多い時間帯にバックパックからボトルを取り出して誰かに見られてはまずい。洗浄は夜遅くにこっそり行うようにしている。

　その後、学生の居室に顔を出した。午前九時を過ぎているため、多くのメンバーが出てきていた。他のメンバーより少し遅めだが、朝は九時半までに来るのがルールだから問題はない。

　メールをチェックしていくつかの雑用に対応してから席を立った。培養室で細胞の状態をチェックするのだ。

培養細胞もウイルスも、作業を正確に行えばきちんとそれに応えてくれるが、作業手順に乱れがあれば、アウトプットであるウイルスの生産量に大きく影響がでる。

今日もウイルスの生産は問題なく行われているだろうか。

国立大学法人である東都大学の運用資金のほとんどは国から支出されている。つまり、元は税金だ。すべてが明らかになった後、生物兵器の生産に税金が使われ、国民に対して散布されていたことを知った人々は驚き、激怒するに違いない。東都大学は長い歴史の中でも未曽有の危機に直面することになる。

東都大学だけではない。日本の科学研究そのものが見直しを迫られるだろう。

ざまあみろ、と門伝は思う。

研究室で生物兵器の生産を行っているなどと、教員や他のスタッフが考えるわけがない。

小さな研究室であれば細胞の大量培養もウイルスの大量生産もそれ自体不可能だが、幸運なことに、この研究室には製薬企業との共同研究によって潤沢な研究資金があり、大容量の培養タンクをはじめとした生産設備も整っている。

それでも自分がマトリョーシカの生産に充てている培養細胞の量は、研究室全体でみればほんの一部だ。他のメンバーが気付かないのも無理はない。

全てが明るみに出た後で、人々は生物兵器の元となる遺伝子組み換えウイルスが、彼らの感覚でいえば極めて甘い制限の下で実験に使われていたことを糾弾するに違いない。

それは、思いもよらない形でテロが起きてしまった後であれば、一定の正しさを持つ批判かもしれない。

しかし、安全性を担保するために、研究を規制でがんじがらめにすればどうなるか。ただでさえ世界に後れを取りつつある日本の生物学研究は、世界に大きく水をあけられることになる。なにも起きていない段階で、そのような選択をするのは難しかっただろう。

かくして事件は起こるべくして起こる。

培養室へ向かう途中、こちらに歩いてくる研究室主宰者の姿が見えた。

研究者としての能力は認める。そうでなければ研究室にこれだけの資金が集まることはなかっただろう。この人が研究者として無能であれば、資金不足でマトリョーシカの大量生産はできなかったはずだ。

しかし、人材の管理、育成能力に関しては最悪としか言いようがない。自分よりも無能で愛想ばかりが良い人間を重用し、他機関で教員募集があった時などに推薦している。

あんな奴らよりも自分のほうが、才能も知識も技術もあるのに。

確かに論文の数は少ないかもしれないが、真に優秀な人材を見抜く目があれば、自分が大成することは一目瞭然のはずだ。この人はそういう意味ではやはり無能なのだ。もっとも、真実を見抜く鋭さがあれば、門伝が密かにマトリョーシカの生産を続けていることが露見してしまったかもしれないが。

すれ違う前に、人の良さそうな笑顔を浮かべながら彼女は言った。

「おはよう、門伝君。研究は順調？」

門伝は足を止めて背筋を伸ばし、研究室主宰者である南真千子教授に笑顔を返した。

「おはようございます南先生。お陰様で順調です」

第三部　不可能状況

米国の同時多発テロを契機とする国内におけるテロ発生に関する対応については、平成13年10月8日付科発444号により、貴職あて通知したところです。

さらに、政府では、緊急テロ対策本部を設置するとともに、関係省庁の局長等により構成される『国内テロ対策等に関する関係省庁会議』を開催し、政府全体で対策を検討しているところでありますが、10月12日に開催された同会議において、NBC（核・生物・化学）テロ対策等の強化をはじめとする『国内警戒体制強化等に関する重点推進事項』が決定されたところです。

この決定を踏まえ、特に、生物剤を利用したテロ発生を防止する観点から、下記の点に十分留意して、病原性微生物等（病原性微生物及び毒素（細菌毒素、藻類毒素、真菌毒素、植物性毒素、動物性毒素））の適切な管理をお願いします。

また、病原性微生物等の紛失、盗難が発生した場合には、迅速に警察当局に連絡するとともに本職あて報告されるようお願いします。

「病原性微生物等の管理の強化について」厚生労働省大臣官房厚生科学課長より各都道府県等及び国立試験研究機関への通知　平成13年10月15日

七月十八日（木）　午前八時十五分　下谷署

捜査本部は、朝から蜂の巣をつついたような騒ぎになっていた。

さきほど、新たな犯行声明が動画投稿サイトにアップロードされ、南教授殺害事件の犯人を名乗る人物が映っていた。

工藤捜査班長が興奮した面持ちで現状を確認した。珍しく早口になっている。

「動画に映っている人物は相葉春樹。三十五歳で元研究者、現在は無職。三鷹《みたか》にある自宅マンションに捜査員を向かわせたが、不在で身柄は確保できていない。マンションの防犯カメラを確認した結果、昨夜大きな荷物を持って出かけていく相葉の姿が映っていた。動画を自宅でアップロードした直後だったと思われる。最後に中野駅のカメラで姿が確認されて以降の足取りは今のところ摑めていない」

「良い顔だ」鎌木が満足げに言った。「理知的な目をしている。神経質そうな話し方もいかにもバイオテロの犯人っぽい。でも、顔なんか出したらテロの実行が不可能になっちゃうじゃないですか」

工藤捜査班長が頷いて、肉食獣のような笑みを浮かべた。

「奴は動画の中でテロの防止は不可能だと言い切っているが、警察をなめたのが命取りだ。一年後の東京オリンピックに備えて、都内の監視カメラ網は以前にもまして拡充されている。今日中に身柄を確保してケリをつけてやる」

相葉春樹は、札幌《さっぽろ》にある国立北央《ほくおう》大学理学部の卒業生で、東都大学大学院に進学し博士号を取得していた。専門はタンパク質工学。特にタンパク質と薬物の結合様式の研究では天才と言われていたらしい。四年前にニューヨークにある大学へ留学し、二年前の二〇一七年に帰国してからは無職だった。

桐生はノートパソコンの前に座って、鎌木と二人でもう一度動画を確認することにした。

ベッドに腰を下ろした相葉がカメラに向かって語り始めた。部屋は相葉が借りている自宅マンションであることが確認されている。

落ち着いてはいたが、カメラの前で話すことに慣れていないのは明らかだった。最近は一般人でも動画慣れしている者が多いために、随分と素人臭い印象を受ける。

『私は相葉春樹。今、巷《ちまた》を騒がせている生物兵器、マトリョーシカの作製者で東都大学の南教授を殺害した犯人です』

相葉はそこで一呼吸置いた。神経質そうだが、少なくとも狂人の目つきではない。体の線は細く、大胆な行動を繰り返した犯人のイメージと合わなかった。

『飯能で私が散布したウイルスは不完全なものでした。わざとそうしたのです。あれは単なる予行演習でした。皆さんは次に完全体のマトリョーシカと都内で遭遇することになります。警察は私のテロを阻止することはできません。絶対に』

相葉は今の世が享楽に満ちた退廃したものであることと、もっと身近に死を感じることで、よりよい人生を送れることを力説した。うつ病の人のほうが世界を正しく認識しているとする、抑うつリアリズム理論について桐生はまったく知らなかった。しかし、そのために社会不安を巻き起こそうという相葉の言説は幼稚なたわごとに過ぎないと感じた。こんなことを考える人間は、やはり正常ではない。

最後に相葉はこう締めくくった。

『皆さんには、私の力で強制的に変容した世界を生きて頂きます。これは、世の中に存在する様々な問題から目を逸らし、浮かれて過ごしていたあなたたちが受ける一種の罰だと思って頂ければ嬉しい』

「だってさ」鎌木が茶化すようにして言った。「相葉は別に頭がおかしいようには見えなかったね。どこか誠実な印象すら受ける」

「だから狂っているんじゃないですか」

「そう？　抑うつリアリズム理論なんて初めて聞いたけど、とても興味深かった。みんなが浮かれていて物事を深く考えていないっていうのも、その通りだと思ったけど」

「捜査本部の人間として、極めて不適切な発言だと思いますが」

「テロも殺人も肯定する気はまったくないさ。それでも僕には相葉が狂っているとは思えないな。早く話を聞きたい。僕の犯人逮捕に対する情熱は以前にも増して高まっている」

会議室後方の入り口から、私服の大男がのそのそと入ってきた。第一回の捜査会議で漠然とした犯人像を開陳して捜査員の失笑を買ったSSBCのプロファイラー、半崎だ。

なにをしに来たのだろう。鎌木に彼の存在を教えるとすぐに振り返り、手を振りながら、足早に半崎のほうへと向かっていった。

桐生も、二人のもとに行くことにした。

しかし、近付くにつれて、行っても意味がないことが分かった。二人が英語で会話をしていたからだ。

引き返すのは癪だったので、そのまま近付いて、半崎に会釈をした。

半崎は笑顔で会釈を返し、そのまま鎌木と英語で会話を続けた。時折出てくるアイバという単語で相葉について話していることは理解できたが、それ以外はほぼ理解できなかった。

手持無沙汰なので、時折鎌木が頷くタイミングに合わせて頷いたりしていると、鎌木が桐生に英語でなにかを言った。

「え？　いや、ごめんなさい。英語が分からなくて」

「え？」

鎌木は心底驚いた様子で細い目を見開いた。

半崎も驚いて、申し訳なさそうな表情を浮かべた。

「すみません。私も英語が分かると思ってました」

鎌木が急いで紹介した。「あ、こちら下谷署の桐生さん。桐生さんは半崎ちゃんのことは捜査会議で見たことあるよね。だって桐生さん、話の途中でタイミングよく頷いてたじゃない？」

「あれはなんというかその……」

他に、やることがなかったから。タイミングは真似《まね》をしていただけで……。

「日本人あるあるですね」

半崎が慰めるようにして言った。

あるある、などという言葉まで知っているなら、日本語で話して欲しかった。

「女性は男性よりも英語が得意な人が多いから、桐生さんも話せると思ったんだよ」

「それはセクハラじゃないですか？」

え？　と鎌木は慌てた顔をして、女性全般を褒めたつもりだったんだけど、セクハラだと思ったのなら謝る、と言って頭を下げた。

なぜか半崎も慌てた様子で鎌木に続いて頭を下げた。

「まあ、ともかく相葉について話していたんですよね？　それくらいは分かります。なにを話していたのか、日本語で教えてください」

「ほ、本当に相葉のことを話していること以外は、な−んも分からなかったのかい？」

「ええ。なにも分かりませんでした。少なくとも下谷署では業務で英語を使うようには言われていません。これ以上馬鹿にするなら上に相談します。大体、どこで英語を勉強したんですか」

「日本語で話すから勘弁してくれ。英語は、学生時代に研究室が留学生だらけだったからねえ。自然と身についたんだよ」

鎌木と半崎は、相葉が顔を出して犯行声明を公開した理由を話し合っていた。半崎も相葉の行動を、不合理だと感じたらしい。

南教授殺害現場に残された指紋と、相葉の部屋から得られた指紋が一致したことから容疑者がほぼ確定した。そのため、長期間捜査支援に従事していた半崎は休暇を言い渡されていた。しかし、相葉の不可解な行動に強い疑問を抱いた半崎は、休暇をのんびりと過ごす気にはなれず、普段はなかなか来られない下谷署に足を運んだそうだ。

半崎自身、そもそもこの事件で活躍できるとは考えていなかった。プロファイリングというのは統計学の一分野だ。

バイオテロがらみの殺人事件などという、類例が存在しない事件では、犯人像の絞り込みも漠然としたものにならざるを得ない。それでも半崎はこの事件に強い関心を持ち続けていた。

半崎が彫りの深い顔に懸念の色を浮かべた。

「普通に考えれば相葉はすぐに逮捕されます。三次元顔認証システムのテストが、東京オリンピック開催に向けて、また始まっているらしいですし」

三次元顔認証システムについては桐生も噂を耳にしていた。複数の写真から対象者の三次元画像を作成し、防犯カメラに映った多数の人物から対象者を自動検出するシステムのことだ。

システムは二〇一一年から都内二十カ所の防犯カメラと接続されて試験運用が開始され、その事実が公にされたのは二〇一二年になってからだった。

試験運用は二〇一四年に一度終了したが、オリンピックに向けたテロ対策の一環として規模を拡大した運用が再開されているという噂を聞いたことがある。

三次元顔認証に加え、東京では二〇〇八年という早い段階で、東京メトロの各駅に設置された防犯カメラの映像を、警察の要請に応じてリアルタイムで提供するシステムのテストが行われている。

鎌木が口の端を歪めた。「システム稼働下での犯行は極めて困難だろうねえ。顔と名前を出してしまった以上、人々の監視の目もあるんだし」

桐生は右手を挙げて質問した。「前に、犯人は不安がらせるだけで本当はテロを起こす気なんてないんじゃないかって話を鎌木さんとしましたよね？　一種の愉快犯なのではないかって」

半崎が言った。「愉快犯の場合、捕まってしまってはどうにもなりません。わざわざ顔を出して犯人だと名乗り出るメリットがありますか」

桐生は黙り込んだ。確かに愉快犯なら顔を出すメリットはあまりないように思える。

「捕まってもいいから有名になりたかった、っていうのはどうかな？」

半崎が、すぐに否定した。

「鎌木さんもそんな風には考えていないでしょう。この犯人はそういうタイプじゃない」

鎌木が苦笑した。「まあね。行動パターンからは、犯人はとんでもない馬鹿であるように見える。でも、僕も半崎ちゃんも犯人が愚かなタイプだとはどうしても思えない。馬鹿を演じているようにも見えない」

「じゃあ、なんで顔を見せて犯行声明なんか出すんですか？」

分からない、と鎌木は首を振った後で目を輝かせた。「やはりこの犯人は面白い。

なにかの罠だったりしてねえ」

罠？　桐生は不穏な言葉を耳にして顔をしかめた。

同日　午後零時十四分　東都大学

門伝は東都大学の芝生脇に設けられたベンチに座り、イヤホンをして相葉から送られてきた動画をスマホで確認し終えた。

今朝、相葉自身の手でアップロードされた一本目の動画に続く二本目の動画。世界に真実を知らしめるために用意された二本目の矢だ。

イヤホンを外す。日差しも強く、蒸し暑いので、外で寛ぐ学生の姿はまばらだった。熱せられた芝生の上を走ってきた風は生ぬるい。

日本の警察は優秀だ。彼らはいずれ自分にたどり着くだろう。

それでも相葉が門伝に与えた役割を全うするためには、十分な時間があるはずだった。門伝はもう一度メールを確認した。

本文：ここから先はジェットコースターだ。一通り暴れてみせるけれど、できることには限界があるし、それで良いと思ってもいる。間もなく僕は逮捕されるだろう。

あとは手筈《てはず》通りに、君が最適だと思ったタイミングで添付した動画を公表してくれ。

これまでどうもありがとう。


計画を実行に移す前に門伝は相葉に聞いたことがある。

「テロを実行した後でも、海外に脱出する時間的余裕はあるんじゃないですか？」

それでも良いのかもしれないけどね、と言って相葉は笑った。「でも、海外での逃亡生活というのはあまり快適そうではないな。死ぬまでの時間を海外で怯《おび》えながら過ごすくらいなら、日本の刑務所のほうがまだ居心地が良いような気がする。君は好きにするといい」


結局、門伝は日本を離れずにいる。今からでも、海外に逃亡することは可能なはずなのに。

そうしないのは、これから起こる一連の出来事を、近くで感じていたかったからだ。

今日も門伝はラボで研究をこなしながら、時折相葉の身を案じてネットのニュースをスマホでチェックしていた。東都大学もバイオテロを警戒して、できるだけ混雑を避けて通学するように教職員と学生に周知している。

大学としては大学院の卒業生である相葉が殺人犯であることを明かし、バイオテロの予告を行ったのだから、責任を痛感しているに違いない。

　警察は、東都大学内に相葉の協力者が存在している可能性を念頭に置いているようだった。一日で大学関係者ではないと分かる人の数が、今日から急激に学内で増えた。私服の捜査員だろう。

　今は絶対に捕まるわけにいかない。

　あと数日逮捕されなければそれで良いのだ。どこか地方に逃亡してしまうことも考えたが、それでは却って警察に目をつけられることになりかねない。数日の不在でも、警察が不審に思う可能性がある。

　大丈夫だ。

　門伝は自分に言い聞かせた。なんどか警察の事情聴取は受けているが、連中は自分がテロへ関与していることに気付いてはいない。

　そもそも南教授死亡時のアリバイが存在する時点で、警察は自分を被疑者リストから外しているはずだ。

　事件の当日、門伝はいつも通り研究室で実験をしていて、複数の研究室員による相互のアリバイ確認が可能だった。

　警察は相葉の身柄確保に全力を挙げているはずだ。共犯者の捜査は相葉の逮捕後で十分だと考えているのだろう。

そうであるが故に、彼らの裏をかくことはたやすい。

門伝はベンチを離れて研究室へ向かった。

南教授を喪った研究室は船長のいない船のようだ。沈んだりはしないが、どこに向かえば良いのかが分からない哀れな船。

研究室に入る直前、松本とすれ違った。今は助教だから松本先生と呼ぶべきなのかもしれないが、門伝が研究室に入った時には大学院生だったので、松本さんで通している。

「門伝、顔が白いぞ。こんな時だからな。最低限のことをこなせればそれでいい。無理はするなよ」

「ありがとうございます。大丈夫です。顔が白いのは生まれつきですから」

「いや、そういうんじゃなくてな。ちゃんと飯食ってるか？」

「食べてますよ。松本さんこそいつもカップ焼きそばじゃ体に悪いですよ」

じゃあ、今度学食にでも付き合え、と言い肩を叩いて松本は居室に入っていった。

その小さな背中は、頼もしくも思えた。

自分がこの教室のメンバーになってから十年強の年月が経った。

教室の名前は改組によって数年前に応用微生物学教室から応用ウイルス学教室に変わり、あんなに細かった青山准教授は、結婚してからみるみる太りだし、今や別人のようだ。学部生時代、自分にカップ焼きそばを使って研究に向いているかどうかをテストした松本も、今では助教。月日が経つのは早い。

夜になり、ラボの居室で作業をしていると、同僚が突然素っ頓狂な声を上げた。

「ひゃー！　篠崎《しのざき》でドローンを使ったバイオテロだって！」

門伝はニュース速報のサイトを開いた。これまでも三十分ごとにチェックしていたサイトだ。

ドローンを使ったのか。

相葉は十リットルの農薬を散布できる農業用ドローンを、百万円以下で購入したと言っていた。話を聞いた時には、その値段の安さに驚いた。ドローンは都内のレンタルコンテナに保管していると言っていたが、あれは篠崎だったのだ。

ニュースサイトによると、今夜八時頃、江戸川区の都営新宿線篠崎駅周辺を大型のドローンが飛行しているのを多数の住人が目撃し、警察に通報したらしい。

使用されたドローンは最近導入された飛行区域を自動的に制限するアプリによって、人口密集地での飛行が不可能になっているはずだった。どのようにして制限を解除したのかは不明だが、不正に改造されていた可能性が高い。

ドローンは篠崎駅周辺を十分ほど飛行した後、駅から離れたレンタルコンテナの駐車場に着陸しているのが発見された。搭載されていた十リットルの農薬タンクは空になっていた。

ドローンによるバイオテロ。屋外での十リットル程度の散布ではたいした被害は出ないはずだが、人々が受ける精神的なショックは大きいだろう。無差別性の演出には十分なはずだ。

「お、テレビでやってる！」

同僚の一人が叫ぶのを聞いて、門伝は心中で舌打ちをした。

門伝のスマホはワンセグ受信に対応してはいるが、専用のジャックが必要だった。普段ワンセグを観ることがないので、ジャックは自宅に置きっ放しにしている。

仕方ないのでワンセグを観ている同僚のところに行き、後ろから画面をのぞき込んだ。

画面には、黄色い合羽を着たキャスターが、路上に立つ姿が映しだされていた。簡易的な防護服だ。

『私は今、事件現場である篠崎駅から五百メートルほど離れた路上にいます。今から一時間ほど前、篠崎駅周辺を歩行中の複数の市民が上空を飛行するドローンに気付き、警察に通報しました。ドローンは駅周辺をゆっくりと十分ほど飛行した後で飛び去ったということです。そして、今から三十分ほど前に、篠崎駅の南東側に位置する荷物保管用のレンタルコンテナの駐車場で当該機と思われる農薬散布用ドローンが着陸しているのが発見されました。警察はドローンを押収するとともに柏にある科学警察研究所で調査を行うために現在輸送中とのことです』

「まじかよー！　やベーな！」

同僚は叫ぶようにして言って、満面の笑みをこちらに向けた。

門伝は再び画面に向き直った彼の後頭部を眺めながら眉をひそめた。

そう、多くの人間はこんな時、楽しそうに笑うのだ。自分が安全な場所にいる場合に限ってだが。

画面はスタジオに戻り、感染研の笹川信夫ウイルス第一部長の顔が画面に大写しにされた。研究分野が近いこともあり、学会でなんども話したことがある。相変わらずの鷲鼻、撫でつけた銀髪、鋭い眼光が威厳を感じさせる。

ニュース番組の司会者が質問する。

『笹川さん、現在自治体から出ている、明朝まで不要な外出を控え、できるだけ窓を閉めてエアコンを使用するようにという指示についてはどう思われますか？』

『適切だと思いますね』笹川は頷いた。『先程も申し上げた通り、本当にウイルスが散布されたかどうかは不明です。しかし、散布されたとしてもウイルスはとても弱いものなのです』

『弱いといいますと』

『犯人は夜に散布を行いましたが、ウイルスは紫外線や乾燥、熱によって急激に感染力を失います。エアコンは基本的に換気を行わずに熱交換を行っているだけですから、窓を閉めてエアコンを使えばそのほうが安心です』

『他になにか注意することはありますか？』

『外出後にうがいと手洗いをしっかり行うなど、通常の感染症対策も有効なので、是非実施してもらいたいと思います』

『先生のご説明ですと、今回散布されたのが、ヒト単純ヘルペスウイルス1型だったとして、高齢者は新規に感染する可能性が低いということでした。今、画面に表示されているツイッターで寄せられたご意見の中には、小さなお子さんをお持ちの親御さんからの、明日、子供を登園、登校させても大丈夫かという質問があるのですが、それについてはいかがでしょうか？』

『それは今後の情報を待ちたいと思いますが、ヘルペスウイルスは明日の朝までには感染力を失います。明日の朝、どこかに付着したウイルスに触って、そこから感染するようなことはありません』

『ヒトからヒトへの感染についてはどうでしょうか？』

『それはありえますが、潜伏期間が平均で一週間ありますので、その間は次々に感染するようなことはありません。それまでには本当にウイルスが散布されたのかどうかも含めて、新たな情報が出ているはずです。皆さんには冷静になって国や自治体からの指示を待って欲しいと思います』
『え？　逮捕？　逮捕？』
素っ頓狂な声が聞こえたあと、カメラは司会者の顔をアップにした。

――早かったな。


門伝は俯いた。覚悟してはいたが、やはり動揺してしまう。

司会者が興奮した様子で言う。『ただいま入った情報によりますと、警視庁は一連の殺人事件、バイオテロ事件で逮捕状をとって行方を追っていた、相葉春樹容疑者を新小岩《しんこいわ》駅で逮捕したとのことです。繰り返します、ただいま入った……』

同僚が間抜けな声を上げた。「なんだ、随分あっけないなあ、まあ良かったけどな。南先生もこれで安らかに眠れるだろうし」

殺意に近い感情が湧き起こったが、こぶしを握って耐える。

犯人逮捕の報を受けて事件に対する興味を早くも失ってしまった様子の同僚は、スマホをそそくさとポケットにしまいこんだ。

自分が今抱いている感情が、この部屋にいる他の誰とも異なるものであることは間違いない。しかし、教室の主宰者を殺したと言われている犯人が逮捕されたのだ。

この同僚の男の精神構造は、テロリストである自分より異常なのではないか。

室内を見回すと、他の同僚はまだ事件に関する話を続けていた。犯人逮捕のニュースを目にして涙を流している女子学生もいる。あれが人としての自然な反応だ。

やはり今の世は歪んでいる。

自分たちが引き起こす社会の変容。それにより愚かな同僚は打撃を受けて絶望し、人として正しい反応を示した同僚や女子学生は、鍛えられて強くなるに違いない。

試練とは元来そういうものだ。マトリョーシカは人々に試練を与え、愚者を絶望の底に叩き落とし、賢者を鍛えるのだ。


七月十八日（木）　午後十時二十分　下谷署

相葉は午後十時過ぎに、下谷署に到着した。

逮捕はあっけないものだった。新小岩駅にたまたま居合わせた相葉の東都大学時代の同僚が、相葉によく似た人物をみかけて、声をかけた。

マスクを着けた相葉はしばし俯いていたが、すぐにマスクを外して笑顔をみせたのだという。

そして、もう終わりにしましょう、と言って警察を呼ぶように元同僚に頼んだ。元同僚は、相葉自身が電話をかけて自首することを促したが、相葉は応じなかった。仕方なく彼は駅員に通報した。時を置かずに駆けつけた警察官によって相葉は逮捕された。

犯人逮捕を受けて、多くの捜査員が捜査本部に帰還した。取調室近くの廊下も捜査員でごった返している。

相葉は逮捕時に催涙スプレーとスタンガン、ナイフを所持していた。元同僚に偶然出会わなければ、もうひと暴れしたのかもしれない。その点では幸運だった。もちろん、ドローンを飛ばす前に相葉を捕まえられれば、それに越したことはなかったのだが。

桐生は鎌木に話しかけた。

「相葉は取り調べに素直に応じているみたいじゃないですか。ドローンでのウイルス散布の件も認めているとか」

「素直すぎるんだよなあ」鎌木は腕組みをして廊下の壁に寄りかかり、天井を仰ぎ見た。「あちらが書いた筋書きを、そのままなぞっているような気になる。控えめに言っても気に入らない」

「散布したウイルスは、今度こそ本物の生物兵器なんでしょうか」

「ドローンで散布したウイルスは、飯能市で散布したものの完全体だと相葉は言っている。感染拡大によって数十万人の命が失われると」

「専門家はなんて言ってるんですか？　感染研の笹川先生にさっき電話していましたよね」

「十分に警戒する必要があるけど、前に聞いたように封じ込めは可能だそうだ。ヘルペスウイルスの感染性は強いけど、十リットル程度の散布で、感染者数が数十万人なんてことには絶対にならないと言っていた。相葉の専門はタンパク質工学でウイルスは専門外だ。笹川先生は少し馬鹿にしている感じだったよ。それに相葉が組み込んだと言っている例の細菌毒素は最近見つかったもので、ヘルペスウイルスに組み込んで毒性を発揮したというデータはない」

「知られていないだけで、相葉はデータを持っているのでは？　タンパク質工学のエキスパートなんですよね？」

「一応、そのセンも当たっているみたいだけど、相葉がその毒素の研究に携わった痕跡は見つかっていない」

「じゃあ、どうしてそんな実績のないものを使ったんですか？」

「明日、本人にじっくり聞いてみるさ」

今日は時間が遅く、相葉にも強い疲労が見られることから、取り調べは間もなく終了する予定だった。南教授の殺害、犯行声明の送付、ウイルスの散布など主な犯行については自供していて、物証との整合性もとれていた。四十八時間の制限時間内での送致はすでに十分に可能になっている。

明日から始まる本格的な取り調べでは、生物学に明るいという理由で鎌木もローテーションに入ることになっていた。取り調べ補助官として桐生が付くことになったのは、熊井の計らいだろう。

事件発生当初から熊井は桐生を成長させる好機だと考えてくれているようだった。なんとか期待に応えたい。桐生は想いを新たにした。

警察組織全体で考えれば、鎌木よりウイルスやバイオテロに詳しい人間は沢山いるに違いない。しかし、専門知識があるからといって、取り調べを通して真実にたどり着く能力に長《た》けているとは限らない。取り調べは生物の専門家の仕事ではなく、刑事の仕事だった。

捜査本部の設置されている会議室に戻り、書類作成をしているとあっという間に日付が変わった。

今日はいつもと会議室の様子が違う。帰宅する者もいたが、寮住まいの桐生のような独身者や、鎌木のような泊まり組は、手の空いた者からささやかな宴会の準備を始めた。

宴会といっても、近所のスーパーで買い求めてきた瓶ビールに乾きもののつまみ。それに半額の値札のついた枝豆といった侘《わび》しいものだ。

それは容疑者逮捕の祝宴というよりは、未《いま》だ道半ばであることを確認するための儀式であるように桐生には感じられた。

実際、これから取り調べを行って証拠を集め、起訴に持っていくところまでが警察の仕事だ。浮かれている暇はない。

特に乾杯の音頭は取られず、三々五々の体《てい》で宴会は始まった。

宴が始まるとすぐに、熊井が嬉しそうな顔で近づいてきた。

「お疲れさん。まずは飲もうや」

三人は、ビールが注がれたプラスチックコップを軽く上げて合わせた後で、少しだけ口を付けた。

「鎌木と桐生は明日から取り調べに当たるんだな？」

「ええ。なんだか苦労しそうですけどねえ」

「取り調べには素直に応じてるんだろ？」

その素直さが怪しいんじゃないですか、と言って鎌木は鼻を掻いた。「普通の事件と違ってこっちは専門外。ぼんやりしてたら、相葉の作ったシナリオ通りに調書が完成して真実は闇の中なんてことになりかねませんよ」

「そうならんように鎌木に取り調べさせるんだろう。お前は東都大なんだ。根性見せて頑張れ」

「そうは言っても相葉はタンパク質工学の専門家で、博士号まで持ってるんですよ。対する僕ときたらカマキリの交尾の研究をしていた学部卒です。これがカマキリの交尾が絡んだ殺人事件とか、女が男を食べちゃったとかいう事件なら勝ち目もあるかもしれませんが、遺伝子組み換えウイルスを使ったバイオテロではどうにも分が悪い」

「別に研究で勝負しろって言ってるんじゃねえんだ。お前は刑事、あっちは容疑者だろうが」

　鎌木はヒヒヒと白い歯を見せて笑い、そりゃあそうですけどね、と頷いてから真顔で言った。「いずれにしても熊井さん。油断したらだめです」

「鎌木がそんな顔するなんて珍しいじゃねえか」

「相葉はまだなにかカードを隠し持っているような気がします。行動に不可解な点が多すぎる。奴が考えた下手な芝居に付き合わされているような、そんな気持ちになるんです」

翌二〇一九年七月十九日の朝。科捜研から専門職員がやってきて相葉に対するポリグラフ検査と聴取を実施した。

ポリグラフ検査と、心理学専攻の捜査員が朝一で行った聴取の結果は、相葉が犯人である可能性が高く、共犯者の存在が濃厚。これ以上の大規模テロの実行はないことを示していた。

鎌木は二番手として相葉の取り調べを開始した。三畳ほどの取調室は窓もなく、相葉は取り調べ用のスチール机と壁の間の狭いスペースに置かれた椅子に窮屈そうに座らされていた。腰ひもの一端は机にしっかりと結ばれている。犯人が暴れることを防ぐための措置だ。取り調べ補助官として桐生は入口近くに座った。

相葉に相対して座った鎌木が頭を下げた。「警視庁捜査一課の鎌木です。僕も大学の時は生物学専攻でしてね。といっても研究していたのはカマキリの交尾なんですが」

相葉は意外そうな顔をした。「カマキリの交尾?」

相葉が興味を示したので、鎌木は研究の概略を手短に説明した。

なるほど面白いですね、と相葉は少しだけ打ち解けた笑顔を見せた。

さて、というわけで始めましょうか、と言って鎌木は取り調べを開始した。

「もう色々と認めてるんですすねえ。南教授の殺害、サクラテレビ駐車場での犯行声明、飯能でのウイルス散布、そして昨日の篠崎でのウイルス散布」

「ええ」相葉は頷いた。

鎌木は、解せないなあ、と言って首を傾げた。

「動機に関して、あなたは殺人ウイルスを散布して世界を変容させたいと、動画サイトにアップロードしたのと同じことを取り調べでも繰り返しているわけです。南教授殺害についてはヘルペスウイルスのゲノムを持つ大腸菌を手に入れるために殺害したと言っている。でも、そんなのはおかしいじゃないですか。あなたは南教授を殺害した翌日にサクラテレビにウイルスを置いているし、飯能の事件にしたって、南教授殺害後に遺伝子組み換えをしたとしたらウイルス作製には時間が足りないんです」

それにさっき科警研から連絡がありましてね、そう言って鎌木は懐から手帳を取り出した。「あなたが篠崎で撒いたと言っている完全体のマトリョーシカとかいうやつね、ウイルスが死んだりしないように、冷やして科警研まで運ばれて、昨日から徹夜で色々と調べているんです。確かにヘルペスウイルスのゲノムが検出されて、その中には細菌由来の毒素が組み込まれていた。それも、飯能の時と違ってちゃんと毒素ができるように設計されていたそうです」

「そうでしょうね。だってそのようにしましたから」

相葉が笑いながら頷くと、ただし、と言って鎌木は続けた。

「今のところ散布した溶液からは生きたウイルスは検出できていないんですって。生き残っているウイルスの数が少ないだけで、もう少ししたら増えてくるのかもしれないらしくて、まだ暫定的な結果だそうです。でも、いずれにしてもほとんど、あるいは完全にウイルスは死滅していたんです」

「嘘《うそ》だ!」相葉が目を剝《む》いて叫んだ。突然の大声に桐生は首をすくめた。

しかし、鎌木は驚く様子もなく、涼し気な顔で相葉を眺めていた。「本当にそんな風に思ってます?」

しばらく真顔で鎌木の顔を凝視していた相葉は、堪え切れないといった表情で吹き出した。

「だめだなあ、やはり演技は苦手だ」

鎌木はつまらなそうに首を振った。「本当に下手な芝居ですよ。南教授の殺害からドローンによるウイルスの散布まで、演技が下手なだけじゃなくて、筋書まで狂った芝居を見せられているような気分です」

笑い続ける相葉に構わず、鎌木は問いかけた。「僕はあなたが単なる愉快犯だとは思っていません。愉快犯にしては手が込み過ぎていますからねえ。人が死んでるわけだし。かといって真剣にテロを実行しているとも思えない。色々なことがあまりにも杜撰《ずさん》だ。一体、なにをしたかったんです?」

さて、なんでしょうね、と言って相葉は肩をすくめた。

「これもあなたは否定していますが、共犯者がいるんですよね？」

「いないです」

「ポリグラフの結果が出ていますけど」

「あんなものあてにならんでしょう。証拠能力もない」

「ポリグラフの精度は高いし、単独では証拠になりませんが、裁判で意味がないわけじゃない。あの結果から僕らはあなたに共犯がいると確信しました」

「じゃあ捜せばいいじゃないですか」

ムカつくなあ、と別に怒ってもいない様子で鎌木はぼやいた。「捜してますよ。通信記録、防犯カメラの映像、あなたの活動については今、すごい数の人員を使って調べてます。だからそのうち分かります。警察はね、そういうのは本当に得意なんだから。でも、このところあなたが誰かと接触した形跡はない。ほとんど引きこもりみたいな生活を送ってたでしょ」

「ええ」

「まだあなたが切り札を持っているとしたら、それは共犯者の手で実行されることになると警察では踏んでいるわけですが」

相葉が唇の端を歪めた。「刑事さんはそう考えてはいないんですか？」

「どうですかねえ。確かにアメリカ経由で少し怪しげな通信をしていた痕跡は見つかりました。手間はかかるけど、あちらさんと連携すればいずれ誰と通信していたかは分かるそうです」お手上げだという風に鎌木は両方の掌《てのひら》を上に向けた。「でも、そうだとしても分からないことがあるんです。あなたが捕まった理由ですよ。意味が分かりません」

「新小岩でたまたま知り合いに会っちゃいましてね。もう疲れていたし、いいかなって」

「いやいやいや、それじゃあおかしいですって」鎌木は首を振った。「自分で犯行声明動画をアップして警察に追われる身になって、ちょっとドローンを飛ばしたくらいで疲れたですって？　確かに新小岩で知り合いに出会ったのは偶然のようだ。でも、そもそも犯行声明で実名を出して顔を晒し、追われる身になった意味が分からない。だいたい切り札があるならあなたが使えばいいじゃないですか。共犯者に委ねたりせずに」

「刑事さん、あなた面白いですね」相葉は楽しそうに笑った。「昨夜の刑事さんはやたらと説教臭かった」

「ああ、親が悲しむとかそんなことを言うんでしょ？　昔は机を叩いたり怒鳴ったりしてたんですけどね。最近は色々とうるさくなりましたからねえ。ネチネチやるんですよ。僕も相手によってはネチネチやりますよ。そういうのも嫌いじゃないんです。いや、そっちのほうが実をいうと好みです」

「じゃあ、どうしてそうしないんです」

「あなたにそんなことをしても無駄だからです。ちなみに次に交代する刑事はまたネチネチやるタイプです。どうです？　今、ぜーんぶ僕に話して楽になりませんか」

相葉は首を振った。「別に隠し事なんてありませんから」

鎌木はため息をひとつついてから、ドローンの入手先等に関する質問を始めた。相葉はそれについては素直に供述した。農薬を散布できるドローンが百万円もせずに購入できたことと、その操縦の容易さに桐生は背筋が寒くなった。ドローンに飛行制限をかけていたアプリは闇サイトで依頼して、飛行制限のないバージョンを入手したとのことだった。

結局、鎌木たちの持ち時間はそれで終わってしまった。

鎌木が最後に言った。

「もしネチネチ責められるのが嫌になったら、いつでも僕を呼んでください。待ってますから」

分かりました、と相葉は笑顔で手を挙げて応じた。

「あまり収穫がなかった気がするんですが。もっと色々なことを訊かなくて良かったんですか？」

取調室を出た後で、桐生は鎌木に訊ねた。

鎌木は、んー、まあ最初はあんなもんだよと言って、右手で頬をごしごしと擦った。

「あいつ大事なことはなーんも話す気がないもん」

「共犯者はいるんですかね？」

「いるね。そいつがなにか仕掛けてくるはずだ」

「でも、ポリグラフでは、もうテロが実行されることはないと」

「そうだ。そもそも厳戒態勢下での大規模バイオテロは困難だと考えられていた。でも、テロじゃなきゃ共犯者はなにをするっていうんだ」

夜になって相葉の取り調べ結果と、篠崎で散布されたウイルスがやはり死滅していたという情報が捜査本部の記者会見で発表された。

共犯者の存在が示唆されることから、今後も全力で取り調べと捜査を継続するという方針が発表されたが、同時に都内における大規模なバイオテロは防がれたと思われる、とする捜査本部の見解も述べられた。

その日の夜のテレビニュースと翌日の新聞各紙の朝刊とワイドショーは、未然に防がれたバイオテロの総括を安堵と共に伝える内容で埋め尽くされた。

同時に、少数の個人が絶大な攻撃力を人知れず手に入れられる現状の是正を求める声も急速に高まりつつあった。

翌日、再び二番手として相葉の取り調べのために取調室に向かう途中、廊下で奇妙な二人組とすれ違った。刑事であることは間違いない。しかし、旧共産圏の秘密警察や戦前の特高《とっこう》警察をも連想させるような風体は異様そのものだった。こんな人物が警視庁にいるのかと桐生は驚いた。

取調室に入った桐生と鎌木は、相葉の疲弊した様子に衝撃を受けた。

「ああ、少しは話ができる人が来てくれましたね」相葉は引きつった微笑みを浮かべた。

相葉は昨日よりやつれたように見えた。その変貌が桐生を動揺させた。

確かに事件の重大性と共犯者の存在が考えられることを鑑《かんが》みて、上からは『強めに』取り調べを行うように言われてはいる。

そういう取り調べが得意な刑事が配置されたことも知ってはいたが、たった一日でここまで変わるものなのか。今しがた廊下ですれ違った異様な風体の二人組の聴取の結果に違いない。

「なんか随分とお疲れの様子ですねえ。乱暴はされなかったんですよね？」鎌木がため息をついて、心底気の毒そうに訊ねた。

「まあ、警察ではどこまでを乱暴というのかは知りませんけど」相葉は乾いた笑い声を漏らした。「取り調べの完全可視化なんて怪しいもんなんですね。突然調子が悪くなるビデオカメラなんて都合がよすぎませんか」

「申し訳ない」鎌木が本当に済まなそうな顔で頭を下げた。

「まあ、取り調べに優しさは期待していませんから。ところで刑事さんたちは今朝のニュースか新聞を見ましたか？」

鎌木は頷いた。「ええまあ。おかげさまであまり時間がありませんでしたけど」

「どんなことを言っていましたか？」

「バイオテロが少人数で実行可能である事実に、社会は衝撃を受けています。研究監視体制の強化を望む声が上がっています」

そうですか、と相葉は他人事《ひとごと》のように言った。なぜか廊下のほうを気にしているようだった。「他には？」

「今回は犠牲が出る前に防げて良かったとは言ってましたねえ。あなたが篠崎で散布したウイルスはやはり死滅していたようですし」

相葉が歯を剝きだしにして笑った。これまで見せたことのない、獣のような笑いだった。

「なにが可笑しいんです」

「いや、失礼。そのうち分かりますよ。いや、もう分かったみたいだな」

「分かったってなにが……」

その時、桐生は廊下がにわかに騒がしくなりつつあることに気づいた。入り口にある衝立《ついたて》の向こうの廊下を沢山の人が走っている音が聞こえてくる。喧騒に誰かの怒鳴り声が混ざる。

荒々しい足音を響かせながら、強面《こわもて》の刑事が部屋に入ってきた。低い声で代われと鎌木に呻いた。

鎌木は黙って席を立った。そして、桐生に部屋を出るように目配せした。刑事の顔を見た相葉は、堰《せき》を切ったように笑い始めた。

二人が部屋を出た直後、取調室の中から椅子が倒れるような、大きな物音がした。

あーあ、と鎌木が額に手をやった。「あんなことしてどうなっても知らないよ」

事情が呑み込めない桐生は鎌木に訊ねた。「なにがどうしたって言うんです？」

「さあ。でも、聞いたら取調室に駆けつけてきて、相葉を張り倒したくなるようななにかが起きたことは間違いない。会議室に行こう」

二人は足早に会議室へと向かった。携帯電話に向かってなにかを怒鳴っている者がいた。目を真っ赤に腫らしている者、脱力して壁にもたれ掛かる者。

一体なにが起きた？　会議室へと向かう途中で、二つの単語がなんども耳に入ってきた。

それはマトリョーシカとプリオンだった。

同日同時刻

ついに計画は最終段階に突入した。

間もなく日本は戦後最大の大混乱に陥ることだろう。

匿名接続ソフトを使用して、相葉から預かった動画を動画投稿サイトにアップロードし終えた門伝は、渋谷のクラブで最初にマトリョーシカを散布した日に思いを馳せた。

今でもよく覚えている。

あれは、今から六年前、二〇一三年七月七日のことだった。

第四部　時限感染

小説の世界ではさまざまな病原体が生物テロに用いられているが、現実の生物テロに用いられる可能性のある病原体は、炭疽菌、天然痘ウイルスなど、比較的限定されるだろうという考えもある。しかし、上にも述べたように、強毒な病原体は日常での遭遇が少なく、ともすれば情報も不足しがちである。そのような病原体とその感染症についてまとまって記載されている情報源は、わが国の臨床現場にとって極めて重要なものだと考える。今回取り上げた病原体で必要十分だとは考えにくい。必要や利用者の意見に応じて改定を加えていく必要があるものと考えており、その機会が与えられることを望みたい。

厚生労働省研究班　バイオテロ対策ホームページ　臨床小班総括より抜粋

七月二十日（土）　午後一時二十五分　下谷署

桐生は手近なパイプ椅子にふらふらと歩み寄り、倒れこむように腰を下ろした。

ふと、会議室の壁にかかったカレンダーに目が留まる。

今は二〇一九年。

——誰も気づかないまま、すべてが終わってしまっていたのだ。

会議室の大型液晶テレビに緊急特番が映し出されていた。ネットにアップロードされた相葉の新たな犯行声明が繰り返し放送されている。

画面に大写しにされた相葉の表情は自信に満ち溢《あふ》れていた。さきほどまで取調室で一緒だった疲弊しきった人物とはまるで別人だ。

背景は前回の動画と同じく、相葉の自宅マンション。逮捕前に撮影してあったのだろう。

相葉が高らかに宣言した。

『私はこれから皆さんに真実を告げようと思います』

会議室には嗚咽を漏らしている女性職員がいた。目を真っ赤にして画面を凝視し、怒りに身を震わせている男性刑事の姿も見えた。椅子に座り、脱力したまま動かないものもいる。相葉の犯行声明はすでに一回放送されたようだ。その結果としてこの会議室の光景が出現したのだろう。しかし一体なにが……。

桐生は肌が粟立《あわだ》つのを感じた。

画面下には「バイオテロ事件で新たな犯行声明。新型の生物兵器大量使用か？」と書かれたテロップが映っている。

桐生の体を戦慄が駆け抜けた。大量使用？　テロはもう起きないはずだったのでは……。

『皆さんはきっと胸を撫でおろしていたと思います。バイオテロは私の逮捕で阻止されたとお考えのことでしょう。警察も同じように考えているでしょうね。なにしろマトリョーシカによる死者は、まだ一人も出ていないのですから』

相葉はテーブルの上に置かれたグラスに口を付け、同じ言葉を繰り返した。

『そう、まだ一人も』

相葉は、凄みのある笑みを浮かべた。

『最初の死者が出るのは六年ほど後です。私は今からちょうど六年前、二〇一三年の夏からマトリョーシカの散布を始めました。記念すべき第一回の散布を行ったのは渋谷のクラブ、スラップ・ヘブンでした。その後、首都圏の地下鉄を中心に、人が集まる場所での散布を二〇一五年まで続けました。私はその後、ニューヨークの大学に移り、マトリョーシカの生産と散布をアメリカで継続しました。帰国後も小規模ですがマトリョーシカの生産を続け、有力者にターゲットを絞った感染拡大に努めました』

　相葉はターゲットについて語った。

　選挙時にはマトリョーシカの付着した手で握手をして、多くの政治家を感染させ、芸能人やスポーツ選手の握手会でも同様に感染を拡大させた。有名作家のサイン会ではサインを求める著作にウイルスを塗布した。有名実業家との食事会にも、高額な参加費を払って参加して、彼らを感染させた。

　次々に挙げられるターゲットの名を聞き、捜査本部に動揺が広がる。

『今こそマトリョーシカの正体を明かしましょう』

　両腕を大きく広げ、まるで学会講演でもしているかのように、相葉は話し続けた。

『私が生物兵器にマトリョーシカと名付けた理由。それはマトリョーシカが三重構造を持っているからです。マスコミが散々取り上げていましたから、皆さんは大腸菌の中にヘルペスウイルスのDNAを格納しておけることをご存じのはずです。そうすることでウイルスの遺伝子改変が行いやすくなるのです』

　そして、と言った後で、相葉は楽しくて仕方がないといった様子で笑い声を漏らした。

『私はヘルペスウイルスの中に、さらに変異型のプリオン遺伝子を忍ばせました。これはミサイルの弾頭にあたるものです。皆さんの中にはプリオンと聞いてピンときた方もいると思います。そう、プリオンは狂牛病の名称で世界を騒がせた、牛海綿状脳症の病原体です。プリオンはウイルスや細菌ではなく、タンパクなのです』

ところが、と言って相葉はカメラに向かって右手の人差し指を立てた。

『異常型のプリオンは、ヒトの脳内にある正常型のプリオンを次々と異常型に変換していきます。異常型プリオンは凝集といってお互いがくっつきやすく、繊維状の構造をとります。この繊維状構造には毒性があるために、脳細胞が破壊されていき、やがて感染者の脳はスカスカになって死に至るというわけです。プリオン病の治療法は存在しません。行動異常、性格変化や認知症、視覚異常、歩行障害などを発症し、やがて寝たきりになります。その後、全身衰弱、呼吸麻痺《まひ》、肺炎などで死亡します』

もう勘の良い皆さんはお気づきのことでしょう、と笑って、相葉は歌うように話し続けた。

『ヘルペスウイルスは一度感染すると三叉《さんさ》神経という、脳から直接伸びている神経系に潜伏します。これを取り除く方法はありません。皆さんの神経でマトリョーシカによって生み出された、異常型のプリオンを除去する術もありません。個人差はあるでしょうが、私の計算では、感染からおよそ十二年で最初の発症者が現れて、急激にその数を増していきます。二〇一三年に最初に感染した人の発症は、二〇二五年頃から始まるというわけです。マトリョーシカの感染は、今もヒトからヒトへと広がっています。マトリョーシカはこれまでに類をみない生物兵器です。ヘルペスウイルスの形でも感染しますし、弾頭である異常型プリオンにも感染性があります。二〇一九年現在の感染者数は、控えめに見積もっても日本全国で数十万人に達しているはずです。もちろん、日本やアメリカから移動して、世界各地で感染拡大しているでしょうから、合計すれば感染者は全世界で優に百万人を超えるでしょう。時限爆弾ならぬ、時限感染という訳です』

相葉は笑い始めた。長く耳障りな笑い声だったが、どこか演技めいているようにも感じられた。

いや、と桐生は思った。自分にはもうなにが現実でなにが虚構なのかすら分からなくなっているのかもしれない。

自分も感染しているのだろうか。自分の人生はあと六年ほどなのだろうか。

画面の中の相葉の高笑いがようやく止んだ。

『さて。皆さんの運命はお話しした通りですが、どうして偽のテロ予告などをして、世の中を騒がせたのか、まだお話ししていませんでしたね』相葉は眼を大きく見開いた。『いきなり皆さんに絶望的な真実だけを明かしても良かったのですが、それよりも迫りくるバイオテロを演出して皆さんを極限まで怯えさせたかったのです。私が逮捕されたことで、ようやく助かったと安堵したところでさらなる絶望のどん底に突き落とす。そのほうがより大きな衝撃を与えることができます。この効果は心理学的にも証明されています。いや、そんな説明は不要でしょうね。恐怖と絶望はまさに今、皆さんが体験しているでしょうから。警察の皆さんは、そういう意味で本当に良い働きをしてくれました。あなたたちは、私の舞台におけるもっとも重要な役者でした。この場を借りて心からの感謝を伝えたいと思います』

再び相葉が高笑いを始めたところで、画面は生中継のスタジオに戻った。事件の経過を伝えるニュースキャスターの声は震えていた。これまではどんなに凄惨な事件や巨大災害であっても、スタジオでニュースを伝えるキャスターの身辺は基本的に安全だった。

今回はそうではない。東京のスタジオで話す彼もまた、マトリョーシカに感染している可能性がある。

桐生と同じく、この回で動画を初めて観たと思われる捜査員たちが口々に毒づいた。

机や壁を拳で思い切り叩く者もいる。

携帯電話で通話している捜査員が、座っている桐生の脇をフラフラと歩いて廊下に出ていく。

「そうだよな？　詩織《しおり》がこのまえ罹《かか》ったのってヘルペスだったよな」

詩織というのは恋人だろうか、妻だろうか、あるいは娘か。いずれにしてもこの状況下では、死に神の鎌の刃を首に当てられたに等しい恐怖と絶望を受けているに違いない。

会議室の、糸の切れた繰り人形のように脱力している捜査員たち。なぜ彼らがそうなったのか、今は完全に理解できた。ほんの十分足らずの間に、この世は地獄と化したのだ。

バイオテロの捜査を行わないわけにはいかなかった。しかし、結果として相葉の掌の上で踊らされ、彼の演出の手伝いをしていた。その虚無感は計り知れない。

鎌木が額に手を当てた。「やられた。そういうことならすべて合点がいく。テロを事前に実行しておいて、後から犯行予告をするなんて全くもって意地が悪い。僕たちは絶対に勝てないゲームに付き合わされていたわけだ」

捜査本部の前方では、上層部の人間がベテランと共に集まって、なにかを話し合っていた。

深刻な表情を浮かべていたが、彼らは立ち止まることなく、次の一手を考えているようだった。桐生はそのことを頼もしく感じた。

彼らの中には捜査班長の工藤と共に、熊井の顔もあった。熊井が野太い声で鎌木を呼んだ。

短いやり取りの後、鎌木が小走りに戻ってきた。

「仕事だ。プリオン病の研究をしている東都大の先生にアポがとれた。今日は休みで新小岩にある自宅にいるそうだ。これから会いに行く。相葉の言うようなことが、本当に起こるのかどうか、専門家の話を聞く」

今日は僕が運転しよう、鎌木はそう付け加えた。


走り始めてすぐに、桐生は鎌木が運転下手であることに気付いた。特に、ブレーキが遅いのは勘弁してほしかった。

「鎌木さん、運転得意じゃないんですね」

「あまり得意じゃないね。少なくとも好きではない。前も言ったようにスポーツもからきし駄目だし」

「じゃあ今日はどうして」

「そこはほら、非常事態だからさ。君もショックを受けてるみたいだし、危ないと思って」

「私が運転した方が安全だと思いますが」

じゃあ帰りはお願いするよ、と言って鎌木は苦笑した。

沈んだ気持ちを少しでも明るくさせるために、鎌木はハンドルを握ってくれたのかもしれない。短い付き合いだが、なんとなく気遣いが分かるようになってきた。

「とんでもないことになりました」

桐生が眉をひそめると、鎌木は、真剣な面持ちでハンドルを握りながら言った。

「まだ本当のところは分からないさ。今までだってさんざん相葉の嘘に翻弄されてきたんだから」

「今回も全くの嘘だと思いますか？」

「いや」鎌木は首を振った。「さっきの声明は筋が通っていた」

「少なく見積もっても数十万人の感染者が、あと六年で死に始める。突然言われても現実味がありません」

鎌木は頷いた。「こうやって見る限り、街は平穏に見える。みんな現実味がないんだろう。東京都市圏だけでも三千五百万人以上の人が住んでるんだ。その全員がバイオテロのターゲットだった」

「大変なことです」

「ああ。それに感染は今も広がり続けているはずだ」鎌木は進行方向、あるいは未来をにらみながら言った。「まさに前代未聞の大量虐殺だよ」

東都大学薬学部特任准教授、円藤渚《えんどうなぎさ》は面会場所として新小岩の自宅マンション近くにあるチェーンのコーヒーショップを指定してきた。新小岩は相葉が捕まった場所だ。偶然だろうか。

出発前にネットで顔写真を確認した。渚というのはどちらかといえば女性に多い名前だが、円藤は濃い顔の男性だった。コーヒーショップに着くと円藤の姿をすぐに見つけることができた。

立ち上がって二人を迎えた円藤は、落ち着いたオレンジのポロシャツとライトカーキのスラックス姿だった。顔は日に焼けていて、背が高く、筋肉質。短く刈り込まれた頭髪に力強い線の眉毛も相まって、大学教員というよりはプロテニスプレイヤーを思わせるような風貌だ。

名刺交換のあとで鎌木が早速訊ねた。幸いなことに店内は比較的空いていて、周囲の客に会話の内容を聞かれずに済む。

「今回の事件で、犯人は数十万人が死亡すると言っています。本当にそんなことが可能なのか、まずは円藤先生の見解をお聞かせいただけますか？」

円藤は深刻な表情で口を開いた。

「理論的には可能です。私はヘルペスウイルスに関する専門知識はありませんが、神経に潜伏する、感染性の高いウイルスですからね。相葉がいうような目的を達成するためには最適のウイルス、いや、最適という表現は不適切ですね……」

言った後で、円藤は少しだけ気まずそうな表情をみせたような気がした。それはごく僅《わず》かな変化だったが、桐生には気になった。

「つまりプリオンとヘルペスの組み合わせは最悪というわけですね？」

「ええ。最悪です」鎌木が確認すると、円藤は懸念の色を強めて頷いた。

「一応、勉強はしてきたんですが、プリオンについて簡単に説明してもらえますかね」

円藤は、簡単にというのが一番難しいのですが、と前置きした後で説明を始めた。

「まずプリオンの一番の特徴は、感染因子でありながらそれ自身は、タンパクだということです」

桐生もプリオンのアウトラインについてはここに来る途中の助手席で、簡単に勉強したつもりだったが、あまりよく分からなかったので、感じていた疑問を円藤にぶつけてみた。

「プリオンはタンパク毒とは違うのですか？」

「ええ。毒素というのは細菌やウイルスに合成された後で細胞に作用します。しかし、一般的なタンパク毒には増殖性はありません。桐生さんはセントラルドグマを覚えていますか？」

「覚えている？　いえ、知りませんが」

「生物の授業で習ったと思うのですが、生物は遺伝情報であるＤＮＡからＲＮＡ（リボ核酸）が転写され、そのコードに従ってアミノ酸を材料にしてタンパクが合成されます。この流れをセントラルドグマといいます」

桐生は頷いた。なんとなく理解しておけば十分なはずだ。遺伝情報であるＤＮＡから最終的にタンパクができる。

「セントラルドグマの最終産物であるタンパクそのものが増殖していくことはないので、普通のタンパク毒はその都度、遺伝情報に基づいて合成されます。プリオンも遺伝情報に基づいて合成されるところまでは、普通のタンパクと同じです。しかし、異常型のプリオンは正常型のプリオンに作用して、異常型に変えてしまうのです。そうして次々と反応が起こって異常型のプリオンが増えていきます」

「まるでゾンビですね」

「ゾンビ？」円藤が一瞬、険しい表情を浮かべた。桐生はなにかまずいことでも言ったかと肝を冷やした。

「ええ。ゾンビ自身は子供を産んだりしませんが、生きた人間をゾンビに変えることで増えていくわけですから」

円藤は表情を和らげた。

「すみません。プリオン病患者さんをゾンビと表現したのかと早とちりしてしまいました。確かに増殖性に関するプリオンの特徴はゾンビ的と言えます。タンパクはアミノ酸がつながった長い鎖なのですが、鎖は折り畳まれて、構造を作ります。その構造によってタンパクの性質が変化するのですが、異常型のプリオンは正常型のプリオンに働きかけてその折り畳み構造を異常型と同じようにしてしまいます」

「異常型と正常型はなにが違うのですか？」

「一番の違いは、異常型プリオンが、お互いにくっついて固まってしまうということです。凝集《ぎょうしゅう》といって、くっついたプリオンが異常な繊維を形成して、結果として神経細胞を殺すと考えられています」

「狂牛病で牛が死ぬのもそのせいなんですね？」

「今はＢＳＥ、牛海綿状脳症といいます。神経細胞が死ぬせいで脳がスカスカになって海綿のようになるので海綿状脳症といいます。動物では他にも羊、鹿、ミンクなどでも同じようなプリオン病が知られています」

「なるほど。ヒトのプリオン病についても簡単に説明してもらえますか？」

「ヒトで最初に発見されたプリオン病は、パプアニューギニアのフォレ族にみられたクールーという病気です。クールーはフォレ族の言葉で震えを意味し、典型的な症状である身体の震えに由来します。現地では、患者が病的な笑いを見せることから笑い病としても知られているそうです」

「クールーはどうやって伝染するんですか？」

「ＢＳＥと同じです」

「同じ？」

「ええ。ＢＳＥの場合は感染した牛を肉骨粉にして、別の牛に与えたことが原因でした」

「ということは……」桐生は息を呑んだ。

「ええ。クールーの場合は感染者が亡くなったあと、遺族がそれを食べることで感染が拡大したんです」

「食べる？」

「ええ。彼らには死者を弔うために、遺体を解体して食べる習慣があったんです。この儀式の参加者には女性が多く、脳を子供や老人が食べたため、女性、子供、老人がクールーの主な罹患者でした。原因が分かった今では食人の習慣はなくなり、二〇〇五年の死者を最後にクールーは発生していません」

「二〇〇五年って、結構最近じゃないですか」

「食人はもっと前から停止していたのですが、プリオン病は感染から発症までの潜伏期間が長いのが特徴なのです。そのせいで感染の実態把握に苦労することがあります」

「今も問題になっているヒトのプリオン病はどんなものがあるのですか？」

「英語の頭文字をとってＣＪＤと呼ばれる、クロイツフェルト・ヤコブ病、ゲルストマン・ストロイスラー・シャインカー病、致死性家族性不眠症が知られています」

「CJDはここに来る途中に名前を知りました。すべて感染するのですか？」

「感染の実例が知られているのはCJDだけですが、原理的には残りの二つのプリオン病も感染すると考えられています」

「CJDはどうやって感染したのですか？　まさか……」

　桐生の問いに円藤は慌てた様子で首を振った。

「いいえ。流石に食人ではありません。過去に使われていた脳手術用の乾燥硬膜のためです。これは死者から採取したものを使っていたのですが、その死者がクロイツフェルト・ヤコブ病に感染していたのです」

「その死者はどうやってCJDに感染したのですか」

「わかりませんが、CJDは、孤発性といって外部から感染しなくても突然発症することがあるのです。それから発症しやすい家系も知られています。遺伝性プリオン病と呼ばれている希少疾患なのですが……」

　桐生は首を傾げた。

「親の異常プリオンが子供に感染する、ということですか」

　ちらりと鎌木のほうを見ると、彼は桐生の視線に気付いて静かに首を横に振った。

　円藤が複雑ですよね、と前置いた上で答えた。

「確かにプリオン病は異常型プリオンタンパクが、正常型プリオンを変換することで起こるのが特徴です。しかし、異常型の構造はDNAの突然変異によっても起こるのです。それによってタンパクのアミノ酸配列が変わり、異常型の構造をとりやすくなります。さっきの桐生さんのゾンビの例えで言えば、ゾンビに嚙まれなくても、生まれながらにしてゾンビになりやすいプリオン遺伝子を持つ人がいる、ということです。そしてこれが今回のテロの重要な点であるわけですが……」

鎌木が表情を硬くして言う。

「犯人は異常型のプリオン遺伝子を組み込んだヘルペスウイルスを散布したんですね？　ウイルスそのものが感染性を持つ上に、ウイルスが作った異常型プリオンも感染する。正に二重感染因子というわけだ」

円藤も硬い表情で応じる。

「仮に犯人が散布したのがウイルスではなく、プリオンタンパクそのものだったら被害はもっと限定的だったでしょう」

「タンパクを撒くという手もあるんですか」鎌木が首を傾げた。

「理論的には。プリオンは経口的に摂取されると腸で吸収されて感染が始まることが知られていますし、鼻の粘膜を介して経鼻感染することが動物実験で示されていますから。エアロゾル状にしたプリオンを散布して感染させることは可能だと思います」

桐生は円藤に訊ねた。「じゃあ犯人はどうしてウイルスに組み込んだりしたんですか？　面倒が増えるだけです」

「プリオンは感染しても勝手に体から飛び出して他人に感染したりしません。しかし、異常型プリオン遺伝情報を持ったヘルペスウイルスは、従来のヘルペスウイルスと同じように高い感染性を持ちます」円藤は大きなため息をついた。「まさに最悪の組み合わせです。感染したヘルペスウイルスも、体内で作られたプリオンも取り除く術はないのですから」

「では、感染した人は全員死亡すると？」

桐生は恐怖を抱きつつ確認した。

「プリオン病の死亡率は一〇〇パーセントです。現状では全員死亡します。ただ……」

「なんですか？」

「いえ。一応、プリオン病の治療薬の開発も進められているのです。実は私自身も治療薬開発に従事しています」

「え？」鎌木が素っ頓狂な声を上げた。「治療薬は完成しそうなのですか」

「ナチュリテックというバイオベンチャーに技術提供しています。基礎研究段階ですが一応、開発が進められています」

「一応？」

「ええ。でも今回のバイオテロ事件で状況が変わったかもしれません」

「そりゃ一体どういう……」

「プリオン病治療薬開発のための基本的な技術はすでに完成しています。異常型プリオンが凝集するのを防ぐ化合物を、効率良く見つけ出すための技術プラットホームなのですが……」

鎌木が首を捻る。

「じゃあ、どうしてこれまで開発が進まなかったんです」

「収益性の問題です」

「収益？」

「新薬の開発には莫大なコストがかかります。その回収のためには薬が売れる必要がある。プリオン病のような希少疾患では、莫大なコストをかけて新薬を開発しても、利益を出せないのです」

鎌木が腕組みをした。「その状況が今回の事件で、プリオン病患者が大量発生する見込みになったことで変わったと」

「まだ、それは分かりません。医療経済は難しいですから」

「医療経済。つまり、お金と命の天秤ですね。今回の件で命の側の天秤が重くなったというわけですか。社会は、天秤が釣り合うように資金を投じなければならなくなったと」

円藤は難しい顔をした。

「正確な感染状況がまだ不明ですし、そもそもどの程度の被害になるのか、その時になってみないと分からない可能性が高いと思います。ヘルペスに変異型のプリオンを組み込んでヒトに感染させるなんてことは、誰もやったことがなかったんですから」

「犯人が作ったウイルスが、生物兵器として本当に機能するかどうかを動物実験で確かめられないのですか」

「もちろん動物実験はできます。動物ではヒトよりも早く症状が出ますから、我々の未来を動物を使って予測することは可能です。しかし、動物実験で発病しないからといってヒトで被害が出ないことの証明にはなりません。逆に動物実験で症状が出たからといって、ヒトで同じことが起こるとも限らないわけですが」

「とはいえ、動物実験でプリオン病が確認されれば、騒ぎは大きくなるでしょうねえ。いずれにしても我々はプリオン病が大量発生することを想定しながら、長い時間を過ごさなければならないわけですか」

円藤は頷いた。「それにヘルペスウイルスの感染は今後も拡大し続けます。ヘルペスウイルス感染の予防ワクチンの開発も行われてはいますが、あまり進んでいません。ヘルペスは多くの場合、大した症状が出ないので、予防ワクチンがそれほど必要とされていないからです。ワクチンの開発自体は可能でしょうが、まだ時間がかかるでしょう」

「その隙を突かれた形になるのか。まったく、よく考えたもんだ」鎌木が感心したとも呆れたともつかない顔で言った。

円藤がズボンのポケットから振動するスマートフォンを取り出した。画面を一瞥《いちべつ》して、少しだけいいですか？　と鎌木に訊ねた。鎌木が同意すると円藤は席を離れた。

鎌木が忌々しげに言った。

「残念ながらマトリョーシカは、機能する可能性が高いみたいだ」

「でも治療薬もできるかもしれないと」

治療薬開発に一筋の光明を見出した桐生の言葉に、鎌木はため息をついた。

「君は新薬の開発にどれだけ時間がかかるか知ってる？　それに新薬開発の成功率は数万分の一とも言われてるんだよ」

「確率が低いことも、時間がかかることも知ってはいますが……」

「僕は株をやっているから、バイオベンチャーへの投資で痛い目にあったこともある。新薬の開発が失敗したりすると株価は大暴落。もちろん、成功すれば高騰するわけだけど」

桐生は頷いた。それは知っている。しかし、自分が普通の生活ができているのは、ポンペ病を患った子を持った一人の父親が新薬の開発を諦めなかったからだ。どんなことであっても諦めなければ道は開けるのではないか。

円藤が電話から戻ってきて、頭を下げた。「厚労省から緊急の呼び出しがかかってしまいました。これから霞が関です。なにかありましたら電話かメールでできるだけ早く対応させていただきますので」

「先生もこれから大忙しでしょうからね。ご面倒をおかけしますが宜しくお願いします」

鎌木と桐生は立ち上がって頭を下げ、コーヒーショップを後にした。

下谷署への帰路は桐生がハンドルを握った。鎌木は例によって助手席に座るなりシートを倒し、ずっとスマホでなにかを調べていた。

「なにを調べているんです」

「円藤先生とナチュリテックについてね」

「なにかわかりました？」

「うん。新薬開発の専門家が集まるネット掲示板があるんだけど、そこでのやり取りが参考になった。どうも円藤先生の開発した技術はかなり有望らしい。ナチュリテックの株式掲示板も大騒ぎだ。週明けは現在二百五十四円の株価がストップ高の三百三十七円にまで上がって、その後も何日かストップ高を続けるんじゃないかという予測が優勢だ。まあ、株価については、色々な思惑が絡んでの話だろうけど、株式市場の判断というのも一つの目安にはなる。みんな脳に汗をかきながら、命がけで取引してるんだから」

少しだけ気持ちが明るくなる。

「良いニュースじゃないですか。株価が高くなれば、新薬の開発が進みますよね」

「円藤先生のところに、早速厚労省から連絡があったみたいだしねえ。マトリョーシカ感染者がプリオン病を発病する前に治療薬が完成すれば、今回のバイオテロによる死者を出さずに済むかもしれない」

「少し希望が出てきました」

「楽観は禁物だ。これまでに開発に失敗した無数の新薬候補だって、理論段階や前臨床段階では有望だと思われたから開発費が投じられたわけだ。でも、結果としては失敗した」

桐生は頷いた。赤信号で停まった車の前を、小さな女の子を真ん中にして手をつないだ若い夫婦が笑顔で渡っていく。まだ、テロ事件のニュースを目にしていないのだろうか。

「新薬のことを相葉に教えたらなんて言うでしょうね？」

「こんなテロを起こすくらいだから、治療薬の候補があることは知っているだろうさ」

「ですね」

「相葉と言えば、さっきの円藤先生の話の中で気になることがなかった?」

「いえ。特には……」

いや、と桐生は思い直した。そういえばなにか途中で円藤の表情に違和感を覚えたような……。

鎌木が人差し指を立てた。

「円藤先生は、最初に犯人について触れたときに『相葉は』って言ったんだ。それ自体は別におかしなことじゃない。でも、ちょっと変な表情を浮かべて、その後はずっと『犯人は』と言ってた。それにさ……」

「なんです?」

「相葉が知り合いに偶然出会って逮捕されたのって新小岩じゃない。知り合いに会ったのは、本当に偶然だったみたいだけど、そもそもどうして相葉は新小岩にいたんだろうね」

「とりあえずの潜伏先として新小岩の宿を予約してあったという供述で、実際に偽名での宿泊予約が確認されていますけど」

鎌木は目を細めた。

「円藤先生の交友関係を探ってみる必要があるかもしれない」

「円藤先生と相葉が、裏で繋《つな》がってるって言うんですか」

「そんなことは言ってないよ。でも、研究者同士なんだし顔見知りである可能性はあるでしょ。それにさ……」

「まだなにか？」

「今回の件で円藤先生は随分と儲《もう》けられるはずなんだ。さっき調べたんだけど、円藤先生はプリオン病治療薬開発のための技術を、ナチュリテックに提供している。その見返りとして、ナチュリテック株を大量にもらっているようだから」

運転中だったが、思わず鎌木のほうを見てしまう。

「相葉が円藤先生の指示でテロを起こして、大量の利益を得ようとした可能性があると？」

「調べてみる価値はある。この事件は未だに不可解な点が多すぎるからね。単なる無差別テロ事件よりは経済的な背景があったほうが納得できる」

「そんなことをして相葉になにかメリットがあるんですか」

「あいつ自身の金融資産にナチュリテック株が含まれていないか、早急にチェックする必要がある。と言っても、相葉が株で儲けたとしても、逮捕されてしまえばそのお金を自由につかうことなんかできないわけで、まったく割の合わないビジネスということになるんだけど」

　そういえば、と今更ながら桐生は思った。

　今日は事態の展開が急すぎて考える暇がなかったが、相葉が犯した罪に対してどのような罰が下されるのだろう。自分たちはどのような容疑で相葉を立件すべく、これから証拠を集めていくのだろうか。

「鎌木さんは相葉がどんな罪に問われると思います？」

「さっきの円藤先生の話を聞く限りでは、バイオテロに関しては殺人未遂だろうね。もちろん、南教授に対する殺人罪やら生物兵器等使用罪やらでの立件も目指すだろうけど」

「殺人未遂？」

「うん。未遂だ」

「でもマトリョーシカが作動すれば、必ず死ぬんですよね」

　鎌木は深々と頷いた。

「ああ。でも殺人罪には既遂罪と未遂罪がある。この判別は厳然としたものだ。殺人という行為が完遂されていない以上、絶対に死ぬと分かっていても未遂罪なんだよ。絶対助からないような大怪我を負わせた犯人だって、逮捕時に被害者が存命なら殺人未遂罪で逮捕されるじゃない。そのあと、死亡したら容疑が殺人罪に切り替わるでしよ」

信じられない。

「じゃあ、何十万人もの命を奪うことが分かっていながら、相葉は殺人未遂罪にしか問えないって言うんですか」

「現行法はこんな事態を想定していなかったと思うけど、そういうことになるね」

桐生は怒りのあまり、両手の拳でハンドルを思い切り叩いた。

「まあまあ」鎌木は呑気な声を上げた。

「鎌木さんは悔しくないんですか！」

「相葉を殺人罪に問えないことが？」

「ええ」

「うん。別に悔しくはないね。法律がそうなってるんだから仕方がない。大体さ……」

「どうして？　信じられない……」

鎌木はゆっくりと首を振った。

「君は殺人未遂罪について誤解している」

「誤解？」

どういうことだろう。

「相葉は殺人未遂罪にしか問えない」鎌木は確認するように呟き、一呼吸おいてから言った。「けど相葉には死刑判決が下るだろう」

「殺人未遂で死刑？」

そうだ、と言って鎌木は頷いた。

「現行法は今回のようなケースを想定していなかった。もし殺人未遂罪では死刑にできないような法体制だったら、困ったことになっていただろうね」

「殺人未遂罪でも死刑にできるんですか？」

「僕の知る限り、殺人未遂で死刑判決が下ったことはないけどね。でも死刑にできるはずだ」

「どうしてです」

「未遂でも既遂でも最高刑が死刑という点では同じなんだ。ただ、未遂の場合には刑が減じられる可能性が高いというだけ。たとえ殺人未遂でも、今回のように将来的に莫大な数の人命を奪う事件であれば、裁判官は死刑判決を下すことを躊躇しないだろう」

「だったらもっと早く言ってください！」

「君が早とちりしただけだろ」

まったく、もう。

桐生は鎌木を睨《にら》みつけ、下谷署に車を向かわせた。

捜査本部に戻り、円藤准教授から得た情報を上層部に報告した。

工藤捜査班長は治療薬開発の可能性を耳にして、このところずっと張り付いていた険しい表情を一瞬だけ緩めた。しかし、すぐに自らを戒《いまし》めるかのように元の鬼瓦に戻った。

「だが、それはまだ不確実だし、捜査とは独立した事象だな」

「ええ、確かに独立しているように思えるんですけどね」と前置きしてから、鎌木が工藤に、相葉と円藤が知り合いである可能性、円藤や相葉がナチュリテック株を介して利益を得る可能性について語った。

「その場で直接聞けば良かったじゃねえか」工藤が呆れた様子で言った。

「気取《けど》られたくなかったんです。調べればすぐに分かるでしょうし」

「今はそのために回せる人員がいない。お前らでできるか」

「相葉がナチュリテック株を持っているかどうかは、証券会社を当たらせてください。二課の人間の方が慣れてるでしょうから。相葉には家族がいるらしいですね」

「埼玉の東松山《ひがしまつやま》市に母親がいる。アルツハイマー病で施設に入っているらしいけどな」

「あとは？」

「いない。母親も病気が進行して意思の疎通が困難な状態らしいしな」

「じゃあ、母親の保有株式も調べてもらえます？」


二人は工藤のもとを離れて、今後の方針を確認した。

「相葉と円藤先生につながりがあったかどうかはどうやって調べるんです？」

「それは僕が引き受ける。君はさっきの円藤先生とのやりとりをまとめて報告書を作っておいてよ。質よりもスピード重視で。一時間でできるかな？」

「分かりました」頷いてはみたものの、鎌木が一人でなにをするのかが気になった。

一時間ほどで報告書は完成した。プリオンに関してもアウトラインについては説明できているはずだ。なによりもマトリョーシカが生物兵器として効果を発揮するという円藤准教授のコメントが重要だったので、報告書はその結論へ至る道筋を、過不足なく記述することに努めた。

「よく書けていると思うよ」完成した報告書に素早く目を通した鎌木は、拳を顎に当てて満足げに頷いた。

「鎌木さんのほうはなにか分かりましたか？」

「うん。やはり円藤先生は相葉と面識がある。北央大学時代に大学祭の実行委員をやっていたんだ。円藤先生が実行委員長で相葉が一年下の後輩だ」

「どうやって調べたんです?」

「フェイスブックで簡単に調べられた。便利な時代だよねえ。円藤先生の出身大学が北央大学だった。タイムラインで公開されていたコメントには、当時の実行委員のものからと思われる『委員長』と『大学祭』の文字があった。実行委員に連絡をとるのは簡単だったよ」

「円藤先生が学祭の実行委員長だったことを、当時の実行委員から確認したんですね? そして相葉も実行委員だった」

鎌木の眼光が鋭くなる。

「匂うよね。とりあえず相葉の身柄は今日中に検察に送致される。あいつが検察に行っている間に色々調べてみようじゃないか」

七月二十一日(日) 午後三時二十三分 千葉県市川市行徳

マトリョーシカを用いたバイオテロの真相が明らかになり、世界に衝撃が走った二〇一九年七月二十日から一夜が明けた。門伝は自分たちが起こしたバイオテロの反響を、自宅マンションで確認していた。

テレビはつけたままにしてあるが、さきほどから似たようなニュースばかりを報じているので、あまり注意を向けていない。

早くもいくつかの国が日本への渡航禁止命令を発表していた。同時に日本人の入国禁止措置の検討に入った国の存在も報じられていた。

過去の散布が明らかになったアメリカでも、混乱が広がりつつあった。「来年の東京オリンピックは中止だ。少なくとも私は参加しない」に代表される、SNSでのアメリカ大統領の一連のメッセージが混乱に拍車をかけていた。

アメリカ疾病管理予防センター（CDC）は専門家のチームを作り、アメリカ国内で感染状況の調査を開始するとともに、日本へも調査チームを送り出した。アメリカの捜査当局もすでに動き出しているらしい。

週明けの東京株式市場も大暴落が予想されていた。経済評論家たちの予測する暴落幅にはバラつきがあったが、最悪の場合、短期間に日経平均株価が一万円を大きく割り込むというものもあった。

これまで、地震などの災害時や近隣国の核実験などの地政学的危機が発生した際には、円買いが進むのが普通だった。しかし、今回ばかりはバイオテロの規模と、その結果どれだけの被害が発生するのかが不明なことから、日本経済の存続自体を危惧する円売りが進むことが予測されていた。

こちらも評論家によって予測はまちまちだったが、海外のヘッジファンドなどによる仕掛け的な円売りが激しければ、一ドル百八十円まで円安が進むと考える者もいる。

驚くべきことに、相葉の行為を称賛する声もネット上では無数に上がっている。ファンサイトもすでにいくつかできていた。世界など滅んでしまえばいいと考える人間は常に一定数いるものだし、そうでなくても人々には退屈な日常を嫌い、どこかで災厄を望む心がある。

相葉の端整な顔立ちも、女性を中心に彼を称賛する声が多く上がる理由の一つなのだろう。自分も逮捕された後は、同じように屑《くず》どもに称賛されるのだろうか。自分たちがやったことは屑どもとは一切無関係だ。奴らからの称賛など自分は欲していない。自分が求めているのは、享楽に満ちた人生を歩んできた人間たちからの恐怖と憎悪の声だ。

門伝がいま眺めているのはインターネット上の掲示板だった。

自分たちがバイオテロの犠牲者に『なっていた』ことに驚き、戸惑い、恐怖し、そして怒る市民の生の声もつづられていた。次々とアップロードされるコメントに素早く目を通していく。

『毎日電車で通勤してるんだけど、何パーセントくらいの確率で感染してんのかな』

『マジ俺の人生オワタ。てか知らない間に終わってたわ』

『感染が分かったら早期退職して、老後のために貯金しといた金で遊びまくってやる』

『俺、四十歳まで生きられないじゃん』

『おっさんはまだいいだろ。あたしなんてどう考えても三十前で死ぬわ』

『今、感染していなくたって、いつ感染するか分かったもんじゃないよね』

『ヘルペスウイルスを治療する薬ってないの？』

『ないってテレビで言ってたわ』

『プリオン病のほうは？』

『ないよ。俺、製薬会社勤務だけど、ヘルペスよりもプリオン病の治療薬のほうが難しいだろうな』

『まじで犯人殺したいわ』

『どうせ死刑だろ』

『死刑になんの？』

『絞首刑では生ぬるい』

『プリオン病も治せるかもって、バイオベンチャーに詳しい連中が言ってるけど』

『まじかよ。怪しいな』

『ここを見てみろって』

　門伝は掲示板に表示されたリンク先をクリックした。上場しているバイオベンチャーの株式に関して議論するためのネット掲示板のようだ。

掲示板にはナチュリテックというバイオベンチャーが、プリオン病治療薬の開発に有望であると考えられる技術プラットホームを有していることが書いてあった。

治療薬の開発は、標的となるタンパクや細胞を用いた候補化合物の選定に始まり、実験動物を用いた前臨床試験を経て、臨床試験に移行する。

臨床試験ではまずヒトにおける安全性や、体の中でどのように分布し代謝されるかが調べられ、さらに少数の患者が参加する有効性試験で有効性が確認されれば、それを証明するための大規模な臨床試験がなされ、その結果に基づいて承認申請が行われ、厳格な審査の後に晴れて新薬として承認される。

しかし、開発される候補化合物のうち、実際に承認にこぎつけるのはごく一部だ。

そう簡単にプリオン病の治療薬が開発できるものか。

門伝は不確実な情報に希望を見出す素人どもの愚かさを嗤った。既に臨床試験に入っているのであればまだしも、いまだ候補化合物の選定段階では話にもならない。

掲示板でもその点を指摘する意見が散見された。ましてや、ナチュリテックは小さなバイオベンチャーだ。開発にかかる莫大な資金の調達先の有無を疑問視する声も上がっていた。

いずれにしても間に合うはずがない、と門伝は思った。

以前に相葉が、プリオン病治療薬を開発しているバイオベンチャーについて口にしていたことがあった。社名は失念したが、ナチュリテックだった気がする。

あの時、タンパク質工学の専門家である相葉は断じてくれたのだ。

「机上の空論に過ぎないね。同じくタンパクの凝集が原因と考えられるアルツハイマー病治療薬の開発は、莫大な研究資金が投じられているにもかかわらずなかなか進んでいないんだ」

タンパク質工学に関しては門外漢である門伝は、相葉の言葉を聞いてすっかり安心していた。

しかしひょっとしたら、最近なにかブレイクスルーになるような進展があったのかもしれない。

門伝はナチュリテックのウェブサイトを隅々まで読み、近年の進捗《しんちょく》状況を確認した。しかし、学会発表なども含め、プリオン病治療薬の研究活動そのものが活発ではないようだった。

技術をナチュリテックに供与し、社外取締役にもなっている円藤特任准教授のウェブサイトも確認した。東都大薬学部の教員らしいが、門伝は名前も聞いたことがなかった。任期付きの特任教員だ。知らないのも無理はない。

円藤が開発した技術は凝集した異常プリオンの立体構造を、これまでにない精度で解析することのできる画期的なもののようだった。その後の研究で、凝集を防ぐことのできる化合物を選び出すための理論も構築されていた。理論に関しては共同研究によって、比較的最近見いだされたもののようだ。

やはり理論に過ぎない。

門伝は口の端を歪めた。そもそも円藤たちの理論が正しい保証すらない。しかし、どこか落ち着かない気持ちになる。

本当に大丈夫なのだろうか。

自分たちが変容させた世界が、ナチュリテックの技術で蘇ってしまったりはしないだろうか。

相葉が横にいたら、門伝を安心させてくれたに違いない。

しかし相葉はいま警察に囚われている。もう門伝と顔を合わせることはないかもしれない。門伝が逮捕された後、法廷での陳述で顔を合わせる可能性は皆無ではないだろう。しかし、その時にするのが、ナチュリテックのプリオン病治療薬の開発成功率に関する話でないことだけは確かだ。

門伝は可能な限り自分が共犯者であることを隠し通し、自由の身で世界が変わりゆく様を見届けるつもりだった。首都圏を離れて姿をくらませると、却って警察に怪しまれると考えて普段と変わらない生活を続けていたが、そろそろ潮時なのかもしれない。

相葉は取り調べでボロをだしたり、故意に門伝の存在をばらしたりすることはないだろう。しかし警察は有能でずる賢く、組織力もある。

相葉がなにも言わずとも応用ウイルス学教室関係者を虱潰《しらみつぶ》しに当たり、門伝が共犯者であることを突き止めるのは時間の問題だ。逃げるのではなく、残された時間を有効に利用すべきだ。

門伝は円藤のウェブサイトをもう一度眺めた。経歴に目を通す。相葉と同じ北央大学出身。薬学部の円藤は、理学部だった相葉とは学部が違うが、生年は相葉と同じ。

いや、相葉は一浪したと言っていたから学年は円藤が一つ上か。

ネット上のやり取りを見る限り、円藤の研究は人々に一縷《いちる》の望みを与えているようだった。基礎段階の研究が実を結ぶとは到底思えなかったが、可能性が低いとはいえ結実するかもしれない花——いや、こういう場合は芽というのか——を摘み、わずかな懸念を消し去ると共に、人々の希望を根絶やしにしてしまうのも悪くない。

門伝はしばしのあいだ考え込んだ。結論に至るのに要した時間は短かった。

殺してしまおう。

円藤がどこか馴染みのない国立研究機関にでも勤務していれば、殺害の難易度が遥かに高くなっていただろう。しかし、幸いなことに彼の勤務先は勝手知ったる東都大だ。薬学部にもセミナー等で何度も足を運んだことがある。円藤のいる新研究棟には門伝のカードキーで入ることができる。

考えれば考えるほど、円藤が東都大学に勤務していることが、天啓以外のなにものでもないような気がしてきた。

残された時間の有効な使い方は円藤の殺害だ。

門伝は、財布にしまってある鍵を使ってデスクの引き出しを開けた。まずスタンガンを取り出す。電流値の大きな、危険なものだった。普通のスタンガンでは人を気絶させることは難しいが、これなら当てる場所によっては気絶させることも可能だ。むしろ相手の命を奪ってしまうことさえあるが、今回はまったく問題がない。

門伝は次にコンバットナイフを取り出し、鞘《さや》から刀身を引き抜いた。門伝の意思に応えるかのように、黒い刀身についた細い刃が冷たい光を返した。

同日　午後四時十二分　下谷署

相葉と母親の、ナチュリテック株の保有に関する調査結果が報告された。

相葉はナチュリテック株を保有していなかったが、母親は大量に保有していた。認知能力が低下した母親に相葉が買わせたものであると推測できたが、相葉はその点については認めなかった。

また、介護施設の職員からは、病状が悪化する前の母親が『プリオン病はアルツハイマーと似た病気だから、自分の治療にも役立つかもしれないと思ってナチュリテックの株を買った』と言っていたという証言も得られていた。

そんな判断が素人である相葉の母親にできるのか。極めて怪しいところではあったが、まずは相葉の母親がナチュリテック株を大量に保有している事実は確認された。この件は今後、捜査二課と証券取引等監視委員会が引き続き調査を続けることになる。

「とりあえず、これだけ情報が揃えばいいかな」鎌木は円藤に電話をかけて、再び面会のアポイントをとった。

電話でのやり取りを聞いていると、どういう要件かを訊ねる円藤に、鎌木は色々相談させていただきたいことがある、とだけ言ってはぐらかしているようだった。東都大学にいるという円藤のもとを訪れる許可を、鎌木は半ば強引に勝ち取ったようだった。

円藤の研究室に到着した時には午後五時を回っていた。円藤が主宰する神経変性病研究室は産学連携研究棟にあった。研究室はガラス張りの壁が多い、開放感のある造りになっていた。円藤の居室も隣接する壁はすべてガラス製だ。建設されたばかりの研究棟で、まだ空き部屋が多いようだった。

円藤の居室に入るなり、鎌木が興奮を隠さずに訊ねた。「いやあ。ずいぶん垢抜《あかぬ》けた研究室なんですねえ。近未来的で格好いいですけど、こんなにスケスケでは落ち着かないんじゃないですか？」

「この方が学生やスタッフの動きが把握できていいんです。別に監視しているわけじゃなくて、風通しの良い環境を目指しています。みんな伸び伸びとやってくれています。今日は日曜なのでもうほとんど残っていませんが。残っているスタッフにもこれが終わったら急いで帰るように言わないと」

「関係が良好なことは学生さんたちの気持ちの良い挨拶で分かりました。ガラス張りの信頼関係。いいですねえ。憧れます」

円藤は笑いながらそう言う鎌木に応接セットに座るよう勧めたが、その表情はどこか曇っていた。鎌木が笑顔とは裏腹に発している、獲物を狙うカマキリのような雰囲気を察しているのだろうか。

二人は円藤に勧められるままに、シンプルでスタイリッシュなソファーに腰を下ろした。座り心地はいま一つといったところだ。

「で、今日はどういうご用件で？」

向かいに座った円藤に、鎌木は芝居がかった仕草で身を大きく乗り出して訊ねた。

「円藤先生、私たちになにか隠し事をしていませんかね？」

「隠し事？」

「ええ。相葉のことでなにか大事なことを秘密にされていないかなあ、と思いまして」

円藤はゆっくりと首を振ってから、ため息をついた。

「別に隠していた訳ではないのですが」

「初めにお会いした時に、教えてくだされば良かったのに。秘密にするなんて怪しいじゃないですか」

「それはですね……」円藤が眉間に皺を寄せた。「私はナチュリテックの社外取締役を務めています。相葉と私が知り合いだったことがマスコミに騒がれれば、会社に損失を与えてしまう懸念がありました。それで先に会社に説明しようと思い、あの時はお話ししませんでした」

「なるほど。事情は一応理解しました」

「会社も警察に協力する方針ですが、私と相葉のことは差し当たって内密にして欲しいとのことです」

鎌木が少し意地の悪い顔をする。「でもねえ。マスコミはすぐに嗅ぎ付けますよ」

「ええ、ですからこの件は準備ができ次第、ナチュリテック側からプレスリリースさせてもらおうかと思います」

「それが宜しいかと」鎌木は頷いた。「ところで、相葉とはどういうご関係だったのでしょう？」

円藤は皮肉っぽい表情を浮かべた。「もう調べてあるのでしょう？」

「はい」鎌木が涼しい顔で頷く。「でも確認も兼ねて、ご説明頂ければ幸いです」

円藤はもう一度ため息をついた。「私が大学二年で学祭の実行委員長をやっていた時に、相葉が一年で入ってきました。彼は一浪していたので年齢は私と一緒でしたが」

「相葉はどういうポジションだったんですか？」

「広報部です」

「相葉にはどんな印象を持っていましたか？」

「優秀で精力的に働いてくれましたよ」

「人間関係でトラブルなどは？」

「とくにありませんよ。いい奴でした」

そうだろう、とでも言いたげな表情で鎌木はゆっくりと三回頷いた。そして、腕組みをして挑戦的なまなざしを円藤に向けた。「優秀でいい奴だった相葉が、今回のような前代未聞のバイオテロ事件を起こしたと聞いてどう感じました？」

「初めにニュースで知った時は……」

鎌木が手を挙げて円藤の次の言葉を遮った。「あの真面目な男がこんな大変な事件を起こしたなんて信じられない、なんていうワイドショーで取材される近隣住民みたいなコメントはやめてくださいね」

笑顔を浮かべる鎌木とは対照的に、円藤の表情がみるみるうちに険しくなった。

「なにが言いたいんです？」

鎌木も真顔になって訊ねた。「前代未聞のバイオテロが起きたことに対する先生の感想をお聞かせ願えればと。特に犯行の動機についてコメントがあればお教えください」

「いや、大変なことをやったとしか……」円藤の顔には明確な苦悩が浮かんでいた。苦悩。

円藤の顔に浮かんでいるのは苦悩だった。動揺や恐怖ではない。もし事件がナチュリテックの株価つり上げを狙ったもので、円藤がその共犯なのであればこんな風に苦悩の表情を浮かべるはずがない。

鎌木が小さくため息をついた。「そうですか。先生も私と同じでひょっとしたら、いやまさかな、という感じなのではないでしょうかねえ」

「いや」迷いを振り払うかのように円藤はかぶりを振った。「何を仰っておられるのか私にはさっぱり……」

「言ったところで、先生は認めてくれないでしょう。ま、こっちも具体的な証拠があるわけではないんです。今のところは、ですが」

円藤は厳しい視線を鎌木に向け続けていた。その眼差しは追い詰められて、なにかを必死に守ろうとしている野生動物を桐生に思い起こさせた。

鎌木が最後に円藤に訊ねた。

「先生はどうしてプリオン病の研究をされておられるのでしょう？」

円藤はさらに表情を険しくした。

「妻が遺伝性プリオン病の保因者なのです。二人の娘にも変異型プリオン遺伝子が引き継がれています」

同日　午後五時十分　東都大学構内

ナイフとスタンガンをバックパックに入れ、東京メトロ東西線行徳駅から電車に乗った門伝が、大手町経由で本郷の東都大学に到着したのは午後五時過ぎだった。

――俺はこれから人を殺す。怖くはないか――

門伝は大学構内をゆっくりと歩きながら自らに問いかけた。

怖くはなかった。そして、不思議なことに緊張も高揚も感じられなかった。そして
それが良いことなのかどうかも、門伝には分からなかった。

緊張と恐怖でガチガチになるよりマシだとは思う。あまり様子がおかしいと、構内

にいるかもしれない警察官に見咎められてしまう危険がある。極度の高揚も考えものだ。細かいところに目が届かなくなる。

プロの殺し屋のように、平常心で為すべきことを為すのが一番だ、と門伝は思った。俺にそれができるかは分からないが。

訓練は積んできた。

数カ月に一度、夜の街に繰り出して腕の立ちそうな相手にちょっかいをだして喧嘩を売らせた。もちろん負けることもあったが、経験を積んでいくうちに自信と度胸がついた。倒した相手は最後に喉元に握りしめた拳を当てて、ナイフで首をかき切って命を絶つことをイメージした。

それでも実際に人をこの手で殺《あや》めたことはない。

動物実験では実験動物の命を奪う。ガイドラインにのっとって安楽死させるわけだが、麻酔下で意識を失わせた後で、腋《わき》の下の血管を切断したり、頸椎を脱臼させたりして絶命させることになる。門伝は動物実験で無数のマウスやラット、時にはウサギの命を奪ってきた。

学生実験で初めてマウスを殺した時のことは忘れられない。それ以前も、釣った魚を活き締めにして食べたことが何度もあった。それと同じようなものだと思っていた。大したことはないと。どちらも小さな生き物だ。いや、食用に締めたことのある魚のほうがマウスよりも大きかった。

しかし、実際にマウスを安楽死させることで、魚と哺乳類では殺す時の感覚が全く違うことを知った。

一つは体温だ。ヒトも恒温動物であるため、生きているうちは温かい。死によって体温が失われていく過程は魚ではみられないものだ。

もう一つは呼吸だった。魚も鰓蓋《えらぶた》を動かして呼吸しているが、呼吸に応じて胸部が動くことはない。

それまで全く意識していなかったが、殺めた瞬間、マウスは魚と比べるとヒトにとても似ていることを門伝は悟った。

一匹の小さなマウスを殺める行為に、門伝は衝撃を受け、実験中に嘔吐してしまった。

学科の仲間は、気遣いをみせながらも、同時に門伝のことを笑っていた。

実験を指導していた准教授が笑顔で言った。「ずいぶんとナイーブなんだな。でも、実験動物の命を尊ぶのは大切なことだ」

門伝はそれが悔しくて、研究室に所属してからは多くの動物実験に積極的に参加した。

今ではなにも感じずに動物を殺すことができる。動物を安楽死させる実験には、たとえ自分が関係なくても手伝いを申し出た。

そもそも自分はマトリョーシカによって、既に莫大な数の人間の命を「刈り取って」いる。

今更、一人の人間を殺めることに恐れなど感じるはずはない。

門伝は自分にそう言い聞かせた。言い聞かせなければならなかったことに気づき、そんな自分を嗤ったが、そうすることで少し余裕が生まれた気もした。

門伝は、大学構内のトイレでバックパックから取り出したナイフを腰のベルトに装着した。サマージャケットの下に手を滑り込ませて握りしめる。

その硬く、重い感触が門伝を落ち着かせた。

同日　同時刻　東都大学構内

円藤との面会を終えた桐生と鎌木は、橙色《だいだい》を僅かに帯び始めた光の中を駐車場に停めた車へと向かっていた。古いレンガ造りの建物は、ヨーロッパの街並みを思い起こさせた。伝統ある日本の最高学府たる東都大学も、今回の事件で大きな打撃を受けるはずだ。

円藤は結局、相葉の犯行動機についてなにも語らなかった。ただ、苦悩する表情からは、円藤はなにかを知っているという印象を受けた。

「どうして円藤先生に相葉の犯行動機を聞いたんですか。たしかになにかを隠している様子でしたが」

「カマをかけようとしただけさ」

「え？」

「円藤先生は、なにか隠してるね。それもかなり重要ななにかを。円藤先生は相葉の犯行動機を知っているか、心当たりがあるんだよ」

「相葉は浮かれた世の中に死の影をばら撒いて、人々を内省的にすることが目的だと言っていました」

「そんなの、信じられるかい？」

「しかし、殺人ウイルスを撒くような男のすることです。我々と思考回路が違っていても……」

「まあね。思考回路が違っていてもおかしくはない。でも異常なことをする犯人が根っこから異常だとは限らない」

「それはそうですが」

「異常な部分は、少ないほうが普通なんだ。殺人ウイルスをばら撒く動機は、相葉が語っていたようなものではないかもしれない。前に話したカマキリの交尾と一緒さ。雄が自ら食べられて雌のための栄養になるという話はショッキングで、かつもっともらしい。カマキリならそういうこともあるかもしれない、と人々は納得する。研究者までもがそう考えていたんだ。だけど調べてみたらそんなことはなかった。雄カマキリだって雌に食べられることを避けるんだ。もっともらしいストーリーは疑ってみる必要がある」

「じゃあ、もう少しあの場で円藤先生を追及すればよかったのでは。動揺してたじゃないですか」

「そうだね」鎌木は意地の悪そうな顔をして腕時計を見た。「でも相葉が犯行声明で言ってたじゃない。不安が安堵に変わったタイミングでの恐怖が、いちばん人に衝撃を与えるってさ。いま、円藤先生は僕たちが追及を行わずに去ったことで安心しているはずだ。というわけでそろそろいいかな」

桐生は呆れ顔を鎌木に向けた。「戻るんですか」

鎌木はにっこり微笑んだ。「ほら、先生の部屋の電気もまだ点いてる」

鎌木は五階建ての研究棟の最上階にある円藤の部屋を指さした。学生たちは、もう帰宅したらしく、ラボの灯りは消え、円藤の居室の電気だけがぽつんと灯っていた。

同日　午後五時二十一分　東都大学　産学連携研究棟

門伝は自分のカードキーを使って、円藤のいる研究棟に入った。できたばかりの建物で、まだ空き部屋が多い。加えて今は日曜日の夕方だ。外から灯りを確認した限り、ほとんど人が残っていないようだった。

逆に言えばカードキーを使用した人数が少ないため、円藤殺害後、残されたログから警察が自分にたどり着くのは容易なはずだ。入り口の監視カメラにも自分の姿は映っている。

構うものか、と門伝は思った。円藤さえ殺害してしまえばもうやることはない。

誰ともすれ違うことなくエレベーターホールにたどり着き、五階に停まっていたエレベーターを呼んだ。

同日　同時刻　産学連携研究棟五階　エレベーターホール

桐生と鎌木は、円藤の研究室を再訪する前に作戦を練った後、五階に戻った。

桐生たちが降りた時のまま五階に停止していたエレベーターが、一階に向かって降りて行き、再び上昇を始めた。

「というわけで、僕が追及の手を強めるから、君が僕をなだめながら優しく円藤先生に色々訊いてくれ。硬軟とりまぜて先生を揺さぶるんだ」

桐生は頷いた。使い古された戦術だが、その有効性は折り紙付きだ。

二人が円藤の居室に向かおうとしたその時、一階から昇ってきたエレベーターの扉が開いた。

エレベーターの中にいるのは研究員と思しきサマージャケット姿の男性だった。年齢は桐生よりも少し上、三十代前半だろう。色白で目鼻立ちが比較的はっきりしている。身長は一八〇センチ以上あるだろう。優男風《やさおとこ》であるために圧迫感はないが、よく見るとがっしりとした体つきをしていた。

男性は桐生たちを見て驚いている様子だった。エレベーターから降りずに、立ち尽くしている。

「どうしました？」鎌木が訊ねた。

「あ、いえ。どちらさまかと思いまして」

「警察です。円藤先生に用事がありましてね」

「警察……」男性の目元が微かに痙攣《けいれん》し、手がエレベーターのボタンに伸びた。逃げるのかと思い、桐生は体を強張らせたが、男性が手を伸ばしたのはドアを開けるボタンだったようで、ドアは開いたままだった。

「あなたは？」

「研究員です。円藤先生に共同研究の件でお話がありまして」

「共同研究。では円藤先生のところのスタッフではないんですか」

「ええ」男性はにっこり微笑んだ。

「円藤先生にアポイントメントはとってますか？」

「いいえ。外から見て灯りがついていましたので、直接来てしまいました。アポをとられているんですか？」

「さっきまでアポをもらってお話を伺っていたんですが、もう少し追加でお聞きしたいことがありましてね」

「なるほど。だったら私は出直してきますよ」

「すみませんねえ。円藤先生には伝えておきます。お名前は」

「医学研究科の佐藤《さとう》と言えば分かるはずです」

「佐藤さんね。わかりました」

男性は頭を下げた。「お願いします。終わったら連絡をくださるように、先生にお伝えください」

同日　同時刻　産学連携研究棟　エレベーター内

——畜生。なんで警察が円藤の研究室にいるんだ。

五階で降りることができなかった門伝は、扉が閉まると同時に、ボタンを連打してエレベーターを四階に停めた。

扉が開くと同時に一階のボタンを押した。先程の警官が、四階で門伝が降りたことを訝しんではいけない。エレベーターを飛び出し、階段を使って、全力で五階へと駆け上がる。

円藤に聞きたいことがあると言っていたから、警護ではない。それに警護ならもっとしっかり自分の身分を確認したはずだ。奴らは襲撃を予想していない。あの服装は刑事か。だとすれば銃は携行していない可能性が高い。

円藤は彼らから身に覚えのない共同研究者について告げられ、首を傾げるだろう。数の多い佐藤という名前が咄嗟《とっさ》に口から出たが、円藤の学内の共同研究者に佐藤という人物がいることはあまり期待できない。いたとしても警察との面談のあとで、円藤が連絡をとれば、やはり怪しまれるだろう。

このままでは、疑問を持った警察に入館ログや監視カメラの映像を調べられてしまう。そうなれば門伝の身元は特定される。今は逃げるべきではない。襲撃のチャンスは今しかない。

二人の警官が、円藤の居室に入ってしまっては厄介だ。なんとしてでもその前に二人を、まずは男のほうを片付けなければ。その後で女を始末して最後に円藤だ。

階段を駆け上った門伝は、廊下からは見えない防火扉の陰で耳を澄ませた。懐からスタンガンを取り出しておく。

左から二人分の足音が近づいてくる。

間に合った！　門伝は歓喜した。このまま通り過ぎるのを待ち、後ろからまずは男のほうを倒してやる。

コンコン、とドアをノックする音が聞こえてきた。すぐ左手からだ。

「こんばんは。円藤先生。ちょっと聞き逃してしまったことがありましてね。ちょっとだけいいですか」さきほどの男性警官の声が廊下に響いた。

しまった、と門伝は心中で舌打ちした。円藤の部屋の位置は把握していたつもりだったが、階段を上る途中で方向感覚が狂ってしまったようだ。奴らは既に円藤の部屋の前に立っている。部屋の位置を勘違いしていた。

どうする、一度やり過ごすか。

いや駄目だ、と素早く判断する。今を逃せば恐らくチャンスは二度とない。決行しようがすまいが、いずれにしても自分は間もなく逮捕されるだろう。

門伝は意を決してスタンガンの通電ボタンに親指を添え、静かに廊下に出た。

警察の男はこちらに背を向けている。が、女のほうと目が合ってしまう。女はこちらを見て不思議そうな顔をする。まだ襲撃には気が付いていない。女に笑みを浮かべて会釈をし、そのまま男に近寄る。男まではほんの三メートル。会釈を返しかけた女が、門伝が手にしているスタンガンに気付く。女がなにかを叫ぼうとした時には、門伝は男の首筋にスタンガンを当てて、ボタンを押し込んでいた。

同日　同時刻　円藤准教授居室前

桐生はさきほどの研究員が陰から姿を現すのを、不思議な思いで眺めていた。いちど帰ったのではなかったのか。目が合った彼は笑顔を浮かべ、会釈をしながら近寄ってきた。会釈を返そうと思った桐生の網膜に、彼の左手に握られた物体が像を結んだ。

スタンガン。

鎌木に警告を発そうとして息を吸い込んだ時には、スタンガンは背後から鎌木の首に押し当てられていた。鎌木は体を大きく仰《の》け反《ぞ》らせ、声も上げずに倒れた。

男はスタンガンを構え、悪鬼のような笑いを顔面に貼り付けて、こちらに近寄ってくる。

桐生は咄嗟の判断で、持っていた鞄を両手で楯《たて》のように突き出した。

「円藤先生！　扉を閉めて鍵をかけて警察に連絡を！」

円藤は一瞬だけ逡巡する様子をみせたが、扉を素早く閉めて鍵をかけた。

それでいい。

男は一度、室内の円藤を睨みつけたが、すぐにこちらに向き直り、見せつけるようにスタンガンを放電させた。鎌木はピクリとも動かない。

桐生は研修でスタンガンの電撃を受けたことがある。凄まじい痛みとともにしばらくの間動けなくなったが、意識を失うようなことはなかった。体も少しは動かすことができた。男が手にしているスタンガンはよりエネルギーの強い、危険なものである可能性がある。

状況から考えて、男のターゲットは円藤だ。鎌木と桐生は襲撃を受ける理由がない。

この男が自分たちの追い求めていた相葉の共犯者だと、桐生は確信した。

男は円藤を殺害し、プリオン病の治療薬の開発を阻止するつもりなのだろう。円藤への襲撃を想定しておくべきだったが、今は悔やんでも仕方がない。

男の表情は雄弁に物語っていた。

――お前を片付けた後で、ガラスを破って部屋に侵入することは容易《たやす》い。

男が鎌木を先に襲ったのは、自分が女だからだろう。

犯人は判断を誤った、と桐生は思った。少なくとも鎌木よりは桐生のほうが腕は立つ。桐生が先にやられていたら、鎌木は手もなく倒されていただろう。

出会って間もなく、ポンペ病のことを打ち明けた時に鎌木が口にした言葉を思い出す。

――君にしかできないことがきっとある。

今がその時なのかもしれない。自分が女性だから最初の攻撃を免れることができた。ポンペ病と診断されてから本格的な空手は止めたが、護身術などの鍛錬《たんれん》は怠らずにきた。そして刑事を志したからこそ、自分はいまここで犯人と対峙《たいじ》している。自分はこの男を打ち倒すことが可能なはずだ。

桐生は心許ない鞄を楯に、少し間合いをとった。男はじりじりと近づいてきて、攻撃のチャンスを窺っていた。男が大胆に攻撃してくれれば、スタンガンを叩き落とす自信があった。

しかし、男は慎重だった。

円藤が固定電話の受話器を上げて通話していた。警察だろう。男はそれを一瞥してなお、一切の動揺をみせなかった。

手ごわい相手だと桐生は思った。増援が駆け付ける可能性を考慮してなお焦りをみせない。彼は知っているのだ。増援が駆け付けるには、東都大学構内を巡回している警察官がいたとしても、十分以上かかることを。

男は逃亡など頭にないようだ。円藤の殺害という目的さえ達成すればあとはどうでもいいのだ。

円藤が殺されれば、マトリョーシカに感染した人々を救う最後の希望が絶たれてしまう。人々の希望は自分に委ねられている。

「武器を捨てなさい！　既に増援が向かっている。お前はもう逃げられない」

男に逃げる気がないことを知りながら、桐生は腹に力を入れて叫んだ。

なんでもいい。少しでも時間稼ぎがしたい。今の状況では、こちらから攻撃を仕掛けるのは愚策だ。

「逃げようなんて思っていない。俺もマトリョーシカに感染しているんだ。怒り狂った大衆になぶり殺しにされるくらいなら、そろそろ警察に捕まって保護してもらったほうがいいしな」

「なら保護する。もう一度言う。武器を捨てなさい！」

桐生は警告したが男は耳を貸さなかった。

男は狂犬のような表情で叫んだ。

「増援がくるにはまだ時間がかかる。あんたを始末して、円藤を殺すには十分な時間がある」

「なぜ先生を狙う。プリオン病治療薬の完成を阻止するためか」

男は小馬鹿にしたような笑いを浮かべた。

「治療薬など机上の空論にすぎないさ」

「だったらどうして」

「そこに希望を見出す人間もいるからだ。それを叩き潰す」

「それだけのために、人を殺めるのか！」

男は楽しそうに首を左右に振った。

「暴力に理屈はいらないんだよ。そこが素晴らしい。だからこそ社会は暴力を理屈で縛ろうとする。しかし、俺のように社会からの逸脱を決めてしまえば、暴力は本来のシンプルさを取り戻す。マトリョーシカもそうだ。俺は世界を破滅させる力を手に入れた。理屈も理解も必要ない。俺が使いたいから使うんだ」

男は血走った目で叫んだ。

研究規制は性善説に基づいて行われているようだ。しかし核ミサイルの発射ボタンを性善説に基づいて誰彼ともなく委ねることには、多くの人が反対するに違いない。

ガラス越しに、円藤がビニール傘を手にしてこちらを窺っていた。

桐生は首を振って円藤を制した。駄目です。あなたがやられれば希望の光が断たれてしまう。

少しでも円藤から男を引き離すべく、桐生はさらに後ろに下がった。

しかし、男はこちらの腹の内を知ってかニヤリと笑い、ゆっくりと後ろに下がり始めた。

桐生は心中で舌打ちをして、鞄を構えたまま前進を始めた。やはりそう簡単にはいかないか。

男は倒れている鎌木のところまで下がると、こちらに挑発的な笑いを向けてきた。

いけない、と桐生が思った時には、男は鎌木の腹を思い切り踏みつけていた。意識を失っている鎌木は、声一つ上げなかった。

「死んだかな?」男は顎を上げて挑発的に言った。「念のため頭も潰しておくか」

男は位置を変え、鎌木の頭の上で、見せつけるようにゆっくりと足を大きく上げた。

だめだ!

罠だと警告する冷静さは、激情に駆られて気化した。楯にしていた鞄を男に投げつけ、桐生は床を蹴った。

投げつけた鞄は男に容易く撥《は》ねのけられてしまう。しかし男も鎌木を踏みつける動作を中断しなければならなかった。

男はスタンガンを持つ左手を後ろに下げた。右手で桐生を捕まえてから、押し当てるつもりなのだろう。

体幹に電撃を受けるわけにはいかない。相手の腕を取ろうとするのは下策だ。

咄嗟にそう判断した桐生は、相手の懐に飛び込むそぶりを見せてから左足に力を入れた。

上体を跳ね起こして右足を上げ、男の鳩尾《みぞおち》めがけて前蹴りを繰り出す。男の血走った目が見開かれ、右手が桐生の右足をとらえようと動く。

その瞬間、空手選手だった時代に、試合中なんども経験した懐かしい感覚に包まれていることに気付いた。

自分と男の動きを、全て把握することができている。

人によってはスローモーションと表現するが、時の流れが遅くなっているわけではない。感覚が加速されているのだ。スポーツ選手や格闘家はこの状態を「ゾーンに入った」と表現する。

歯をむき出した男の眼は血走り、端整だった顔立ちは怒りで歪んでいた。人は怒りで鬼になるのだ、と桐生は男を少しだけ哀れんだ。

緊張は消え去っていた。桐生はそのまま脚を伸ばし、つま先が男の鳩尾に沈み込む感触を、安堵と共に知覚していた。


　円藤の連絡に応じて警察官が駆け付けた時には、男は桐生と加勢した円藤、そして意識を取り戻した鎌木の三人によって完全に取り押さえられていた。

男は色々な悪言を喚《わめ》き散らして抵抗していたが、手錠をかけられると観念したのか大人しくなり、研究棟の脇につけられたパトカーへと連行されていった。

「手もなくやられてしまって面目ない」男を見送った後で、鎌木は首の後ろをさすりながら言った。


　桐生は笑いながら首を振った。「いいえ。鎌木さんがおとりになってくれたから、なんとかあいつを倒せたんです。私が先にやられていたらどうなっていたことか」

鎌木は苦笑いして肩を落とした。「情けない話だけど認めざるをえないな。僕じゃあの男を倒せなかった」

「鎌木さんが戻ろうと言わなければ、あの男と遭遇することもありませんでした。見事なおとりとして機能したことも含めて、鎌木さんのお手柄です」

「なんか嫌味に聞こえるなあ」と言って鎌木は頭を掻いた。

円藤が不思議そうな顔をした。「ところでどうして戻ってこられたんですか？」

鎌木が慌てた様子で作り笑いを浮かべた。「いやあ、ちょっと胸騒ぎがしたんですよ。

刑事の勘という奴です」

円藤は納得のいかない様子だったが、鎌木は強引に取り繕って研究室を後にした。

円藤には念のため、身辺警護が付くことになった。


だいぶ暗くなった大学構内を、鎌木と並んで車へ向かう。円藤の通報でパトカーが駆け付けた時には騒然としていた構内だったが、既に落ち着きを取り戻しつつあった。

桐生は横を歩く鎌木に言った。

「結局、円藤先生の追加聴取はできませんでしたね」

「まあ、仕方がないよ。いくらなんでも命を狙われたあとで、追い込みをかけるわけにはいかないしねえ」

「報告書には鎌木さんが、共犯者の襲撃の可能性に気付いて引き返したと記載してもいいですよ」

鎌木は意外そうな顔をした。「どうして？」

「偶然戻ったところを手もなくスタンガンでやられてしまったのでは、鎌木さんのお手柄がないじゃないですか。円藤先生にもそう話してありますし、言わなければ絶対にバレないですよ」

鎌木は心底楽しそうに笑った。「気遣いには感謝する。けどね、良いおとりになったという事実は気に入っているんだ。報告書にはそのまま書こう。嘘を書くわけにはいかない」

「ならいいのですが」桐生は笑顔で答えた。

車で下谷署に向かう途中で、スマホを操作していた鎌木が行先変更を告げた。

相葉の北央大学時代の友人二名にアポイントメントが取れたので、これから八丁堀《はっちょうぼり》と辰巳《たつみ》を回るらしい。

「変わった奴でした。でも周りとトラブルになるようなことはなかった。卒業後になにがあったのか知りませんが、少なくとも学生時代はあんな鬱屈した奴じゃなかったのに」

面会場所に八丁堀駅近くの喫茶店を指定した岩崎啓太《いわさきけいた》は、コーヒーに口をつけずに淡々とした口調で語った。彼は北央大学生物学科で相葉と同期だった。大学卒業後は製薬会社のＭＲ（営業担当）として勤務し、同僚でもある妻と一人息子と共に八丁堀のマンションで暮らしている。学生時代の親友が大事件を起こしたことをどう感じているのか、その表情から読み取ることはできなかった。

「変わったところといいますと」鎌木が岩崎に訊ねた。

「孤独を好むところがありましたね。一人で自転車に小さなテントを積んで山に出かけていました。アウトドアサークルに入ればいいのに、と言ったこともあったんですけど、独りがいいとのことでした。野鳥が好きだと言っていましたが、野鳥の会にも入っていませんでした」

「相葉は大学祭の実行委員だったんですよね」

この後、大学祭の実行委員だった女性と、辰巳で会うことになっていた。

「ええ。入学後しばらくはなにもしてなかったんですけど、最初のゴールデンウィークの後で突然、実行委員会に入ったんです。正直いって驚きました」

「どうしてです」

「大学祭なんかくだらないと言いそうなタイプだったものですから。実際、お祭りみたいなイベントは好きじゃなかったはずです」

「じゃあどうして実行委員に？」

「分かりません。驚いて理由を聞いたんですけど、なんとなくやってみたくなったの一点張りでしたから」

「なるほど」鎌木は頷いた。「岩崎さんは円藤渚さんのことをご存知ですか？」

「大学祭の実行委員長だった人ですよね。名前は知っているし、相葉と一緒にいる時に大学構内で会って少しだけ話したこともあります。面識があるというほどではありませんが」

「円藤さんは相葉と仲が良かったんでしょうか」

「相葉は実行委員のことはあまり話しませんでした。まあ、私が大学祭にまったく興味がなかったというのもありますが、相葉も生物学科の友人と、実行委員の友人ははっきり分けて付き合っているようでしたから。でもなんどか構内で一緒にいるのを見た限りでは、仲は良さそうでしたよ。相葉は浪人していて、円藤さんは現役だから同い年の先輩だったと聞いたことがあります」

「なるほど。他に相葉について印象に残っていることがあったら、どんなことでもいいので教えてください」

そうだなあ、と言って岩崎は頬に右手を当てた。

「一時期、講義を休みがちなことがありました。電話にも出なかったんで、心配してあいつのアパートに会いに行ったら、ずいぶん荒れていたんです」

「荒れていた？」

「ええ」岩崎は腕を組んだ。「アパートに行くと、髭も剃《そ》らず、しばらく風呂にも入っていない様子の相葉が出てきたんです。大学を辞めるかもしれないとその時は言っていました。理由は教えてくれませんでしたが、そのうちまた大学に出てくるようになって、その後は順調に単位を取って卒業しました」

手帳にメモをとっていた鎌木が、顔を上げて訊ねた。

「それはいつごろですか？」

「大学一年の冬だったはずです。いや、間違いないですね。相葉が大学祭の実行委員を辞めた後だったから」

「どうして辞めたんですかね」

「北央大の実行委員は半分くらいが一年で辞めるんです。熱心な人だけが二年でも残る感じで。相葉が辞めた理由は聞いていませんけど、特になにかあったわけじゃないんじゃないかな。単に残るほどの情熱がなかったんでしょう」

「荒れていた時期になにがあったのか、想像もできませんか。例えば付き合ってた彼女にフラれたとか」

岩崎は首を振った。「それはないと思います。あいつ本当に女っ気がなかったんですから。まあ学生時代は私もそうでしたけど、そういうことがあれば気付いたと思います」

「ほかになにか印象に残っていることはありませんか？」

岩崎の表情がそこで曇った。少し迷うような素振りを見せた後で、意を決したように話し始めた。

「あいつははじめ鳥の生態を研究したいと言っていたんです。ところがタンパク質工学に興味を持ったと突然言い出して、私と同じタンパク質工学の研究室に入りました」

「鳥の生態学とタンパク質工学では分野が全然違いますよねえ。どうしてまた」

「鳥の生態研究ではやはり食べていけないと思い直したとのことでした。でも、それは最初から分かってたはずです。鳥の研究なんかしてたら就職が厳しいぞと茶化す私に、あいつは公務員試験でも受けるからいいと言ってたんですから」岩崎はそこで色が変わるほど強く唇を噛んだ。「あの時、私があんなことを言わなければ」

「どういうことです？」

「相葉がどうして鳥の研究を諦めたのか、本当のところは分かりません」岩崎は悔しさを滲ませた。「でも、あのまま鳥の研究をしていれば、今回のバイオテロは起きなかったのではないかと思うんです」

鎌木は首を振った。「テロを起こしたのは相葉です。岩崎さんはこれっぽっちも悪くないですよ。そんな風にお考えにならないほうがいい」

「私には一人息子がいます」岩崎は俯き、絞り出すように言った。「ヘルペスに罹ったことがあります。妻が日記で確認しました」

「いや、でもそれがマトリョーシカかどうかはまだ……」

「ええ。まだ分かりません。でも、時期は一致しています。やがて検査が始まるでしょうが、検査を受けさせるかどうか悩みます。マトリョーシカに感染していたら、十年以内に死んでしまう。そんな事実が受け入れられますか。治療法がないなら、せめて感染していない可能性に賭《か》けて、前向きに生きるほうがいい」

桐生は岩崎にかける言葉がなかった。マトリョーシカは大人の命も奪うが、愛する子供が、親よりもずっと短くその人生を終えることが分かったとしたら……。

「相葉は容疑を認めているんですよね？」岩崎の目は、いつの間にか赤みを帯びていた。

鎌木は頷いた。「報道の通りです」

「享楽に満ちた世を内省的なものに変える？　大人はともかく子供が毎日をただ楽しく過ごしてなにが悪い！」

叫ぶように言って、岩崎は拳でテーブルを叩いた。

奥に引っ込んでいた店主が顔を覗かせ、訝しげな視線を送ってきた。桐生は店主に頭を下げた。閉店時間が迫った喫茶店には、他に客がいないのが幸いだった。

岩崎は怒りを押し殺した声で言った。

「相葉がバイオテロを起こしたのはどうやら間違いないようです。報道ではまだ伝えられていない情報を知ることができるかと思ってお会いしたのですが、事件が報道の通りだとすると、私の望みは一つだ。相葉に極刑が下されるように、全力を尽くしてください。そのための協力は惜しみません」

話が聞けることになった相葉のもう一人の友人、謝花恵《じゃはなめぐみ》は北央大学法学部出身の弁護士だった。辰巳駅から少し離れた彼女の自宅マンション近くには、適当な面会場所がなかったため、話は車内で聞くことになった。

桐生は運転席にそのまま座り、鎌木が後部座席で謝花と並んで話を聞いていた。人権派の弁護士として、業界では少し名の知れた人物らしい。小柄だが、警察車両の中でも動じずに落ち着いて話す姿から、その実力が窺い知れた。

鎌木は既に謝花からみた相葉の印象について質問を終えていた。岩崎と同じく、学生時代の相葉の印象は、あんな大それたテロを起こす人物とはかけ離れたものだったらしい。

謝花は相葉の学生時代の様々なエピソードを事細かに覚えていた。話を聞く限り、学生時代の相葉は、テロとは縁遠い人物であるように思われた。卒業後になにかが相葉をかえたのだろうか。だとすれば、学生時代の友人に話を聞いてもあまり意味がないことになるが……。

鎌木が訊ねた。「相葉が実行委員会に入ってきたのは大学一年の五月。連休明けだったそうですね」

「ええ。よく覚えています。私も入学直後ではなくて、四月の中旬に実行委員になりました。自分より後に入ってきた新入生がいたので驚きました」

「相葉はどうして実行委員になったのでしょう」

「やることがなくて、暇だったからと聞いていますけど……」それまで淀《よど》みなく話していた謝花の口調に、わずかな変化が感じられた。

「けど？」鎌木も気づいたらしく、首を傾げて続きを促す。

「いえ。暇だったんだと思います」

バックミラー越しに鎌木と目が合った。納得していない様子だ。

「謝花先生はどうして実行委員に？　あれって入学後すぐにオリエンテーションに実行委員がやってきて募集するんじゃないんですか。僕の出身大学ではそうでした」

「ええ。北央大もそうでした」

「最初は実行委員にならなかったのに、途中から入ったのはどうしてです？」

「それは……」謝花はまたしても言い淀んだ。「ごめんなさい、ちょっと思い出せません。一通りサークル見学をして、合うところがなかったからだったような気がしますが……」

再び鎌木と目が合った。謝花は自分が実行委員になった理由を隠しているようだ。相葉が実行委員になった理由も隠している可能性がある。

桐生の大学でもそうだったが、大学祭の実行委員は、オリエンテーションの時に募集され、その時に何人かが手を挙げる。しかし、部活やサークルの勧誘が本格化し、新生活が始まると実行委員は徐々に人数を減らしていくという印象だった。途中から入る人間は多くない。途中から入ったのには、なにか理由があるはずだ。

実行委員会における相葉の働きぶりや人柄について細かく覚えていた謝花が、自分が実行委員になった理由を覚えていないのは不自然だった。しかし、そんなことを隠す理由が全く分からない。

鎌木が切り口を変えて質問を続けた。

「実行委員長の円藤渚さんのことはご存知ですよね」

「もちろん」

「彼は今、東都大学で特任准教授をしています。ナチュリテックというバイオベンチャーにプリオン病治療薬開発のためのノウハウを提供し、社外取締役も務めています」

「ええ」

「ご存じで？」

「噂は耳にしていました。研究者として活躍しておられると」

「円藤先生は、学生時代から研究者志望だったんですか？」

「はい。円藤さんは薬学部でしたが、薬剤師として調剤をするのではなく、新薬の開発に携わりたいと当時から言っていました」

「どんな新薬を開発したいと？」

「それは分かりません。専門的なことは、たぶん聞いても分からなかったと思います」

「そうですか」鎌木は腕組みをして意味ありげに頷いた。「いやね、謝花先生。私はプリオン病治療薬研究の第一人者と、プリオンを利用したバイオテロ犯が学生時代の知り合いだなんていうのは、どうも話ができすぎな気がするんです」

「確かに数奇な巡りあわせだとは思いますけれど……」

「偶然じゃないとしたらどうでしょうか」鎌木は眼を細めた。

「偶然ではない？」

「ええ」鎌木は人差し指を立てた。「仮に二人が示し合わせた上で、テロを起こしたとしましょう。円藤先生はナチュリテック株の暴騰で莫大な利益を得ることができる。詳細は申し上げられませんが、相葉もナチュリテック株で、間接的にですが利益を上げることができるはずなんです」

　鎌木はアルツハイマー病で施設に入っている、相葉の母親保有のナチュリテック株のことを言っていた。しかし、その可能性については既に考えたではないか。相葉が逮捕され、死刑になることを考えれば全く割に合わない。

「今回のテロは大量殺人未遂事件であると共に、経済事件だというんですか」険しかった謝花の表情が、なぜか少し和らいだ気がした。「でも、相葉君は殺人未遂でも極刑に処される可能性が極めて高いのです。自分にとって利益のない犯罪に手を染めたことになりますが」

「さすがは弁護士先生。相葉の犯した罪が殺人未遂であることも、未遂だからといって減刑されず、最高刑である死刑になる可能性が高いことも理解しておられる」

「前例はありませんが、そうなるでしょうね」

「ご友人として、どう思われますか？」

「私は死刑制度には反対の立場です。誰であれ、個人の命が国家によって奪われることには反対です」

謝花はきっぱりと言った。

「これから数十万人の命を奪う、大量虐殺の犯人でもですか」

「そうです。命を奪うことで、罪を償わせるという発想自体が間違っているんですから」

鎌木は小さくため息をついた。「これから相葉は起訴されて、死刑が求刑されることになるでしょう。彼から要請があったら弁護を引き受けるおつもりは？」

「もちろんあります。私は誰であれ、救いを求める人の弁護を断ったことはありません」

「相葉は今回の件で、とんでもない数の人から恨みを買っているはずです。弁護するあなたの身の安全も保証できません。実際、相葉の移送時に起こるかもしれない市民による襲撃に、警備部が頭を悩ませているくらいですから」

謝花は背筋を伸ばし、鎌木を睨むようにして言った。

「それは警察の言うことではありませんね。要請があれば私の警護を約束するのが、あなたたちの務めのはずです」

謝花との面会を終え、下谷署への帰路についたのは午後十時すぎだった。

鎌木は例によって助手席に座るなり、シートを倒してスマホを弄り始めた。いつもなら少々苛立ちを感じるところだが、今日はそうではない。

「体は大丈夫ですか？」

「うん。押すと痛むけど、病院に行く必要はなさそうだ。自分で言うのもなんだけど、弱いのか強いのか分からない」

「鈍感なんじゃないですか」

「それじゃどうにも救いがない」鎌木は苦笑した。最初は耳障りだった鎌木の笑い声にも、いつの間にかすっかり慣れてしまった。

「謝花先生のことはどう思った」

「実行委員会に入った理由を隠しているような印象を受けました」

「なんで隠す必要があるんだと思う？」

「分かりません」さきほどからそのことを考えていたが、答えは出なかった。「鎌木さんは分かったんですか」

「いや。なんかぼんやりとしたイメージは摑めてきた気がするんだけど、まだはっきりしないな。今は別の元実行委員にメッセージを送って問い合わせているところだ。了解が得られれば電話してみるよ」

「じゃあ、連絡がくるまで少し眠ってください。署に戻ってもやることが沢山あるでしょうから」

「じゃあ悪いけどそうさせてもらうよ」

「短い時間ですが、おやすみなさい」

「おやすみ」目を閉じて間もなく、鎌木は安らかな寝息を立て始めた。その寝顔が可愛《かわい》らしかった。

下谷署に戻った桐生は助手席の鎌木を起こした。今日の捜査情報をまとめ始めると、同じくどこか外回りをしてきたらしい熊井が帰って来た。

桐生と鎌木を見るなり、顔をくしゃくしゃにして駆け寄ってきて、痛いくらいの力で、桐生の両肩を叩いた。

「お手柄だったな」

「鎌木さんがおとりになってくれたお陰です」

鎌木が照れ笑いを浮かべた。「ま、結果オーライということで」

「鎌木の体は大丈夫なのか。医者に診てもらわなくていいのか」

「今は大丈夫です。やることも沢山あるし、体調に異常を感じたらすぐに受診します」

「無理すんなよ」

「ありがとうございます。ところでさっきの襲撃犯は誰だったんです？」

「門伝大樹という東都大応用ウイルス学教室の研究員だった。これがまた歪んだ野郎でな。取り調べには素直に応じているが、偉そうな態度で反吐《へど》がでるようなことばかりぬかしやがる」

「円藤先生を襲撃した理由は？」

「円藤先生の殺害だ。プリオン病治療薬の開発を阻止することで、人々により深い絶望を与えようとしたんだな」

「相葉の指示はあったんですか」

「いや。動画でのバイオテロ公表後に、ネット上で人々の反応をみて思いついたそうだ。当初から殺害予定だったなら、テロを公表して、プリオンに注目が集まる前に殺害しておいたほうが確実だっただろう。それに相葉に門伝による襲撃の件を話したら、心底驚いていたそうだ。円藤先生の襲撃に関しては門伝が自分で思いついたということで間違いないだろう」

鎌木は興味深げに頷いた。「相葉は襲撃のことを知らなかっただけでなく、心の底から驚いていたんですね?」

「みたいだな。それがどうかしたか」

「まだ分かりません。まあ、どちらにしても相葉も門伝も無差別大量殺人未遂事件で死刑。この路線が変更されることは絶対にありませんから、そこはご安心を。相葉も門伝も間もなく送致されて勾留《こうりゅう》が決まる。でもそこからまた大忙しです。マトリョーシカに感染している可能性のある人を見つけて検査し、感染があいつらのせいであることを地道に何件も証明し続けて、殺人未遂罪でも死刑を求刑できるだけの証拠を集めなきゃいけないんですから」

その時、鎌木のスマホが鳴動した。

「北央大学祭の元実行委員からだ」

さきほど話していた北央大学祭の元実行委員からメッセージが送られてきたらしい。画面を眺めていた鎌木は意味ありげに頷いて、口の端を歪めた。

「お久しぶりです。検察はどうでした?」

取調室で数日ぶりに再会した相葉に、鎌木は満面の笑みで訊ねた。検察は南教授に対する殺人罪で相葉を起訴した。バイオテロによる無差別大量殺人未遂罪に関しては、証拠が集まり次第再逮捕して追起訴する方針だった。

「悪くなかったですよ」相葉は柔和な笑みで応えた。「少なくとも警察の皆さんより は優しかったですね」

「そりゃ僕らが頑張って起訴に必要な情報を集めたからですよ。まあ、あなたも概ね協力的だったとは思いますが」鎌木は右手の人差し指の爪でコンコンコンと机をノックした。「ただ大変なのはこのあとでねえ。あなたたちがマトリョーシカを散布した場所を特定して被害者を捜し出し、感染を実証しなきゃならない。まったく、気の遠くなるような作業です」

　相葉は薄笑いを口元に浮かべた。

「ご苦労なことです」

「とはいえ、あなたが犯した罪を裁くための準備は滞りなく進むでしょう。東都大の門伝の研究室の冷凍庫の中からは変異型のプリオンが組み込まれたヘルペスウイルスが見つかりました。また、口唇ヘルペスで病院を受診した患者さん二十四名から同じウイルスが検出されました。覚悟はできていると思いますが、命をもって償ってもらうことになると思います」

「それは覚悟の上です。そもそも真っ先にマトリョーシカに感染したのは私ですからね。どのみちあと六年ほどの命です」

鎌木はため息をついた。

「あなたのせいで、世の中大混乱です。色んなところに影響が出始めています。国内でも随所で差別が生まれている。唇に水疱《すいほう》が出ただけで、婚約を破棄されたなんて話も今日の新聞に載ってました。まあ少なくとも日本国内では誰が感染しているのか分からない状況なんで、そんな差別は客観的にみれば喜劇的ですらあるんですけれどね。本人にとっては間違いなく悲劇だ。そのうち自殺者がでるかもしれません。輸血も大混乱。政府は冷静な対応を必死に呼びかけていますがね、焼け石に水です。株価も円も大暴落です」

相葉は満足げに頷いた。

「狙い通りですよ。いや、輸血のことまでは考えなかったけど、そういう影響も出ているのか。喜ばしい限りだ。我々の手で強制的に変容させられた世界で、人々は思慮深く生きるのです」

鎌木は腕組みをして、白けた顔を相葉に向けた。

「さて。そろそろ本題に移りましょうか。この事件には色々と奇妙な点が多い。まずは南教授の殺害の件ですが、あなたは南教授を殺害して遺体を解体し、頭部を神奈川県久里浜《くりはま》と千葉県金谷《かなや》を結ぶ東京湾のフェリーから海に沈めたと供述しています。頭部は見つかってはいませんし、発見は困難でしょう」

そりゃそうだ、と相葉は涼しい顔で言う。

「深いところを調べて、重しをつけて沈めましたから」

「南先生を殺害した理由は、ヘルペスウイルスを奪うためではありません。あなた方はその時すでに、二〇一三年から始めていたマトリョーシカの大量散布を終えていたからです」

「そうです。なんども申し上げたように、私が教授を殺した理由は、研究室で門伝が著名人などを狙ったバイオテロのために細々とマトリョーシカを生産していたことに彼女が気づき、門伝を問い詰めたからです。劇場型の犯罪を企てていた私は、望まない形でテロが露見することを防ぎたかった。幸いなことに私と南教授は、私が東都大学の大学院生だった時に顔見知りになっていた。南教授には、門伝が共同研究室でなにか怪しげなことをしているが大丈夫ですか、と話を持ちかけたんです。その件で自宅に出向き、教授を殺しました」

「遺体損壊の理由は？」

「これもなんども話しましたが、社会の注目を集めるためです。実際、大騒ぎになったでしょう」

「肝心の首は見つからないだろうから、証明のしようもないんですが」鎌木は首を振った。「これは、友人のプロファイラーと一緒に脳に汗をかいて、数日前にその可能性に気付いたんですがね。あなた本当は南教授を殺すつもりはなかったんじゃないですか」

相葉は吹き出しそうな顔をした。「警察が私の罪を軽くしてくれるんですか」

「まあ、殺人が過失致死になったとしても、無差別バイオテロの件があるから、あなたはどうせ死刑ですけどね」

「過失致死？」相葉は訝しげな顔をしたが、その表情はどこか芝居がかっていた。

「ええ。南教授宅には殺しに行ったのではなく、門伝が生物兵器を開発していたことを教授に気付かれそうになったので、劇場型の犯罪を演出したかったあなたは誤魔化しに行ったんです。すでにテロが実行されているとは知らない教授に、『自分は門伝からテロ計画を打ち明けられたが、彼を説得したら生物兵器は廃棄するから教授に話をつけて欲しいと言われた。露見すれば先生の責任問題にもなるから生物兵器のことは黙っていてくれませんか』とでも言ってね。しかし、教授はその場で警察に通報しようとした。止めようともみ合っているうちに教授は頭を打って死んでしまった、というのが僕らの見立てです。殺人じゃなくて事故だったんです」

「想像力が逞《たくま》しすぎます」相葉はくだらなそうに笑った。「いや、妄想力と言うべきかな」

鎌木は相葉の嘲笑を意に介さず、滑らかに語り続けた。

「頭部を持ち去り、内臓を引きずり出したのは、死因を隠ぺいするためです。ヘルペスウイルスのＤＮＡを持った大腸菌、あなたの言うマトリョーシカの外殻と、現場に残された犯行声明文。あれは事件当日に門伝が用意して、東都大の構内であなたに渡したものですよね」

「そうです。殺しに行く前に受け取りました」

「門伝も、あなたにこれから殺しに行くから急いで用意してくれと言われて渡した、と供述しています。でも凶器だと言っているブロンズ像も、解体道具も全部現地調達です。殺すつもりで行ったのなら凶器くらいは用意するでしょう。本当は南教授が死んでしまった後、慌てて門伝に用意させたのではないでしょうか」

「妄想ですね」相葉は吐き捨てるように言った。

「僕の見立てでは、あなたは罪もない女性を殺害できるような人間じゃない。解体して猟奇性を演出しようとしたのかもしれませんが、大変だったでしょう。南教授宅のトイレにはあなたの嘔吐物の痕跡が残っていました」

相葉は鼻で笑った。「私が罪のない人間を殺害できないですって？　マトリョーシカを使って市民の大量虐殺を実行したこの私がですか」

「そうです」鎌木は断言した。「猟奇殺人をでっちあげることで、事件に対する社会の注目を集めることができただけではなく、異常性を強調して、事件の真相から目を背《そむ》けさせることができた。あなたが一番恐れているのは、事件の真相が明らかになることです。南先生に対して申し訳ないと思いながらも、首を切断して内臓を引きずり出す苦労をする価値はあったんじゃないでしょうか」

「真相」相葉は眉をひそめた。「真相ってなんです」

鎌木は相葉の質問を無視して続けた。

「そもそも本当に殺したのなら、首を海に沈める必要はないんです。顔も損壊してどこかで人目に晒すとか、いろいろやりようはあったはずです。そのほうが猟奇性を強調できます。そうしなかったのは警察の手に頭部がわたってしまえば、殺人事件ではないことが明らかになってしまう恐れがあったから。いやはや、多くの殺人犯は殺人がばれないよう、自殺や事故に見せかけようとして苦労しているというのに。これじゃアベコベだ」

「くだらない。じゃあ頑張って頭を海底から探し出して、証明してください」相葉はへらへら笑った。「それよりも、あなたのいう真相というのはなんなんです」

鎌木は頷いた。「この可能性について考えるきっかけを与えてくれたのは、実はそこで補助をしている桐生なんです。彼女もある遺伝性の希少疾患でしてね。そんな彼女と頭脳明晰な僕が組まなければ、真相にはたどり着けなかったでしょう。いや、あなたは実に運が悪い」

相葉は桐生を一瞥したあとで、鎌木に訊ねた。

「どんな可能性ですか」

「それはこの後、順に説明します。この事件には三つのアベコベが存在していると僕は考えています。一つは、テロの実行と予告。実行後に予告するなんてアベコベです。これにはまんまと引っかかってしまいました。次のアベコベはいま話した殺人の演出。そして最後のアベコベ。これが一番重要な訳です」

「まどろっこしいなあ」相葉は鎌木をにらんだ。「もったいぶらずに、早く教えてくださいよ」

「僕はね、あなたが語るテロの動機がどうしても納得できなかった。同じ動機を門伝が語る分には納得できたのに」

相葉の顔が微かに強張った。

「浮かれている人々に死の影を振りまいて内省的な社会を作り出す。門伝のほうはどうやら本気でそう思っているみたいです」鎌木は門伝に対する嫌悪をにじませて語った。「聴取の内容からは、奴の鬱屈した性格がよく分かります。でもねえ、不思議なことに首謀者であるはずのあなたからは、そういう歪んだ人間性が全く感じられんのです」

「なにが言いたいんです」相葉は苛立ちを隠さなかった。

「前に学生時代にカマキリの交尾の研究をしていたって話しましたよねえ。一見もっともらしい話を疑ってかかるのは、あの研究経験があるからなんでしょう。なんの役にも立たないと思っていたあの研究がこうやって役立っているんだから因果なものです」

相葉の表情が少し和らいだ。「ああ、あの話は面白かったな」

「前代未聞の大事件だから、犯行動機も狂気をはらんでいたほうが納得しちゃうんです。雄カマキリが、交尾後にすすんで雌に食べられるという、自己犠牲の話を科学者までもが信じてしまっていたように。冷酷な捕食者であるカマキリなら、そういうこともあるんじゃないかとね」

相葉は呆れた様子で首を振った。「鎌木さん。やはりあなたは面白い。面白いけど、聴取で本質的ではない話を続けるのはどうなんだろう」

鎌木は右手の人差し指を立てて、にっこり笑った。

「雄カマキリの自己犠牲どころの話じゃなかったんです」

相葉は桐生に困り顔を向けてきた。「完全に意味が分からない。桐生さん。上の人を呼んでもらえませんか。あまり意味が分からない取り調べは、問題があると思うんだけど」

桐生は首を振った。「御覧の通り、いまは取調室の入り口の扉は開いています。衝立越しに騒げばすぐに誰かやってきます。ご自由にどうぞ」

鎌木が言った。「動画も撮られていますが、実はマイクの調子がさっきから少しおかしくて。音声はよほどの大声でないかぎり記録されていません。つまり、この動画にはあなたを不利にするような証拠能力はない、ということになります」

相葉は両手の掌を天井に向けてため息をついた。「なにがなにやら……」

「過去にテロの動機があると考えた僕らは、あなたの北央大学時代の友人にコンタクトしたんです。一人は岩崎さんです。覚えてますよね?」

「もちろん。ずっと連絡をとっていませんが」

「岩崎さんね。すごく怒ってましたよ。製薬会社勤務で今は都内にお住まいなんですけど、息子さんがヘルペスに感染していたそうです。時期的に考えるとマトリョーシカである可能性も十分にある。あなたを極刑に処すために協力ならなんでもすると、力強いお約束をしてくださいました」

「そうか。岩崎には息子が……」相葉の表情に影が差した。

「岩崎さんは学生時代のあなたについて三つの情報を教えてくれました。一つは大学一年の五月の連休明けに実行委員になったこと、もう一つは大学一年生の冬にずいぶん荒れて、大学を辞めようとしていた時期があったこと。最後は鳥類の生態の研究を志していたあなたが、その後、岩崎さんと同じタンパク質工学の研究に転向したことです」

相葉の喉仏がゆっくり上下に動いた。

「ちなみに岩崎さんは、自分が鳥の研究なんか食えないから止めておけと言ったことであなたがタンパク質工学の研究者になり、ひいては今回のテロの遠因になってしまったと後悔しておられましたが」鎌木は言い含めるようにゆっくり頷いてから続けた。「あなたがタンパク質工学に転向したのは、鳥の研究では食べていけないからなんていう俗な理由ではありませんよねえ」

相葉はなにも答えなかった。

「次に会ったのは謝花恵さんです。彼女のことは？」

「覚えています。苗字が変わっていないけど、未婚なんですか」

「そうみたいですねえ。彼女は弁護士をやっています。彼女はあなたと同じ大学祭の実行委員でした。彼女は四月中旬に実行委員会に入った」

「懐かしい話です」

「時期は違うけど二人とも中途入社組というわけです。どうして後から実行委員になったのか謝花さんに聞いてみたんですが、明確な答えが返ってこなかった。そこでもう少し探りを入れたくなって、別の元実行委員に話を聞きました。その人が教えてくれたんです。まず謝花さんが、次にあなたが神楽優花《かぐらゆうか》という教育学部の新入生が描いた、実行委員募集のポスターに魅了されて実行委員会に入ったのだと」

相葉は平然とした顔で言った。「ええ。そうですよ。どうして謝花さんがそのことを隠したのか、理解できない」

「本当に？」

「ええ」相葉は頷いた。「どうして隠さなければならないんですか」

そう言いながらも、いつの間にか相葉は追い詰められた獣のような目をしていた。

そんな相葉の表情を見て、桐生は、円藤が襲撃前の聞き込みで見せた表情を思い出した。追い詰められ、背後にあるなにかを守る動物のような目だ。

「その元実行委員の人はこんなことも言っていました。当時大学二年だった実行委員長の円藤さん、一年だったあなた、神楽さん、謝花さんの四人は仲が良くて、しょっちゅう一緒にいたと。ダブルデートっぽく見えたそうですが、実際には付き合っていなかった」

相葉は眉根を寄せた。「ええ」

「ところが、そのうち円藤さんと神楽さんが交際を始めた。いや、あなた目線で言えば交際を始めてしまったと表現すべきでしょうか。二人は結婚して、今では二人の娘さんがいます」

鎌木はしばし沈黙して相葉を見つめた。相葉の言葉を待っているようだったが、彼は黙ったままだった。

鎌木が再び口を開いた。「あなたが大学一年の冬のことだったそうです。岩崎さんの話だと、ちょうどあなたの生活が荒れて大学に顔を見せなくなった時期と一致します」

相葉は俯いて少し考えた後で顔を上げ、暗い声で言った。

「そうだ。僕は彼女に恋をしていた。なのに円藤が、あいつが抜け駆けしたんだ。あの一件で僕の人生は変わった。今回のテロの遠因になっているといってもいい」

暗い表情で語る相葉を、桐生は憐れに思った。

――相葉はやはり罪と罰の乖離《かいり》を受け入れるつもりなんだ。

「相葉さん、僕はねえ」鎌木が口元を歪めた。「真実を明らかにしたいんです。実は道警に協力してもらって、円藤優花さんのお母さまの死因も既に把握しています」

鎌木を黙って見つめる相葉の眼に、ありありと動揺の色が浮かんだ。

「もう一度言います。僕は真実を明らかにしたい」鎌木は立ち上がって、相葉の横に移動した。「でも、警察は必ずしもそうじゃない。集めた証拠からできるだけ大きな罰を容疑者に与えようとします。その過程では冤罪《えんざい》なんてものも起きる。もちろん冤罪は絶対に駄目です。でもね、容疑者が自分の罪を小さくでき、その名誉を多少でも回復できるような事実を隠している場合に、その事実を丁寧に拾い上げるほど警察は親切じゃないんです」

「なにを言っているのか分からない」相葉の声はかすれていた。

「あなたは罰を受けることになります。犯した罪に対してあまりに過大な罰を。それで構わないとあなたは考えているのでしょうね。まさにカマキリ以上の自己犠牲だ。いや、結局のところカマキリに自己犠牲の精神などないんです。自分の利益が最大になるように行動する、ごく一般的な生物に過ぎません」鎌木は一呼吸置き、なにか尊いものを見つめるような視線を相葉に送った。「でも、あなたは違う」

「あなたがどんな妄想をしようと勝手ですが、マトリョーシカを散布した理由については最初から言っている通りです」相葉は首を振り、自分に言い聞かせるように言った。「この世界に死を蔓延させることで、享楽に満ちた人々に内省を促す。それ以外の動機など存在しませんよ。なにか別の動機があるというなら、その証拠を示してください」

鎌木は相葉の言葉など耳に入っていないかのように続けた。

「僕はこの事件に最初から魅了され続けてきました。これまで扱ってきたどんな事件とも違う。最初からそういう予感に満ち溢れていたんです。やはりあなたは僕の好奇心の対象にふさわしい最高の犯罪者だった。人々の未来が救済されるのに、あなたは極刑に処されるのですから」鎌木はこれまで見せたことのない、やるせない表情で言った。「あなたは決して認めないでしょうけどね。僕たちの考えた事件の真相はこうです。学生時代に現在の円藤先生の奥様、神楽優花さんと知り合ったあなたは彼女に恋をしました。残念ながらその恋は成就しませんでしたが、あなたは好意を抱き続け、また優花さんが遺伝性のプリオン病であることを知り、優花さんの身を常に案じていた。円藤先生はプリオン病治療薬の開発を精力的に進めましたが、資金不足のために行き詰まっていた。あなたはタンパク質と薬剤の結合様式の研究では天才と言われていたらしいですからね。資金さえあればプリオン病治療薬の開発が成功するという確信があったのでしょう」

「逆ですよ。あんなもの絶対に成功するわけがない。刑事さん、あなたは東都大の理学部出身らしいですが、創薬研究については素人でしょう」

相葉はせせら笑いを浮かべたが、鎌木は語るのをやめなかった。

「希少疾患であるが故に開発資金が集まらない状況を打破するために、あなたは優花さんと同じタイプの変異型プリオンを発現するマトリョーシカを作り出して散布することにした。希少疾患だったプリオン病の潜在的罹患者を爆発的に増やして、治療薬の開発に資金が集まるようにしたんです。新小岩であなたが捕まったのは、直接会うつもりはなかったにしても、優花さんの近くに居たかったからですね」

「馬鹿げたことを」相葉はゆっくりと首を振ったが、いつの間にか憑《つ》き物の落ちたような表情を浮かべていた。「学生時代に僕を裏切って付き合い始めたあいつらのために、どうして僕がそんなことをしなくちゃならないんですか。それこそアベコベですよ、刑事さん」


　相葉の取り調べ終了後、鎌木が少し外で話をしたいと言った。下谷署仮庁舎の外に出た二人は、あまり人目につかない場所に移動した。日が傾いて、日差しはだいぶ弱まっていた。涼しいとまではいかないものの、良い風が吹いている。

　桐生はため息をついた。


　桐生も南教授は殺害されたのではないという確信を抱いていた。南教授は相葉とも み合っているうちに転倒し、脳挫傷かなにかで死亡したのだ。過失であっても罪には違いないし、特に遺体損壊には強い憤りを覚える。南教授にはなんの罪もない。

が、問題はバイオテロの真相のほうだ。

「相葉は今の供述を繰り返して、極刑に処される覚悟です」

「ああ。あいつは本当の目的を決して話さないだろう。事件の背景を考えれば当然だ」

「そして我々には、彼の真の目的を実証する術がありません」

「こんなのも完全犯罪と言えるのかもしれない。相葉は罪に対して不釣り合いな罰を受けることになる。にもかかわらず、すべては相葉の思い通りになる」

「ええ」桐生は頷いた。すべては彼の思う通りになる。その命と引き換えに。

「門伝は、毒素を用いた遺伝子組み換えウイルスによるテロを企《たくら》んでいたそうだ。あいつには単独でテロを実行するだけの知識と技術があって、ウイルスを大量生産する環境も整っていた。実行されれば多くの人命が奪われたはずだ。相葉は門伝の計画を偶然、いや、自分もテロを企てていた相葉だからこそ気付いたと考えるべきなのかもしれないけれど、門伝の計画を知り、彼を説得して自分の計画に引き込んだ。そうすることで、自分の計画の協力者を得ると同時に、門伝によるバイオテロを未然に防いだんだよ」

桐生は複雑な気持ちだった。「門伝によるバイオテロは多くの市民の命を、無差別に奪ったでしょう。そういう意味では、我々は相葉に救われたんです」

鎌木は夕陽に目を細めた。「僕はもう一つ、相葉がもたらしたものがあると思う」

「なんですか？」

「将来のより恐ろしいバイオテロの予防だ」

「予防？」

「そうだ。ビル・ゲイツをはじめとした著名人と専門家は、繰り返しバイオテロの危険を警告してきた。でも、大規模な規制が行われることはなかった」

「原発事故の例を挙げるまでもありませんよね。潜在的な危険が指摘され、対策のしようもあるのに、『実際に起きたことがないから』という理由で、規制や安全対策に二の足を踏んでしまう」

「生物工学が進歩していけば、バイオテロの危険性も同時に増していく。いつか破局的なバイオテロが起き、文明そのものを破壊してしまうかもしれない。今回の事件でバイオテロの危険性は広く知られるところとなった。本当に恐ろしいバイオテロの発生を、規制強化によって予防することができる。相葉はそこまで考えて、今回のテロを実行したんだと僕は思う」

「ワクチンのようなものですね」

何気なくいった言葉に、鎌木は感心した様子で頷いた。

「まさに生ワクチンによる予防接種のようなものだ。生ワクチンは弱毒化した病原体を投与して、免疫を獲得させるために行われる。相葉が実行した今回のテロは、将来の破滅的なバイオテロに対する予防接種だと考えることができると思う」

桐生は頷いた。

鎌木はポケットからハンカチを取り出して額を拭いた。

「そもそもマトリョーシカに感染しても、プリオン病を発病しないと言っている専門家もいるんだ。プリオン病の本当の原因はプリオンではないと考えている科学者もいるし、プリオン単独ではプリオン病を発病せず、別のなにかが必要だという説もある。実際、プリオン病に関しては、分からないことがまだまだ多いみたいだ。動物実験で発病が確認されたからといって、人間でも発病するとは限らない」

「それでも蓋を開けてみないと分からない以上、治療薬の開発は進めておかなければなりません」

「ああ。資金さえあれば治療薬が開発できる可能性は高い。開発を進めない理由はなにもない」

「なんとかの猫を思い出します。物理の実験で猫の生き死には箱を開けてみないと分からないというあれを」

「シュレディンガーの猫。箱を開けてみないと分からないという話ではないよ。五〇パーセントの確率で起きる原子崩壊によって毒ガスが発生する箱の中に入れられた猫は、生死が半々重なり合った状態になるのかという思考実験だね。量子論を批判するために展開されたんだ」

「私たちはそのシュレディンガーの猫のような状態なのではないかと思うんです。マトリョーシカに感染しているのか、マトリョーシカは本当にプリオン病を引き起こすのか、そして治療薬の開発は成功するのか。そのすべてが不確定で、私たちの生き死には、重ね合わさった状態にあるのではないかと感じてしまいます」

鎌木は興味深そうに一度頷いてから、首を振った。「それらは量子力学的に決定されるわけではないし、僕ら自身が生きている状態を観測している。シュレディンガーの猫とは違う。比喩《ひゆ》としては面白いけど」

「相葉の話だと、マトリョーシカ感染者が初めに発病するのは六年後とのことでした。六年後まで運命は分からない。恐らく初期の発病者には、マトリョーシカの作製者である相葉も含まれるはずです」

「六年後に発病しないからといって、安全が確認されるわけじゃない。発病が遅れているだけかもしれないからね。いずれにしても、発病者が確認できるまで裁判を延期するわけにはいかない」

「ええ」

頷きながらも、それで良いのだろうかと思う。司法はそのように彼を裁いてしまって良いのか。

「検察は、マトリョーシカによるプリオン病発病の可能性は高いと主張する専門家を呼んできて裁判に臨み、無差別大量殺人未遂の罪で死刑を求刑するはずだ」

「相葉が信じているように、プリオン病治療薬の開発成功がほぼ確実だとしても、死刑が求刑されてしまう」

「ああ。治療薬を開発するのは円藤先生だ。相葉は治療薬の開発とはなんの関係もない」

そう。相葉は希少疾患だったプリオン病を、マトリョーシカを散布することでメジャーにした。それによってプリオン病治療薬の開発は飛躍的に進むことになるだろうが、彼が実行したのが凶悪なバイオテロであることに変わりはない。

「新薬の開発は成功するのでしょうか」

詳細については僕にも分からない、といって鎌木は力なく首を振った。「でも、専門家の見解や相葉の行動から考えると、治療薬の開発成功はほぼ確実なんだろうと思う。そうでなければ、そもそも相葉がバイオテロなど起こすはずがない」

桐生は頷いた。「相葉の弁護士が、マトリョーシカに感染してもプリオン病を発病しないと言っている専門家に法廷で証言させる可能性はありませんか。そうすれば彼の罪は軽くなるかもしれません」

鎌木は静かに首を振り、悲しげな眼でこちらを一瞥した。

「ない、絶対に。相葉が決してそれを望まないからね」

――そうか。

桐生は茫然《ぼうぜん》とした。その可能性は絶対にない。相葉がそのような弁護を要請するはずがない。

マトリョーシカによってプリオン病を発病する危険はない、そんな主張がまかり通ってしまえばどうなるか。プリオン病治療薬の開発に、資金が集まらなくなってしまう。

そんなことを彼が望むはずがない。

――相葉は自らの命と引き換えに、彼が守りたかった人と社会を救済する。

その凄まじいまでの愛と自己犠牲に、桐生は絶句した。

二〇二三年四月十六日　東京拘置所

死刑囚が収監される独居房は畳三枚が張られ、奥に衝立で隠されたトイレと洗面台があるだけの無機質な小部屋だ。

正座した相葉の目の前の畳に一通の手紙が置かれている。彼女からの四通目の手紙だった。相葉は、彼女への手紙でも裁判の時と同じ主張を繰り返した。それでも彼女は諦めずにこうして手紙を送ってくる。

拘置所での生活は思っていたよりもずっと快適だった。相葉はもともと質素な生活が好みだった。死刑囚は死をもって罪を償うので一切の労役はないし、本を読むことも、決められた時間に運動をすることもできる。映画まで観られるのには驚いた。

届けられた封筒を十分ほど眺め、様々なことにゆっくりと想いを巡らせたあとで、相葉は封筒を手に取り、美しい文字で綴《つづ》られた手紙を読み始めた。

拝啓　菜種梅雨も明け、日増しに暖かくなってまいりました。その後もお変わりなくお過ごしでしょうか。

東京地裁で判決が言い渡され、相葉君が控訴しなかったために刑が確定してから、今日まであっという間でした。これで四回目のお手紙になります。

事件をきっかけに研究資金が集まったことで見いだされたプリオン病治療薬、NT601の開発は順調です。

先日、有効性を確認する臨床第2相試験の結果も発表されました。症状が出始めていた、遺伝性プリオン病患者の全てでNT601は異常型プリオンを分解し、病気の進行を完全に抑えました。より大規模に有効性と安全性を確認し、新薬の承認に必要なデータを集めるための、第3相試験の準備も始まっています。私も臨床試験に参加します。プリオン病を発病前に予防する臨床試験の準備も進んでいます。

国際的な共同研究も次々に立ち上がりつつあり、プリオン病というこれまでほとんど顧《かえ》りみられることのなかった稀な疾患に対する世界の情熱と、それに見合った研究成果にただただ驚くばかりです。

ヘルペスウイルスに対する予防ワクチンの開発も急ピッチで進められ、こちらも目覚ましい成果を上げています。

さらに、ゲノム編集技術を利用し、感染したマトリョーシカのＤＮＡを切断して治療する研究も進められ、動物実験で有望な結果が得られています。

ウイルスが除去され、ＮＴ６０１がプリオンを分解すれば、マトリョーシカの完全な治療が可能になります。

科学者達は、やがてマトリョーシカを撲滅することが可能だと考えているようです。

相葉君がこの世界に振りまいた死の影は、新薬という希望の光によって、急速に打ち消されつつあります。

相葉君は以前に「時限感染」という言葉を使いました。あの時は「時限爆弾」と同じ意味で時限という言葉を使いましたが、マトリョーシカの感染は「時限立法」的な意味でも「時限感染」になると思います。

だからどうか心安らかに。

プリオン病治療薬の開発成功は、アルツハイマー病、パーキンソン病、筋萎縮性側索硬化症、ハンチントン病、脊髄小脳変性症、多系統萎縮症のような他の神経変性疾患の治療薬開発の突破口になる可能性があるそうです。最近になってＮＴ６０１の研究データを目にした、複数の高名な研究者がその可能性に言及して話題になりました。

相葉君はマトリョーシカが、結果としてそういった福音をもたらす可能性も、きっと考えていたのだと思います。

マトリョーシカの一番奥深くに隠されていたもの。

それはプリオンという悪魔ではなく、未来にわたって神経変性疾患から人類を救済し続ける希望だった。わたしはそう考えています。

法で裁けない罪があるように、法で奪うことのできない幸せが存在することをわたしは今回の事件で知りました。

わたしと二人の娘には、なんの罪もない。世の中のほとんどの人はそう考えてくれるに違いありません。しかし、わたしたちはあなたが起こした事件の結果、命を救われます。法はその利益を奪うことができません。

わたしの夫であり、わたしたちの大学の先輩でもある円藤渚は、遺伝性プリオン病患者であるわたしのために、治療薬開発に一生を捧げてきました。

相葉君はマトリョーシカを使ったバイオテロによって、プリオン病という希少疾患を希少なものではなくしました。それによりプリオン病治療薬の開発に莫大な資金が集まり、開発は劇的に加速されました。

でも、相葉君が事件を起こさなくても夫は新薬の開発を成功させ、わたしの命を、そしてわたしには間に合わなくても、娘たちの命を救ってくれたと信じています。だから事件の真相に気づいた今でも、夫の努力によって完成する新薬を使わないという選択肢はないのです。恐らくあなたはそこまで予測した上で、事件を起こしたのだと思います。

夫は知っていたそうですが、わたしは学生時代、相葉君の好意に気付くことができませんでした。

相葉君と謝花さんに、わたしたちの交際の開始を伝えたあの日。わたしは自分の病気のことも打ち明け、二人で運命に立ち向かっていくことを宣言しました。

相葉君は涙を流して励ましてくれました。

「おめでとう。二人を応援する。僕にできることはなんでもしよう」

あの時、相葉君がどんな気持ちだったのか。そしてその後、相葉君がどれほどの覚悟と自己犠牲で計画を進めたのか、考えただけで言葉を失います。

相葉君が認めてくれないのでこれまではっきりしませんでしたが、考え抜いてわたしは自分の想像が正しいのだと確信するに至りました。だから言わせてください。

本当にごめんなさい。そしてありがとう。

相葉君ひとりに罪を背負わせることはできません。わたしは、事件の真相をマスコミに発表する決意をしました。夫は猛反対しています。そんなことをすれば、わたしと娘たちの命が危険にさらされると。でも我慢強く説得すれば、夫はきっと理解してくれると信じています。

相葉君と一緒に罪を背負い、あなたの名誉が少しでも回復されるように、できるだけのことをしてみようと思います。謝花さんも力を貸してくれると約束してくれました。謝花さんは東松山の介護施設にいるあなたのお母さまのことも、人として、そして弁護士として全面的に助けてくれています。

また手紙を書きます。寒暖の差が激しい折柄、どうかお風邪など召しませんように、ご自愛くださいませ。　敬具

円藤優花

二〇二三年四月十二日

相葉春樹様

優しさに触れ、温かさが胸に満ちた。

相葉は両親の愛情を受けて育ったが、幼い時から、自分の心に欠損があることに気付いていた。自分も含めて、人間に興味が持てなかったのだ。その無関心は、無関心でありながら相葉を傷つけ、損ない続けた。高校生の時、薬を飲んで命を絶とうとしたこともある。

自然、特に野鳥の存在が相葉を辛うじてこの世に留まらせていた。

大学一年生のあの日。優花の描いたあのポスターを目にし、彼女と出会うまでは。

実行委員を募集するためのそのポスターには、動物たちが独特のタッチで生き生きと描かれていた。

ポスターが体現していた彼女のしなやかな感性と優しさに、相葉は魅了された。それまで人間というものに興味を持てなかった相葉は目が開いたような気持ちになった。それは幼い日に補助輪なしで自転車に乗れるようになった時の感覚に少し似ていた。人間に興味がなかったわけではなく、怖かっただけだったのかもしれないと相葉は思った。

いつか彼女と一緒になれたら。そんな淡い期待を抱きもしたが、それは叶わなかった。なにか余計なことをして、彼女との人間関係が損なわれてしまうことを相葉は恐れた。そうしている間に、円藤は勇気を持って優花に好意を伝えていた。

二人が交際を宣言した時、彼女が遺伝性プリオン病の保因者であることを知り、相葉は二重の衝撃を受けた。いや、円藤と優花が交際を始めたことにもショックを受けたが、それは仕方のないことだった。円藤の方が優花の相手として相応しいと思えたからだ。

問題は遺伝性プリオン病の方だった。その残酷な運命に、相葉はしばらく大学の講義を休んで塞《ふさ》ぎこんでしまった。薬学部生の円藤は、新薬開発のために全力を尽くすと宣言した。円藤からは強い信念を感じた。自分も少しでも優花の役に立ちたい。そう思った相葉は夢だった鳥の生態学者への夢を断念して、タンパク質工学研究の道を歩み出した。

自分もいつかきっと優花の役に立てる。そう信じてがむしゃらに研究に打ちこんだ。やがて、タンパク質と薬物の結合様式の分野では若手のホープと称されるようになった。円藤とは時折学会で会い、研究が順調に進展していることを知った。相葉から見ても円藤の研究はとても有望に見えたが、研究資金が集まらないという高い壁にぶつかっていた。優花の遺伝性プリオン病の発病までの時間を考えると、猶予はほとんどなかった。

相葉はそれまで自分の頭の中だけに存在していたマトリョーシカを、実験室で生み出した。命とお金の天秤を大きく動かし、プリオン病の治療薬を完成させるために。

プリオン病治療薬の開発は他の神経変性疾患治療薬開発にも役立つに違いない。それに、マトリョーシカは将来起こりうる、破局的なバイオテロに対する生ワクチンとしても機能する筈だとも思った。少なくとも門伝を計画に組みこむことで彼が実行しようとしていたテロは未然に防ぐことができる。

そうしてテロは実行に移され、いま相葉は死刑囚として収監されている。

彼女がすべての真相にたどり着いてしまったのは想定外だったが、円藤はきっと彼女を守り抜いてくれるだろう。彼女と円藤、そして謝花だけが本当のことを知っていてくれればそれで十分だ。

そしてあのカマキリ刑事も。あれは面白い男だった。鎌木の見立ては、南教授の死亡が、もみ合っている間に転倒し、頭を強打した事故であった点も含めて、細部に至るまで全部当たっていた。恐ろしい男だ。相葉が否認を続けたために、最後には諦めてくれたのは、彼なりの人情だったのかもしれない。

彼女が考え抜いて突き止めた真相は、相葉の人間性を信じてくれていなければ決してたどり着けないものだ。

命と引き換えに守り抜いたもの。その尊さを確認した相葉は、深い満足を胸にそっと手紙を閉じた。

本書は、二〇一八年九月に小社より単行本として刊行した『時限感染　殺戮のマトリョーシカ』を改題・加筆修正し、文庫化したものです。

この物語はフィクションです。作中に同一の名称があった場合でも、実在する人物、団体等とは一切関係ありません。

〈解説〉
逆説の魔術師、岩木一麻による壮絶なスケールの医療サスペンス

吉野 仁（書評家）

第十五回『このミステリーがすごい！』大賞を受賞した岩木一麻のデビュー作『がん消滅の罠 完全寛解の謎』は、単行本、文庫とあわせて四十万部をこえる大ヒットとなった。「がん」治療をめぐる本格的な医療小説の読みごたえだけではなく、謎ときミステリーとして、意外性に富んだ仕掛けの妙とあわせて高く評価された結果だろう。

　この『がん消滅の罠』で特に印象に残っているのは、冒頭から提示される「活人事件」という言葉だった。多くのミステリーでは、発生した「殺人事件」に対し、犯人捜し、動機、殺害方法など、事件に隠された謎を暴くストーリーの形をとっている。かつて題名に「殺人事件」とつけられた探偵ものも多かった。ところが、『がん消滅の罠』は、見つかったはずのがんがすっかり消えてしまう、「完全寛解の謎」をめぐって展開する。すなわち、人が殺されたのではなく生かされたのだ。それを主要登場人物のひとり、羽島《はしま》悠馬《ゆうま》は「活人事件」と呼んだ。ミステリーとして、まったくアベコベな出来事なのだ。

　思うに、こうした斬新な発想を医療小説に持ち込んだことが、作者である岩木一麻の持ち

味ではないのか。通常とは反対の物の見方、逆転の発想、アベコベ。そこから生まれる驚きと独自の面白さ。だからこそ、真相を知ったとき、とてつもない破壊力を感じたのかもしれない。単なる意外性だけでなく、世界がひっくり返る驚きだ。

デビュー作の成功を受け、次に作者が世に送り出したのが、本作『時限感染』である。今回は、バイオテロをあつかった大型サスペンス。またしても医療小説プラス逆転の発想によるミステリーという、先に触れた作者の持ち味が十全に発揮されているとともに、スケールの大きさやアクションの導入など、エンターテインメント小説としての読みどころがつまった一作に仕上がっている。

物語の発端は、殺人事件だ。東京の谷中《やなか》の住宅街に暮らす南真千子《みなみまちこ》が何者かによって殺害された。しかも頭部のないバラバラ殺人である。さらに現場に残されていたのは奇妙な犯行声明文入りの封筒だった。「我々はマトリョーシカの外殻を手に入れた。マトリョーシカは数十万人の命を奪うだろう。我々はバイオテロにより享楽に満ちた世界に死を振りまき、人々に内省を促す。次なる連絡を待て」。封筒のなかには、その声明文とともに、五センチほどのチューブが入っていた。中身は寒天状のもの。殺された女性は東都《とうと》大学教授で、専門は応用ウイルス学。特にヘルペスウイルスを用いたがん治療の研究をおこなっていた。

首なし殺人、ウイルス、バイオテロ、そしてマトリョーシカ。捜査を担当した警察官は、まず典型的な劇場型犯罪ではないかとにらんだ。殺人事件から始まった物語は、警察捜査ミステリーへと転じていく。これは前作との大きな違いのひとつである。とりわけ主役をつとめる男女コンビがとても個性的だ。

まずひとりは、下谷《したや》署に勤務する桐生彩乃《きりゅうあやの》、二十九歳。両親が警察官であると同時に優秀な空手の選手で、その影響から彼女自身も空手をやっていた。全国警察空手選手権ではベストエイトに残ったという実力で、いわば武闘派の女性警官だ。しかし、彼女はひとつ大きな悩みを抱えていた。その桐生の相棒となる中年男性は、本庁捜査一課の警部補・鎌木多聞《かまきたもん》。一八〇センチ近くの身長で、ひょろ長い手足をしているため、一課では名字とひっかけてカマキリと呼ばれていた。実際、鎌木は東都大学でカマキリの研究をしていたのだ。作中、「カマキリの雄が交尾をしたあと雌に食べられる」話題を持ち出すあたりを読むと、飄々《ひょうひょう》とした雰囲気が感じられる。

桐生と鎌木は、殺された南教授の研究室で関係者への聴取をはじめた。そこで殺人の動機、マトリョーシカの意味などを探っていく。次に事件が大きく動くのは、新たな犯行声明文と液体の入ったプラスチックチューブがサクラテレビの社屋で見つかり、ニュースで報じられる場面からである。声明文には生物兵器「マトリョーシカ」による大量殺戮《さつりく》が予告されていた。結びの言葉は「防ぐ術《すべ》はない」。何者かによって改変された生物兵器が、意図的に散布されようとしているのだ。桐生と鎌木は、日本感染症研究所へ向かい、専門家から話を聞くなど、ひたすら捜査を続けていく。さまざまな可能性を検討したり、犯人像をしぼりこんだりしていった。それでも、政治的な主張を持たない犯人の真の目的は見当がつかなかった。必死の捜査を続ける警察と、テロを完遂しようとする犯人との攻防はますます激しく展開していく。

ロシアの民芸品マトリョーシカは、ごぞんじのとおり、ひょうたん型をした可愛《かわい》らしい少女の人形だ。その胴あたりをねじってひらくと、ひとまわり小さな人形がなかに入っており、その人形も同じ形をした小さな人形を有している。すなわち、ここでの「マトリョーシカ」は、同じ形のものが大きさの順でいくつも入れ子になっている状態を指している。最初の犯行予告状に「我々はマトリョーシカの外殻を手に入れた」とあるが、殺された南教授がヘルペスウイルスの専門家だったことから、外殻に入る中身は遺伝子操作で生まれた危険なウイルスではないか、と予測されたわけだ。

ちょうど作者は、本作刊行にあたり、次のようなコメントを出していた。

〈一九一八年に始まったスペインかぜの死者は推定一億人。第二次世界大戦の八千万人を上回ります。天然の病原体でも脅威なのに、遺伝子操作で悪意に満ちたウイルスが作られたら……。本作に登場する生物兵器「マトリョーシカ」は感染症研究者と相談してデザインし、作品は医師、製薬会社研究員、弁護士に取材して完成させました。〉

一九一八年から世界的に大流行した「スペインかぜ」とは、いわゆるインフルエンザウイルスを病原とするものである。死者が推定一億人というのは、流行時のヨーロッパは第一次世界大戦の渦中で、戦死者との区別がつかなかったり、欧米以外の国や地域によっては死者数がしっかりと把握できなかったりしたせいだ。一億人とは、あくまで推定である。ちなみに当時の世界人口は十八億から二十億とされている。医学の発達や衛生管理の徹底などにより、その後、スペインかぜのように大量の死者を出すインフルエンザの流行はないものの、地球上には、人を死に至らしめる危険なウイルスがいくつも存在することが知られている。とりわけ二〇一四年ごろに西アフリカで感染が拡大したエボラ出血熱の流行はいまだ記憶に新しい。一万人以上の死者が出たのだ。

もし遺伝子操作による致死性のウイルスが生まれ、それが悪意あるテロ目的で使われたら……。かつてオウム真理教による地下鉄サリン事件という恐るべきテロがおこなわれた過去があるだけに、想像するだけでも恐ろしいことである。ところが本作の第一部では、「はたして遺伝子操作でヘルペスウイルスの致死性を上げることができるのか」という点が問題視される。そのため警察側は、当初、専門家の見解をもとに、狂言の可能性が高いという発表をした。だが、犯人は予想もしない方法でテロをやり遂げようとしていく。

『がん消滅の罠』では、関係者が集まって謎を議論していく場面が目立ったが、こちらは警察対犯人の攻防という形で、主要人物それぞれの行動を追っているせいか、よりアクション性が強く、サスペンスも高まるばかり。また、医学的、医療的な側面がしっかりと説明、描写されているのは前作どおりだが、がんのみならず、さまざまな難病に関するエピソードが、登場人物のプロフィールと密接に関わりながら書き込まれているあたりも注目である。警察の捜査やテロの手法なども含め、全体にわたって読みごたえが感じられる。

また、犯人側の描き方も巧みだ。見事なミスディレクションが仕込まれている。なにより、この作品自体がマトリョーシカであるなど、ミステリーとしての構成が凝っている。全体に四部構成をとっているが、「第一部　マトリョーシカ」「第二部　虚構と現実」「第三部　不可能状況」と読み進めるごとに読者は事件を見る目が変化していくにちがいない。そして驚くべきは、「第四部　時限感染」だ。予想を覆すような展開がいくつか繰り返されたのち、どんでん返しが待ち構えている。前作をうわまわる衝撃を感じることだろう。

作者の岩木一麻は、弘前《ひろさき》大学農学部の昆虫学研究室で学んだのち、神戸《こうべ》大学大学院に進み、さらに国立がん研究センターでモンシロチョウ由来の抗がんタンパク質を研究していた経歴を持つ。その後、放射線医学総合研究所でがん研究に携わったのち、現在は、医療系の出版社に勤務している。なるほど、昆虫とがんが研究テーマとして結びつくとは意外ながら、作者ならではの、奇抜なアイデアを導入した医療推理ものを生みだす源泉はそこにあるのかもしれない。ミステリーで、無関係と思えるもの同士が重要な役割や意味を持っていたり、逆説的な発想がトリックに応用されていたりするのは珍しくないが、それらをうまく作品に落とし込み、結実させているのも納得である。また、物語のなかで最新の医学知識や医療の最先端をわかりやすく紹介している手腕も、昆虫学からがん研究に挑んだ異色の経歴が役に立っているのかもしれない。

気になる次作は、どうやら「がん消滅の罠2」という内容で執筆中らしい。そのままの続編ではないが、やはり「がん」をテーマにした医療ミステリーだという。次はどんな驚きを用意しているのか、愉《たの》しみでならない。

二〇一九年七月

宝島社
文庫

時限感染
（じげんかんせん）

2019年9月19日　第1刷発行

著　者　岩木一麻
発行人　蓮見清一
発行所　株式会社 宝島社
〒102-8388　東京都千代田区一番町25番地
電話：営業 03(3234)4621／編集 03(3239)0599
https://tkj.jp
印刷・製本　中央精版印刷株式会社

First published 2018 by Takarajimasha, Inc.
ISBN 978-4-8002-9805-8

『このミステリーがすごい!』大賞 シリーズ

宝島社文庫

スマホを落としただけなのに 囚《とら》われの殺人鬼

志駕《しが》 晃《あきら》

神奈川県警の刑事・桐野良一は、あるPCから、死体で見つかった女の情報を探っていた。そのPCは、「丹沢山中連続殺人事件」の犯人のもの。捜査を進めるうち、犯人は桐野にある取引を持ちかけてきて――。情報化社会の恐怖を描くサイバー・サスペンス、待望の第2弾!

定価:本体650円+税

※『このミステリーがすごい!』大賞は、宝島社の主催する文学賞です。(登録第4300532号)

『このミステリーがすごい!』大賞 シリーズ

宝島社文庫

勘違い 渡良瀬探偵事務所・十五代目の活躍

猫森《ねこもり》夏希《なつき》

通夜のため実家に帰った八尋竜一は、久遠という少女に「思い出を教えて」と請われ、子ども時代の話を始める。小学生のときの事件をきっかけに仲良くなった、江戸時代から続く探偵事務所の十五代目・渡良瀬良平と、転校生の北川雪子の三人で、様々な事件に挑んでいくが……。

定価：本体680円＋税